Une vie de voyages

Justine Martin

Une vie de voyages

Roman

ÉDITIONS KAPLUME

15, rue gautherin – 10000 Troyes
www.editions-kaplume.com
ISBN : 978-2-9569407-5-3
Couverture : Céline Thiry

À tous les rêveurs,
À tous les amoureux de la vie…

Tout homme est tiraillé entre deux besoins.
Le besoin de la Pirogue, c'est-à-dire du voyage, de
l'arrachement à soi-même, et le besoin de l'Arbre,
c'est-à-dire de l'enracinement, de l'identité.
Les hommes errent constamment entre ces deux
besoins en cédant tantôt à l'un, tantôt à l'autre,
jusqu'au jour où ils comprennent que c'est avec
l'Arbre qu'on fabrique la Pirogue.

Mythe mélanésien de l'archipel du Vanuatu

Prologue

C'était notre première randonnée de l'année. La neige avait fondu, laissant s'épanouir les fleurs du printemps. Nous étions en haut d'une montagne qui surplombait le lac Léman. Depuis ce sommet, nous voyions ses deux extrémités : à gauche le jet d'eau de Genève et à droite le massif des Alpes suisses. C'était face à cette vue imprenable que Capucine m'avait confié l'un de ses rêves. Celui d'écrire un livre. Elle m'avait expliqué que cette envie avait grandi doucement au fil de ses lectures.

À chaque fois que nous partions en vacances, elle crayonnait partout. Dans un train, un bus, un bateau, à la plage, sur la terrasse d'un café, au bord d'une piscine, en montagne, au lever du soleil ou dans son lit au coucher. Elle disait écrire pour avoir la certitude de conserver le maximum de détails de chaque moment vécu, pour encrer et faire exister. Parfois, elle me relisait ses textes des semaines plus tard et ces lignes nous faisaient nous réjouir une nouvelle fois des moments partagés, comme si la gaieté perdurait.

Cette après-midi de printemps, alors que nous grimpions vers ce sommet, elle m'avait expliqué que la lecture était son moyen de se glisser dans la peau d'un personnage durant quelques heures, de voyager à travers les pays, les cultures, les religions et le temps… Or, voyager était sa deuxième passion. Depuis son enfance, Capucine se faufilait dans toutes les bibliothèques. Lorsque ses parents la cherchaient, ils la trouvaient devant l'étagère des *Tom-Tom et Nana*, *Max et Lili* ou *Juliette*. Les livres avaient toujours fait partie de sa vie. Certains l'avaient même bouleversée, m'avait-elle dit. Par la magie des mots, l'écrivain lui permettait de ressentir des émotions de joie, de surprise, de tristesse, de peur ou de colère. Elle aimait se perdre dans ses romans et souhaitait me transmettre cette passion. « Lire fait grandir ! » me disait-elle tout le temps – *Je me trouve déjà assez grande comme ça !* À ses yeux, toutes les pages qu'elle avait lues faisaient désormais partie d'elle, notamment en jouant un rôle dans la personne qu'elle était devenue. *Dans ce cas, peut-être qu'un jour je lirai !*

Nous étions assises là-haut, sur la montagne, en train de contempler le lac Léman en contrebas et j'avais osé lui demander quand elle réaliserait son rêve. Elle avait écarquillé les yeux et bafouillé que le temps lui manquait, ou plutôt qu'elle préférait effectuer les autres éléments de sa liste de choses à faire. Je lui avais rappelé la phrase qu'elle m'avait dite un jour : « Quand on veut, on peut. » Elle avait souri et nous étions redescendues vers la vallée.

Quelques semaines après cette randonnée, je l'avais aperçue écrire tandis que le chant des oiseaux et le bruit des vagues du lac Léman titillaient mes oreilles. Sa peau était illuminée par le soleil. Elle rayonnait et m'avait confié que les mots romancés voyageaient de plus en plus dans son esprit, les idées s'enfilaient les unes derrière les autres naturellement. J'avais alors supposé qu'elle s'était lancée.

Depuis, Capucine ne m'en a plus jamais reparlé.

Aujourd'hui, en cette matinée d'automne bercée par le crépitement du feu de cheminée dans la bibliothèque, je tombe malencontreusement sur ce mot. J'hésite, mais ma curiosité me pousse à le lire :

Ces heures d'écriture sont passées à une vitesse vertigineuse. Ces personnages m'ont libérée. Ils m'ont fait voyager à travers moi-même. Ils m'ont imprégnée. J'ai vécu leurs émotions et leurs sentiments tout au long de la création de ce roman. Écrire m'a permis d'avoir certains raisonnements que je n'avais jamais eus. J'ai pris pleinement possession des événements de vie que je leur ai fait traverser et cela renouvelait la compréhension que j'avais des humains, de la société et de la nature. Lorsque j'écrivais, je ne pensais à rien d'autre. Je ressentais un puissant apaisement. Celui qui témoigne de la pleine cohésion avec soi-même. Écrire m'a permis de trouver la sérénité de l'esprit. Il y a une empreinte précise dans ce récit : celle d'un moment inédit de ma vie. Peut-être que quelques années plus tôt ou plus tard, il aurait été différent, car même si une partie de soi reste figée, l'autre évolue au fil du temps et des événements, offrant à la plume une nouvelle maturité. J'ai découvert l'amour des mots. Je pourrais même parler d'une thérapie, qui m'a permis de poser sur le papier des émotions ou des situations vécues. Dans ce livre, j'ai essayé de mettre des petits bouts de chaque personne que j'aime. Qu'ils soient ami, famille, personne d'un jour ou de toujours. Ils ont tous à leur manière marqué ma vie en croisant mon chemin. J'espère que chacune de ces personnes se reconnaîtra dans les caractéristiques ou dans les moments partagés entre mes personnages : Zoé, Noah, Oscar, Luis et Mia. Rêveuse ? Inspirée ? Je ne sais pas. Bienvenue dans le monde de mes pensées. Bon voyage !

I. L’ancrage

Le coin de paradis

La vie est beaucoup plus riche : il faut la voir comme un projet passionnant, une immense aventure, un chemin que nous choisissons à chaque instant et, surtout, une action dont nous assumons à chaque étape la direction.

Albert Bosch

Un bruit de claquement sourd mais à la fois proche m'extirpe de mon sommeil. Ce son régulier dure une trentaine de secondes, puis s'arrête. Je pense avoir reconnu le clapotement des battements d'ailes d'un cygne débutant son vol à la surface de l'eau. Ce réveil est le meilleur. La vie dans ma cabane est rythmée par celle de la nature. Je profite chaque jour de cet avantage précieux. Je sors du lit et contemple par la fenêtre le soleil qui se lève derrière la chaîne de montagnes. Il se pose sur la cime des arbres. Son reflet et celui de la végétation se dessinent sur le lac. Ce matin, les couleurs sont un mélange de jaune et d'orange nuancé de rouge. J'admire le même endroit dans deux perspectives différentes : le vrai paysage, et son reflet sur l'eau qui bouge au gré des courants. Tous les jours, le soleil rayonne sur ma peau bronzée, éclaircit peu à peu mes cheveux châtain clair et éblouit mes yeux bleu-gris devenus sensibles.

J'ai le même prénom que cette fleur qui grimpe sur la façade en bois. Elle est originaire d'Amérique du Sud et égaye le mur avec sa note de rouge, la capucine. J'habite sur la rive française du lac Léman. J'adore ce lieu de vie, je m'y sens bien. Il s'agit de ma cabane. Petite, en bois massif de couleur foncée, elle me permet d'être au contact de la nature. Elle est construite au cœur d'un jardin, où s'étend un grand bouleau sous lequel je peux faire ma sieste à l'ombre. Son tronc initial se scinde en trois parties qui s'érigent vers le ciel. Les feuilles vertes habillent son écorce blanche et le rendent élégant. Les vertus bienfaitrices de cet arbre de la sagesse m'apaisent. Depuis la terrasse en bois qui surplombe le lac, j'ai la chance de pouvoir observer le plus beau spectacle au monde, les mouvements du soleil, qui offrent tous les jours des couleurs différentes : rose, violet, orange et parfois bleu. Elles varient en fonction de la saison et des nuages, mais le spectacle est toujours magique.

Une serre est adossée à la cabane. Elle est en verre. Les plinthes, assorties au carrelage, sont de couleur kaki. Des plantes sont suspendues partout. La serre est cet endroit où je m'évade. J'aime prendre soin de mes plantes, les regarder grandir, fleurir, parfois dépérir. Et puis les faire revivre. Les plantes, tout comme la vie, sont en constant mouvement. Leur état n'est jamais acquis et définitif. Chaque jour, il faut leur apporter un soin pour ne pas qu'elles tombent malades, ou pire, qu'elles meurent. Comme tout être vivant, plusieurs éléments participent à leur bien-être. Je n'en néglige aucun, car ils ont tous leur importance dans le maintien de la vie. Dans ma chambre de petite fille, les plantes remplaçaient les peluches. Elles conditionnent depuis toujours l'équilibre de mon esprit et de mon corps. Peut-être que je me projette en elles : prendre soin de soi pour continuer à pousser et ne jamais faner. Respirer l'air pur des montagnes et sentir le terreau entre mes doigts me calme. Ce contact avec le humus me rappelle le lien avec la Terre. En prenant soin des plantes, je me sens reliée à l'essentiel. Elles m'allègent.

Mon deuxième endroit préféré est le hamac suspendu dans la bibliothèque. C'est ici que je passe une grande partie de mon temps à voyager au cœur des romans.

Ma bibliothèque est une succession d'étagères accrochées au mur avec des équerres en acier. Une échelle en bambou y est adossée, me permettant d'attraper aisément les livres sur la dernière tablette en bois acajou. Ils sont rangés par ligne éditoriale et par auteur. Bily la trouve immense et semble toujours sidéré par le fait que je sache précisément où se trouvent mes livres. Je la trouve belle et haute en couleur. J'aime m'ancrer dans le sol, debout, face à elle, et contempler les livres. Ils m'inspirent et, lorsque je les regarde, me ressourcent. Grâce à leurs différents univers, ils m'emmènent dans la jungle, les montagnes, les océans, le désert, les steppes et les villes. Depuis mon hamac, je voyage à travers moi-même aux quatre coins du monde.

Je suis aussi passionnée de découvertes, autant naturelles qu'humaines. Je considère que chaque personne a quelque chose à m'apporter, peu importe sa culture, sa couleur de peau, son âge ou son milieu social. C'est pour ces raisons que j'adore parcourir le monde avec mon sac à dos. Aucune autre situation ne me fait me sentir plus moi-même et heureuse qu'à ce moment-là. Hélas, comme beaucoup de personnes me l'ont répété : on ne peut pas voyager toute sa vie. J'ai longtemps été en désaccord avec cette opinion. Et pourtant, j'ai fini par y croire. Alors, à mon retour d'un voyage d'une durée de trois mois en Asie du Sud-Est, j'ai réfléchi à un compromis pour limiter ma frustration. Je me suis remémorée les expériences de mes voyages. Il s'est avéré que de beaux souvenirs se sont déroulés dans des *guest houses*, appelées « maisons d'hôtes » en français. Je préfère utiliser le terme anglais qui reflète mieux, à mon sens, la diversité des populations qui passent par ces lieux de vie. Les moments vécus dans les *guest houses* m'ont permis d'échanger avec les locaux et les autres voyageurs. J'ai découvert des rythmes de vie différents et de nouvelles traditions culinaires et familiales. Ces habitudes de vie qui varient d'un continent et même d'un pays à l'autre m'ont profondément marquée, à tel point que j'ai émis l'idée de devenir celle qui crée des moments de vie incroyables. Pourquoi je n'offrirais pas à mon tour l'opportunité à des personnes venant d'ailleurs de découvrir le département de mon cœur, la Haute-Savoie ? C'est ainsi que l'envie d'ouvrir une *guest house* au bord du lac Léman s'est frayée un chemin dans mes pensées. Cette fois-ci, mon voyage pourrait se faire à travers les voyageurs. Conquise par cette idée, j'ai cherché où je pourrais accueillir mes hôtes.

Au retour d'Asie, j'habitais à Morzine chez mon ami Bily. C'est dans ces montagnes que je suis née et que j'ai grandi. D'ailleurs, il paraît que lorsque je suis arrivée au monde, j'avais les yeux grand ouverts. Peut-être étaient-ils déjà prêts à scruter les sommets ? C'est dans ce village que ma famille réside. Je suis chanceuse d'avoir quatre grands-parents très généreux, une sœur attachante qui m'a fait pleurer dès sa naissance – des larmes de tendresse et de joie bien sûr –, des parents persévérants et un oncle hilarant qui a lui aussi le goût du voyage. Malgré tout, à vingt-cinq ans, je préférais vivre chez un ami. Je dirais que c'était plus drolatique. Du coup, Bily m'hébergeait gracieusement dans l'attente de dénicher l'endroit qui me ferait vibrer.

En Asie, j'avais vécu comme les locaux, c'est-à-dire avec le strict nécessaire. Je résidais dans des maisons où la charpente était rustique, constituée de quelques planches de bois ou de tôle qui étaient soutenues par des poutres en bambou. Parfois, il y avait des fenêtres pour combler les trous dans la façade. L'électricité était un luxe dans les habitations des locaux, mais une banalité dans les logements touristiques. Tout comme l'eau courante qui, bien sûr, n'était pas potable. Les premiers jours, ce changement radical m'avait chamboulée. Puis, avec une grande facilité, je m'y étais habituée. J'avais même apprécié ce mode de vie. À tel point que je m'étais promis qu'à mon retour en France j'essaierais de renier certains conforts. Depuis, j'aspire à une vie naturelle et écologique, dépourvue de superficialité. Alors, quand Bily m'a annoncé que son grand-père quittait sa cabane au bord du lac pour rejoindre une maison de retraite, j'ai sauté sur l'occasion. Le grand-père de Bily était moins anéanti à l'idée de quitter son endroit en sachant qu'il allait égayer la vie d'une jeune femme.

C'est ainsi qu'un nouveau chapitre de ma vie a débuté. Cela fait un an que j'y vis seule. Ce silence me permet d'être dans une phase de contemplation et ainsi de comprendre la vie près du lac. Je l'ai rapidement appelé mon *coin de paradis*. J'ai aussi choisi de prendre le temps de me l'approprier avant d'accueillir des hôtes. Je cherchais où et comment les héberger. Partager ma cabane avec eux n'était pas une bonne option. Nous aurions été trop à l'étroit. Et puis, mon caractère de femme indépendante aurait pu nuire à leur séjour et ce n'était surtout pas ce que je souhaitais. La seule option restante était de les accueillir dans mon jardin, entre le bouleau et la berge. Dans une tente : trop classique. Une roulotte : trop bobo. Une cabane dans les arbres : elle ne serait jamais aussi bien que celle que l'on avait enfant. Une bulle dans les arbres : trop riche. Un mazot : trop savoyard. Une yourte : plutôt chouette à mon goût. Cet habitat traditionnel des nomades d'Asie centrale est un merveilleux moyen pour apprendre à être dans la nature, l'observer, la comprendre et la ressentir. C'est ce que je souhaitais transmettre à mes futurs invités. La faible isolation phonique de la toile leur permettrait de profiter pleinement du bruit des vagues les nuits où le lac est agité. La lumière matinale entrerait par le sommet de la yourte. De plus, ayant une bonne exposition au soleil toute la journée, il me suffirait d'installer un panneau solaire pour leur fournir l'électricité nécessaire. Un poêle à bois central suffirait pour assurer une température agréable au printemps et en automne. Cette yourte serait pour les beaux jours. Durant la période hivernale, je n'accueillerais pas d'hôtes, car tout comme moi, ils préfèrent flotter en skis sur la neige fraîchement tombée.

Ce sont les longues années de travail acharné ayant précédé le voyage asiatique qui m'ont permis d'économiser suffisamment d'argent pour transformer en six mois ce projet en réalité.

D'autant plus qu'à mon retour d'Asie, j'avais renoncé à reprendre un rythme de travail aussi soutenu qu'avant. Je voulais trouver un métier qui me laisserait le temps de profiter de la vie et me permettrait de partager : gérer une *guest house* me semblait approprié.

Désormais, mon environnement est un méli-mélo de lac et de montagnes. Le Léman offre une perspective de vue non négligeable et les montagnes me procurent un air purifié, à l'inverse des villes dont la pollution m'étouffe. À l'extérieur comme à l'intérieur de l'eau, je peux me recharger. Sur la berge, je respire la multitude d'odeurs qui se dégage de l'eau douce, des animaux aquatiques et des plantes sous-marines. Tandis que sous la surface, je prends de lentes et profondes inspirations pour ensuite expirer les énergies négatives. Immergée, tous les éléments anxiogènes sont absents. Je suis hermétique à tout et entièrement consacrée à ce qui se passe à l'intérieur de moi. J'ai découvert que la respiration avait un pouvoir apaisant. Ce lien avec la nature m'a conquise dès le premier jour où j'ai emménagé dans la cabane. Lorsque je suis connectée à l'environnement, j'ai l'impression que le temps s'arrête. Et pourtant, comme une majorité de personnes, mes journées sont rythmées par les horaires et les habitudes de vie. Au quotidien, j'essaie d'éviter les contraintes. J'écoute simplement les besoins de mon corps et mes envies passagères, peu importe l'heure. Mais aujourd'hui est un jour différent. Pour la première fois, j'accueille des hôtes. Noah et Zoé sont les premiers à inaugurer la yourte construite dans le jardin. Il faut que tout soit prêt avant leur arrivée. Ils atterrissent à Genève à quatorze heures et vingt-six minutes et seront donc ici vers seize heures. Si je me fie à la seule pendule de ma cabane, celle de la cuisine, il me reste donc deux heures pour parfaire l'arrangement de la yourte et confectionner des pâtisseries qui embelliront l'accueil. À l'approche de l'aboutissement – ou du commencement – de ce projet, l'excitation me coupe le souffle. Je suis à la fois hâtive et craintive.

Dans ma cuisine, les minutes défilent et l'odeur du chocolat parfume la cabane. La vaisselle s'empile dans l'évier, mais je décide de la faire plus tard. Je me consacre d'abord aux finitions de la yourte. Les draps colorés du lit pimentent la décoration que j'ai rapidement imaginée. Je souhaite que tout soit joli, harmonieux et rappelle la nature. Je vais dans la serre pour finaliser le cadeau de bienvenue. À travers le récipient d'eau, je vois que de longues racines ont poussé aux extrémités de la tige de ma plante préférée, la chaîne des cœurs. J'aime les couleurs pâles mais gracieuses de rose, violet et pourpre de ses feuilles poilues. Je rempote cette bouture dans un pot en argile. Avec ses tiges retombantes, elle ornera le centre de la yourte, suspendue dans un tissage en macramé. Cette plante vivace aux tiges fragiles sera un cadeau de bienvenue joliment accordé avec l'aspect naturel qui prédomine dans mon *coin de paradis*. J'entends le grincement du portail qui s'ouvre. Ce sont Noah et Zoé, les premiers hôtes de mon nouveau voyage. J'ai les mains terreuses, je me dépêche de les nettoyer grossièrement et cours à leur rencontre.

La mélodie du voyage

Je crois que les choses en général, les êtres aussi, arrivent dans nos vies quand nous sommes prêts à les accueillir.

Mélina Hoffmann

Une brune aux cheveux ondulés est à l'ombre d'un arbre. Cette jeune femme porte un tee-shirt rouge avec des pompons blancs. Un homme est à quelques mètres d'elle, son regard est tourné vers le sol. Je traverse le jardin pour les rejoindre avec une allure dynamique. À la suite du bruit de mes pas, elle tourne la tête vers moi en faisant voler ses longues boucles et me questionne :

– Capucine, c'est bien vous ?

J'acquiesce d'un signe de tête :

– Oui, c'est moi. Je suppose que tu es Zoé ? Et toi, Noah ?

– C'est ça ! confirme Zoé.

– Je suis enchantée de vous accueillir et vous souhaite la bienvenue dans mon *coin de paradis* au bord du Léman. Vous avez fait bon voyage ?

Tout en posant cette question, je m'agace de sa trivialité. C'est sans doute parce que je me sens à la fois excitée et stressée par le début de ce chapitre de ma vie qui est en train de s'écrire.

–Oui, tout s'est bien passé, je te remercie, répond-elle avec discrétion.

Noah, son conjoint, mesure une tête de plus qu'elle. Un bandana rouge maintient en arrière son épaisseur de cheveux bouclés qui l'agrandit. Les muscles de ses bras dessinent de jolies courbures sur sa peau mate. Le soleil d'aujourd'hui illumine ses yeux marron.

Il rétorque d'un ton décontracté :

–Depuis Nantes, c'est une heure d'avion. Le mec du covoiturage qui nous a récupérés à l'aéroport a été sympa de nous déposer juste devant chez vous. Wouah, la vue est magnifique !

–Les photos et la description du site sont à la hauteur de la réalité. On va être bien ici, Noah ! prononce Zoé en lui souriant.

Il touche sa joue rebondie et lui murmure un « oui » délicat. Je reprends, tout en les invitant à avancer vers la yourte, au bord du lac :

–C'est tout ce que je souhaite ! Que vous réussissiez à trouver votre bonheur ici… Je vous fais visiter ?

–Avec plaisir !

D'un regard rieur, Noah montre les animaux du doigt à Zoé :

–Regarde, Zoé, il y a des poules !

–Je vous présente mes deux Paulette. J'aime les appeler comme ça. Elles vont avoir la courtoisie de régaler vos papilles gustatives avec leurs œufs.

–Trop cool ! C'est drôle comme appellation, « Paulette ». Ça change de poulette ou cocotte !

La spontanéité de Noah me fait sourire, je continue

d'avancer…

–Oh ! Mais il y a aussi une chèvre ! s'amuse Noah.

–Oui, c'est Dragibus. Elle va certainement vous solliciter pour jouer avec elle. Faites attention, elle est un peu capricieuse ! Les Paulette et Dragibus s'avèrent être des colocataires plutôt utiles.

Zoé rentre la tête entre ses épaules. Son sourire rehausse ses pommettes.

–Génial, j'adore les œufs ! En plus, il paraît que les protéines qu'ils contiennent sont celles de référence…

Noah s'explique :

–Nous travaillons dans le restaurant familial de mes parents. Ça tient donc à cœur à Zoé de s'intéresser aux aliments pour choisir les meilleurs, d'où sa connaissance pointilleuse des œufs…

–Ah, c'est chouette ! Quel type de restaurant tiennent tes parents ?

–Un restaurant guinéen.

–Toute l'équipe doit donc se passer de vous pendant vos vacances ?

–Oui, mais le petit frère de Noah et sa copine sont ravis de nous remplacer, reprend Zoé.

–Vous semblez être une famille bien organisée !

–Oui, tu as raison Capucine ! admet Noah.

Nous arrivons devant la yourte. J'ouvre la porte d'entrée que j'apprécie tout particulièrement grâce à la couleur foncée de son bois ravivée par des peintures de couleurs vives. Le soleil pénètre à l'intérieur de l'ossature arrondie.

Je suggère aux hôtes :

–Je vous laisse entrer.

Noah baisse la tête pour franchir la porte et Zoé le suit.

–À vrai dire, aujourd'hui est un jour riche en émotion pour moi, car vous êtes les premiers à l'inaugurer.

–Nous en sommes ravis ! s'exclament-ils en cœur.

–L'ambiance est très chaleureuse et apaisante… inspire Zoé en admirant la yourte d'un mouvement de tête circulaire.

Noah ajoute son petit mot :

–Cocooning !

Il me fait à nouveau sourire. Mes invités semblent apprécier la yourte.

J'ai volontairement choisi une ambiance haute en couleur. Des tapis aux formes géométriques jonchent le sol et le lit est surplombé d'un attrape-rêve artisanal tissant un arbre de vie. Zoé se jette sur le matelas et enfouit sa tête dans la multitude de coussins moelleux. Avant de la rejoindre, Noah prend le temps de poser sa gourde et ses lunettes de soleil sur la vieille valise en cuir marron que j'ai transformée en table de nuit.

Je les observe quelques instants, puis m'échappe pour aller chercher la chaîne des cœurs dans la serre. En m'éloignant, j'entends des éclats de rire. Un sourire de plus en plus large se forme sur mon visage ; ce mouvement sur mes lèvres ne laisse pénétrer que des poussières de joie. Je me sens imprégnée par la gaieté de mes vacanciers.

De peur de les déranger, je balbutie, tout en leur tendant le pot en argile :

–Excusez-moi, voici un cadeau de bienvenue !

Les yeux verts de Zoé sont écarquillés, elle sourit d'étonnement et de satisfaction :

–Une chaîne des cœurs ! C'est ma plante favorite !

–C'est vrai ? Incroyable ! C'est aussi la mienne !

–Oui, je l'aime particulièrement, car elle grandit rapidement avec un bon ensoleillement…

Intérieurement, je commence à me dire que des signes du destin apparaissent. Zoé se lève, saisit la plante et l'admire en la faisant tourner, tandis que Noah reste couché sur le lit.

– Les cœurs qui habillent sa tige représentent la solidarité ; j'apprécie d'avoir cette symbolique au sein de mon foyer. Merci beaucoup pour cette attention, Capucine.

– Je suis heureuse que ça te convienne ! Vous pouvez venir me retrouver lorsque vous le souhaitez pour le goûter de bienvenue. J'en profiterai pour vous partager les informations locales.

– D'accord, merci Capucine, nos vacances débutent bien !

Ils me rejoignent vingt minutes plus tard en marchant main dans la main vers la terrasse. Noah et Zoé s'installent autour de la table en bois et tournent leurs regards vers l'immensité du lac, muets et admiratifs du paysage qu'ils découvrent. Je ne brise pas le silence pour les laisser vivre ce moment…

Tout en les regardant, je me balade dans mes pensées, inspirée…

Je pense que rien n'arrive par hasard. Toute personne rencontrée, toute situation vécue, qu'elle soit bonne ou mauvaise, a une importance. Chaque rencontre est une occasion de s'enrichir personnellement, d'apprendre, de partager et de vivre encore plus intensément. Sept milliards de personnes sur Terre et, heureusement, aucun de ces individus n'a la même passion, les mêmes centres d'intérêt, le même caractère, parcours génétique, familial, social ou professionnel, des opinions et des souffrances identiques, ou encore des joies similaires. Et c'est bel et bien pour ces raisons que chaque personne peut avoir une importance pour une autre. Si je devais choisir un verbe indispensable à la survie psychique de l'être humain, ce serait : partager. Il n'a pas de limite. On devrait tous être aptes à partager notre savoir, nos ressources vitales, nos peines, nos bonheurs, nos désirs et nos vécus. Tout comme on nous apprend la politesse dès notre plus jeune âge, on devrait nous apprendre à partager, pas uniquement notre goûter, mais également ce qui nourrit notre vie. C'est ce que je veux transmettre aux voyageurs.

J'espère que cette nouvelle manière de voyager égayera d'autant plus les bords du lac Léman.

Quelques minutes plus tard, je romps le calme en leur proposant une part de gâteau au chocolat, aux amandes et à la patate douce. À ce moment-là, j'ai la sensation que le voyage commence.

–Alors, dites-moi, pourquoi êtes-vous venus en Haute-Savoie ?

–Depuis plusieurs années, le désir de découvrir la montagne et de respirer un autre air que le littoral grandit en moi. Nous avons enfin cassé la routine, répond Zoé d'une voix douce.

–Fiou ! Elle a réussi à me convaincre, la chipie ! D'habitude, on part en vacances sur la côte atlantique en caravane, à quelques kilomètres de chez nous. On habite Nantes. Là-bas, je m'éclate avec mes potes à faire du *bodyboard*.

Je décèle beaucoup de tendresse dans la manière dont Noah s'adresse à Zoé.

–Tandis que moi, je m'occupais en allant à la pêche aux crabes. Mais tu te doutes bien qu'au bout de quelques jours, voire de quelques heures, je me lassais de cette activité…

Je les regarde alternativement et formule d'une voix enjouée :

–J'ai alors un sacré défi : celui de ne pas vous faire regretter d'avoir changé vos habitudes !

–Exactement, Capucine ! Mais ne te mets pas trop la pression, moi ça va être facile. Je suis partisane du fait que la routine est ennuyante et pénible. C'est pour cette raison que j'ai insisté auprès de Noah pour partir ailleurs…

–Blablabla… Et là, tu vas dire que je suis casanier. Bon, j'avoue, c'est vrai que j'ai eu du mal à renoncer à la côte atlantique, car j'ai tendance à me complaire dans cette routine. À vrai dire, ce qui m'embêtait surtout, c'était de ne pas profiter de ma caravane pendant les vacances…

Noah laisse échapper un ricanement en levant simultanément les yeux au ciel.

Zoé rebondit :

–C'est pour cette raison que nous voilà chez toi ! Je me suis dit qu'une yourte était un habitat assez proche de l'esprit de la caravane. J'ai proposé à Noah et il a dit « oui ».

Je devine dans les mots de Noah une petite note d'amertume, que la douceur et le calme des paroles de Zoé compensent.

–Je comprends. Je suis encore plus ravie de vous accueillir. Quels sont les éléments qui rendraient vos vacances réussies ?

–De l'authenticité et de la nature. Ça fait tellement longtemps que je veux découvrir la Haute-Savoie !

Les mots de Zoé résonnent dans mes paysages intérieurs. Je ressens une avalanche de joie qui parcourt mon corps en entendant son désir de découvrir les Alpes. Je présume que cela va être un réel plaisir pour moi de lui partager mon amour pour elles, les montagnes. Je lui souhaite de les ressentir de l'intérieur, comme c'est mon cas.

Noah interrompt le cheminement de mes pensées :

– Des aventures locales et sportives pour pallier le manque du *body* ! Mais aussi de la tranquillité…

– Somptueux programme. Dans ce cas, si vous n'êtes pas trouillards et plutôt débrouillards, je pense avoir quelque chose qui peut vous plaire… Je ne vous en dis pas plus. Surprise ! Vous êtes partants ?

– Je suis partante.

– Pourquoi pas. Je vais dire oui, parce que j'aime bien les surprises.

Noah retire le bandana rouge de sa tête et hausse les épaules. Sa réaction semble nonchalante. Néanmoins, il accepte.

– Génial ! On fera ça demain. Je vous donne rendez-vous à dix-huit heures devant la yourte avec une veste polaire, des chaussures de randonnée et une lampe frontale. Vous avez tout ça ?

– Oui.

– En attendant, je peux vous conseiller d'aller faire une promenade dans le village…

– Très bonne idée. Peux-tu nous expliquer comment y aller ?

Je me lève, m'avance sur la terrasse et leur montre du doigt le sentier de terre qui part sur la gauche du jardin :

– Il faut que vous empruntiez le chemin des douaniers qui longe la rive. En dix minutes, vous arriverez au village. Vous verrez, c'est un hameau typique de maisons en pierres fleuries de géraniums. Il y a aussi quelques corps de ferme dont certains ont été rénovés, tandis que d'autres sont encore en travaux. Sur la place de l'église, il y a une fontaine sur laquelle une Croix de Savoie est sculptée. L'eau est potable et fraîchement descendue des montagnes. Noah, tu pourras remplir ta gourde et ressentir la différence de température entre l'eau de la fontaine et l'eau tiède du lac. Il y a une plage de pelouse accessible depuis le village ; les autres plages sont de petites criques de galets au bord du sentier. La rondeur et les différentes teintes de gris de ces galets rendent chaque crique unique. Ah ! J'oubliais ! Il y a un marché de producteurs locaux tous les mercredis sur la plage de pelouse.

– C'est fantastique tout ça !

– Je vous conseille d'acheter vos produits au marché et de les déguster sur la plage. Vous verrez, c'est très sympathique !

– C'est un apéritif local ! formule Zoé.

– Tout à fait !

– Et tu nous conseilles d'acheter quoi ? me questionne Noah.

– Un fermier des montagnes environnantes de Morzine, un village rempli de chalets en bois situé à mille mètres d'altitude dans la vallée d'Aulps, vend une tomme de Savoie crémeuse au goût prononcé de la ferme. Vous pourrez la savourer avec du pain complet cuit au feu de bois. Le miel de sapin de l'apiculteur est également délicieux. Vous aurez l'impression de goûter la forêt !

Les yeux verts de Zoé pétillent et la commissure de ses lèvres monte de plus en plus haut vers ses pommettes. Noah se caresse l'abdomen.

– Merci beaucoup, Capucine. Je crois que tu nous as donné faim.

– Profitez ! Si vous avez le moindre souci, appelez-moi. Bonne balade et régalez-vous bien !

En début de soirée, alors que je suis plongée dans un livre qui aborde les relations humaines avec une écriture poétique et un point de vue philosophique, une voix mélodieuse me surprend. Je me lève du hamac accroché à la bibliothèque et m'approche de la fenêtre. J'aperçois, assise sur les galets au bord de l'eau, Zoé qui chante. Noah l'accompagne en jouant de la percussion. En me voyant, il me fait un signe de tête, que je présume être une invitation. Je les rejoins et m'assois auprès d'eux. Son chant se confond presque avec celui des oiseaux. Je l'écoute attentivement pendant plusieurs minutes. Lorsqu'elle chante, ses joues se creusent pour accueillir un sourire changeant au gré des paroles prononcées. Elle ferme les paupières. Ses cils sont longs et la ligne de ses sourcils est fine. Ses cheveux bruns dansent sur ses épaules en suivant les rotations de sa tête. L'émotion est si forte qu'elle m'en hérisse les poils, envahit mon corps de frissons et humidifie mes yeux. Sa faculté de transmettre les émotions à travers sa voix m'impressionne. Le visage de Noah est cette fois-ci orienté vers le ciel bleu foncé. Il se mord la lèvre inférieure tout en tapant fort sur la peau de la percussion. Ils sont très touchants. Ils semblent être transcendés par la musique. Elle habite leurs corps.

À la fin de l'interprétation, Noah m'explique que cette percussion s'appelle un *dum dum*. C'est un instrument guinéen dont les vibrations positives m'ont transportée. Bien que cela fasse vingt-neuf ans qu'il habite en France, Noah est originaire de Guinée.

Je les remercie de m'avoir fait ressentir ces émotions et songe au partage, qui peut se faire par de multiples moyens. Ils utilisent le chant et la musique, alors que d'autres préfèrent la lecture, l'écriture, l'activité physique, les arts culinaires ou encore le cinéma. En ce qui me concerne, je partage mon environnement et aime faire découvrir mes *coins de paradis* cachés un peu partout dans la Haute-Savoie. Jusqu'à présent, je préférais les garder pour moi afin d'avoir plus de chances d'y être seule. Je suis peut-être un peu chauvine, mais j'aime me dire que j'épargne ces endroits sauvages du tourisme, ou plutôt des vacanciers qui n'ont pas toujours la notion de respect de la nature, notamment en laissant leurs emballages de sandwichs, leurs canettes de boisson ou ces terribles mégots de cigarettes qui remplacent progressivement les fraises des bois, les myrtilles ou les champignons selon la saison. Des questions jaillissent en moi – *Si je rendais les gens aussi amoureux de la nature que je le suis, est-ce que cela permettrait qu'ils soient plus respectueux envers elle ? Serait-ce une solution pour changer leurs comportements ?* – J'aime le croire, je vais essayer.

La bulle d'oxygène

La vie est simple quand on ne s'encombre pas de peurs et de pensées inutiles.

Agnès Ledig

Les rayons du soleil envahissent ma chambre. J'aime me réveiller avec la lumière naturelle et ne ferme ainsi jamais mes volets.

Au début, j'ouvrais les yeux dès les premières lueurs. Puis, grâce à la formidable capacité d'adaptation du cerveau, je me suis habituée et me lève désormais lorsque mon quota de huit heures de sommeil est atteint.

L'escalier en bois craque sous le poids de mes pas. J'allume la machine à café, je sors les pots de miel, de confiture et le tahin. Le pain complet crépite dans le grille-pain. Je mets le tout sur mon plateau fétiche et me dirige vers la terrasse. C'est alors que commence le meilleur moment de la journée, que je savoure toujours avec autant de plaisir. J'entends le chant des mouettes et l'agitation des vagues qui se brisent sur les galets. Comme tous les matins, ce silence est interrompu par le bruit du moteur de la barque bleu turquoise du pêcheur qui vient chercher les casiers à écrevisse. Il me fait un signe de la main, auquel je réponds amicalement.

Alors que certains ont besoin d'une cigarette pour démarrer positivement leur journée, moi, j'ai besoin d'un petit-déjeuner. J'apprécie pleinement cet instant de connexion avec mes sens olfactifs, visuels et sensitifs. J'éprouve aussi de la gratitude quand je pense à ceux qui n'ont plus la chance de pouvoir sentir l'odeur du café, d'entendre les craquements du pain sous le couteau ou de distinguer l'amertume du tahin de la note sucrée du miel de lavande. Depuis que je consacre de l'importance à ce moment banal, j'ai appris à ne plus manger mécaniquement. En me recentrant sur moi-même, je mange en pleine conscience et utilise en totalité les bienfaits des aliments. Vivre consciemment ce petit-déjeuner me procure le même effet, j'imagine, qu'une dose d'anxiolytique.

Une fois ce moment de ressourcement terminé, je prépare le petit-déjeuner des hôtes. J'aimerais leur partager ce bonheur naturel. Je ressens de la joie en leur concoctant mes préparations culinaires et j'espère qu'elles leur feront démarrer positivement cette première journée de vacances. J'écris les intitulés sur une feuille en carton et dépose le plateau sur la table ronde, devant la yourte :

Pancakes à la banane et caramel au beurre salé

Jus d'abricot 100 % pur jus

Tisane au gingembre et citron

Œufs brouillés des Paulette

Yaourt maison au lait de Dragibus

J'enfourche ensuite ma vieille bicyclette turquoise et pédale jusqu'au magasin biologique pour acheter des aliments frais.

À mon retour, Noah et Zoé ne sont pas dans la yourte. Pendant qu'ils vaquent à leurs activités savoyardes, je prépare le pique-nique pour ce soir. Je veux honorer notre première escapade montagnarde et leur permettre de débuter leurs vacances en beauté, tout en faisant connaissance avec eux. En tant qu'hôte, je souhaite les guider tout au long de leur voyage. J'aimerais relever ce défi : les faire succomber au charme de la Haute-Savoie.

En cuisinant, mon esprit s'évade déjà dans le véritable espace naturel que je vais leur faire découvrir ce soir. Il est méconnu des touristes et riche en faune et en flore. Là-bas, le pré grouille constamment d'abeilles qui butinent les fleurs. Cette danse agitée sur une piste herbeuse me fascine toujours. Les fourmis escaladent les tiges, les faisant onduler sous leur infime poids. Pour certaines, l'ascension est périlleuse mais, avec persévérance, elles y parviennent. Niché entre deux montagnes, le petit lac de Joux Plane offre une vue dégagée sur le mont Blanc. Gravir ce dôme blanc à l'apparence d'un sommet de chantilly est réalisable pour certaines personnes sans essoufflement, alors que pour d'autres cela s'avère inenvisageable. Chaque être humain possède sa propre montagne à gravir, adaptée à sa grandeur et à ses capacités.

L'horloge indique qu'il est dix-huit heures. Je rejoins Noah et Zoé qui m'attendent devant la voiture. Ils sont ponctuels. Noah a tiré ses cheveux en arrière à l'aide du bandana. Il semble ne jamais le quitter. En me voyant, Zoé ôte ses lunettes de soleil, démasquant ainsi ses yeux verts. Je les préviens :

– J'espère que vous n'avez pas le mal des montagnes, car la route pour se rendre au lac de Joux Plane est assez sinueuse.

Noah hausse les épaules et fait une grimace d'incertitude :

–Je peux t'assurer que je n'ai pas le mal de mer, car tous les week-ends je vais naviguer avec mon frère. Puis… mes premières minutes de vie se sont déroulées sur un bateau…

–Ah bon ?

–Oui, ma mère se rendait sur le continent pour accoucher, mais je suis arrivé avant ! Par contre, le mal des montagnes, je ne sais pas. Je n'ai jamais essayé…

–Tu m'inquiètes, Capucine, je serais gênée de vomir dans ta voiture. On va où ? Et on va faire quoi ?

–Tu n'as aucune inquiétude à avoir, Zoé. De toute façon, c'est ton corps qui décidera. Et si malheureusement tu as la nausée, on s'arrêtera sur le bord de la route. Je vous emmène manger dans un col autour d'un feu de bois.

–Tu commences fort notre immersion dans les Alpes ! commence à s'affoler Noah, tandis que Zoé monte dans la voiture.

Le ciel est chargé, la chaleur pèse dans l'atmosphère tout autant que dans l'habitacle de la voiture. Peut-être sera-t-elle moins étouffante à mille six cent soixante-dix mètres d'altitude ? Nous sommes éblouis par un éclair. Il ne pleut pas. Mon père me disait souvent que les orages les plus violents étaient les orages secs.

Mon cœur tambourine dans ma poitrine. J'essaie de cacher à Noah et Zoé la légère frousse qui commence à s'installer en moi. Je jette de rapides coups d'œil dans le rétroviseur pour déceler des mimiques sur leurs visages. Ils semblent paisibles, je n'ai pas l'impression de voir la moindre préoccupation. J'hésite à leur demander s'ils vont bien, puis je me dis que cela risque d'attirer leur attention et de les angoisser. Nous sommes en pleine forêt, la route étroite serpente. Mon esprit vacille entre le renoncement et la prise de risque. Encore une décision de plus à prendre. La vie est rythmée par des choix. Celui-ci peut être totalement ordinaire, mais si la montagne n'est pas de notre côté, il peut devenir fatidique. D'habitude, je prends la décision avec laquelle je me sens le plus à l'aise : je suis mon intuition. Ce soir, je fais preuve d'audace en décidant de poursuivre cette manière de vivre. Je tais mes doutes et roule jusqu'au lac de Joux Plane.

Je vois à travers le rétroviseur leurs regards émerveillés lorsqu'ils aperçoivent le mont Blanc. Il est dégagé et entouré d'un halo de nuages gris, le rendant encore plus impressionnant. Ils sortent de la voiture, se tiennent debout face à lui et restent muets. Je regarde quelques instants le spectacle, eux devant ce dôme de chantilly, puis j'attrape le panier en osier qui est dans le coffre.

– C'est incroyablement beau !

Les mots semblent s'échapper du cœur de Zoé et ne sont destinés à personne. Elle exprime juste ce qu'elle ressent. Elle se tourne ensuite vers moi avec un grand sourire et on s'avance vers le lac en traversant le pâturage où plusieurs vaches ruminent.

– Ce sont des vaches abondance. Il s'agit d'une race haut-savoyarde. Leur robe est couleur pie rouge acajou et contraste avec leur tête blanche, leur dis-je.

– Elles sont belles. Regarde celle-ci, on dirait qu'elle a des lunettes naturelles… s'amuse Zoé en désignant l'une d'elles qui a les contours des yeux marron.

– C'est une adaptation à la luminosité des montagnes qui leur permet d'être moins éblouies en atténuant la réverbération du soleil.

– Intéressant ! Dis-donc, elles sont plutôt musclées et fines !

– Oui, ce sont des vaches laitières de montagne. Il faut

qu'elles soient endurantes pour vivre en altitude et s'adapter aux variations de température.

–Ça me fait penser que la tomme de Savoie que nous avons goûtée hier soir au marché local était très douce et crémeuse. Merci encore de nous l'avoir conseillée !

–Avec plaisir ! Vous avez dû prendre une tomme jeune. Les plus vieilles ont un goût prononcé, comme l'odeur d'ailleurs !

Noah est intrigué par l'îlet habité par des canards, au milieu de l'étendue d'eau verte. La fraîcheur de l'air saisit nos corps. Je charge Zoé d'aller ramasser des branches de bois sec, quelques bûches et des pierres pour construire le foyer et faire scintiller le feu.

En revenant, elle me confie son admiration face à la clarté de l'eau qui ruisselle dans un petit torrent en contrebas.

Trente minutes plus tard, le feu crépite. La chaleur qu'il dégage permet de maintenir nos corps à une température confortable. De fines particules de cendres se propagent dans l'air et se mêlent à celles de la bonne humeur. La montagne est de notre côté au cours de cette soirée.

Grâce aux chants africains de Zoé, ce feu de bois est singulier. Ses bras et son buste fin s'agitent en fonction de la cadence de la mélodie. Sa voix et son cœur semblent être en pleine cohésion. Ce mélange suscite en moi l'envie de faire quelques pas d'une danse africaine que je connais : le *makourou*. Hélas, je n'ose pas laisser mon corps danser.

Cet instant hors du temps est interrompu par les hurlements de Noah :

–UN LOUP !! Les filles, il y a un loup ! On fait quoi ? Que doit-on faire face à un loup ? On court ? On monte au sapin ? Zoé, viens derrière moi. Capucine, attrape cette branche et fais-en une torche. Non non, en fait, à trois, on court tous jusqu'à la voiture ! Un… deux...

– STOP ! me fait sursauter Zoé. Noah, calme-toi et reste ici.

Zoé n'a pas le temps de prononcer sa phrase que Noah dévale déjà à grandes enjambées le pâturage en direction de la voiture. Nous sommes toutes les deux ahuries par la situation. Il trébuche sur une racine et s'écroule au sol. Le loup s'avance alors paisiblement vers lui.

– Le pauvre, il est apeuré, ironisè-je.

– Euh oui… Mais je crois qu'il a de bonnes raisons ! Que fait-on ?

– Il n'a aucune raison d'avoir peur. J'ai oublié de vous dire que tous les soirs, un homme de Morzine, le village plus bas, vient ici promener ses deux chiens-loups.

En m'entendant, Noah se redresse et rit de la fantasmagorie de la situation. Son rire est entre le cri d'un âne et celui d'une sorcière maléfique. Il rentre son menton dans son cou. Cette mimique lui fait des bourrelets sous le visage, c'est hilarant.

– Pas de doute, on est de vrais touristes, ma Zoé !

Noah et Zoé sont rassurés par la situation et leurs craintes sont adoucies. Nous partageons un rire profond, moqueur mais rempli de bienveillance. Je suis fascinée par l'autodérision de Noah. Il est capable d'utiliser chaque situation qui n'est pas à son avantage afin de s'amuser lui-même.

De retour à la cabane, en claquant la porte de la voiture, Zoé fait remarquer à Noah :

– Tu n'as pas le mal des montagnes !

– Oui ! Exact… bredouille-t-il entre quelques cris de soulagement lorsqu'il étire ses bras éreintés.

Il part se coucher, tandis que Zoé ne semble pas avoir envie d'achever cette soirée. J'imagine que c'est dû à l'excitation de la rencontre et à l'impatience de découvrir l'autre. Alors nous

nous installons toutes les deux sur la terrasse autour d'un verre de *prosecco*.

– Je te remercie pour cette virée insolite, Capucine, me gratifie-t-elle.

– Avec joie ! Tu as aimé ?

– Oui, c'était dépaysant, ressourçant et amusant !

– Cet endroit est l'un de mes favoris. J'aime m'asseoir près du lac et contempler les insectes, les oiseaux et les animaux virevolter, grimper, courir et voler.

– Les montagnes sont également sublimes, et la vue sur le mont Blanc subjuguante !

– Elles inspirent la sérénité… Elles ont été ma bulle d'oxygène lorsque j'étouffais.

Je suis étonnée d'avoir prononcé cette dernière phrase. Habituellement, je garde ces pensées profondes pour moi. Elle ne prononce aucun mot. Toutes ses paroles semblent être concentrées dans son regard brillant. Je détecte une incertitude, presque une gêne. Son attitude dégage de la bienveillance. Elle ne pose aucune question. Je serais presque apte à lui accorder déjà ma confiance, mais je me contiens afin de ne pas susciter en elle de la curiosité à mon égard.

Un bâillement décline rapidement ce moment de flottement.

– Tu sembles être fatiguée ? me chuchote-t-elle.

– Finalement, je crois que oui !

Nous terminons nos verres de *prosecco* en parlant des banalités de la vie, puis elle part cajoler Noah qui doit déjà être assoupi. Je rejoins mon lit et à l'issue de cette courte discussion avec Zoé, la perplexité demeure en moi. Je m'ensommeille, sans avoir le temps de rêvasser.

La tendresse des cygnes

Cuisiner. C'est l'art le plus beau et le plus complet. Il engage nos cinq sens, plus un – le besoin de donner le meilleur de nous-mêmes.

Paulo Coelho

–Un œuf... de la farine de sarrasin... et de l'eau. Hum ! hum ! Je crois que tu prépares des galettes de sarrasin ! suspecte Noah.

–Bonne déduction ! Je vais tenter de suivre la recette que Zoé m'a donnée. Elle m'a expliqué qu'en Loire-Atlantique vous utilisiez une pâte à base de farine de sarrasin garnie d'aliments salés et que vous l'appeliez « galette de sarrasin ».

–Exact ! Vous ne faites pas ça en Haute-Savoie ?

–Eh bien non, on utilise la même pâte que celle des crêpes de farine de blé blanche.

–Mais c'est un sacrilège ! s'offusque-t-il.

Je ricane et le rassure :

–Je vais donc faire des galettes de sarrasin pour m'aligner aux traditions culinaires de chez vous.

–Tu peux essayer, mais tu ne seras jamais à la hauteur des talents culinaires de ma Bretonne adorée ! dit-il en me faisant un clin d'œil.

–Peut-être ! Et pourtant j'ai un avantage incontestable : l'œuf est pondu par une Paulette. Mais je reconnais avoir aussi un désavantage : je ne possède pas l'ingrédient de Zoé, son amour. J'espère que tu seras indulgent avec moi ?

–Je te taquine, Capucine ! J'aime bien ça ! Tu l'as compris ?

Il pose sa main sur mon épaule, signe de bienveillance.

–Oui oui !

–Elle t'a raconté notre rencontre ?

Je suis dubitative. Pourquoi me pose-t-il cette question ? Leur rencontre amoureuse est un élément intime que Zoé n'a pas forcément à me dévoiler…

–Non.

Visiblement, malgré ma réponse succincte, Noah désire m'en faire part. Le début de leur histoire semble être charmant ; il s'adosse contre le plan de travail de la cuisine, entrelace ses doigts et appose ses mains sur son plexus solaire. La délicatesse se lit sur son visage, il s'exclame :

–C'était à un *déj* dans une crêperie. On était chacun seul, assis à deux tables côte à côte. J'ai vu la surprise dans son regard quand elle a commencé à lire la carte. La manière avec laquelle elle a froncé les sourcils m'a fait sourire… Elle s'est égosillée : « crêpe au fromage ? » sur un ton scandalisé. Je lui ai alors susurré que c'était un sacrilège de mettre des produits salés dans une crêpe sucrée… Elle était d'accord et tellement outrée que l'on puisse proposer des « crêpes au fromage » qu'elle m'a proposé de quitter le restaurant. J'ai furtivement tenté de l'en dissuader, mais elle était déterminée à ne pas déroger à ses origines.

Je suis amusée par cette histoire qui ne me semble pas anormale, car en Haute-Savoie les crêperies proposent également des crêpes salées. Je le questionne :

–Vous avez fait quoi alors ?

–Lorsque la serveuse était en cuisine, Zoé a enfilé sa veste en jean, celle qu'elle a apportée ici, et on est partis en courant jusqu'au bout de la rue. Je revois encore ses cheveux bruns rebondissant sur son dos. Une fois qu'on ne voyait plus le restaurant, on s'est arrêtés. La course lui avait fait rougir les joues. On s'est regardés et on a été pris d'un fou rire. Ça faisait tellement de bien de partager un rire aussi intense et naturel avec une parfaite inconnue. C'était tellement mystérieux, que je me suis dit que ça n'était pas dû au hasard... Il y avait un truc.

Sa voix s'attendrit et son regard pétille. J'aperçois des centaines d'étincelles d'amour dans ses yeux couleur cappuccino. Je succombe, c'est adorable. Initialement encombrée de connaître cette partie intime d'eux, finalement, je suis décidée à découvrir la suite.

–Et ensuite ?

–Après cette rencontre clownesque, je lui ai proposé d'aller manger dans une vraie crêperie. Zoé était très timide et réservée. J'ai eu du mal à découvrir cette partie d'elle, pleine de vie, mais aujourd'hui ça fait cinq ans qu'elle égaye mon quotidien.

Il détache ses doigts et mime le chiffre cinq, puis pose la paume de sa main contre le thorax.

–Vous aviez quel âge ?

–J'avais vingt-quatre ans, et elle vingt-trois.

–Je te remercie pour cette confidence. Votre rencontre n'est pas anodine, le destin a écrit un beau chapitre dans vos vies...

–Oui ! Bon, je te laisse à la popote ! Je vais la chahuter

pendant qu'elle médite sur la plage.

Je le regarde rejoindre Zoé avec un pas léger. Lorsqu'il parle d'elle, son corps, sa voix et ses paroles délicates traduisent tout l'amour que son cœur possède pour elle. Ils semblent vibrer l'un pour l'autre.

En écoutant une musique de reggae, je suis joyeuse de suivre la recette de Zoé avec rigueur. Ma faim de découverte de nouvelles traditions culinaires va-t-elle atteindre la satiété ?

Je songe à la rétrospective de Noah. En rentrant dans la crêperie, il ne savait pas que sa vie allait être chamboulée par cette rencontre qui fut une bifurcation sur sa route, l'amenant à prendre la direction du bonheur… C'est toujours a posteriori que l'on s'aperçoit des moments décisifs de notre vie.

En tamisant la farine, je la fais s'envoler et s'éparpiller sur le plan de travail. J'attrape une pincée de poudre grisâtre et la frictionne délicatement entre mon pouce et mon index. Elle est d'une douceur imprenable. J'extrais les minuscules plumes des Paulette encore accrochées à la coquille et casse l'œuf dans un bol séparé. Le jaune vif, rond et bien galbé, témoigne de sa fraîcheur. J'ajoute ensuite un léger filet d'eau tiède tout en mélangeant vigoureusement la farine, l'œuf et l'eau. L'odeur du sarrasin titille mes narines. C'est une odeur que je n'ai pas l'habitude d'inhaler et pourtant, je la trouve très appétissante.

Je laisse la pâte reposer une heure au réfrigérateur et rejoins Zoé qui est assise sur les galets, le regard tourné vers le ciel.

– Tu médites ? Je te dérange ?

– Non, j'ai terminé de méditer depuis que Noah est venu

me taquiner. Tu peux t'asseoir !

Je m'assois en tailleur à côté d'elle et empile chacune de mes vertèbres au-dessus de la précédente, tout en écoutant sa voix mélodieuse.

–Tout à l'heure, je suis partie m'aérer au bout de la digue. J'avançais d'un pas lent. Je contemplais le coucher de soleil à travers les feuilles des arbres qui virevoltaient. Ma tête était vidée de toute pensée, ce qui est rare…

–As-tu remarqué que les rayons du soleil qui transpercent les feuilles les rendent presque transparentes ?

–Non, mais j'ai observé que la luminosité était de couleur ocre, ça embellissait le champ de pissenlits et illuminait le bord de l'eau. C'était agréable, les hautes herbes me chatouillaient les mollets.

Je souris intérieurement, car je connais ces sensations et le réconfort qu'elles apportent.

–As-tu senti l'odeur du lac ?

Elle fait un signe de tête désapprobateur :

–Non, j'étais trop concentrée à sautiller de rocher en rocher. J'ai fait quelque pas sur la digue et j'ai ralenti mon allure.

–Pourquoi ?

Un sourire béat se dessine sur son visage :

–Une maman cygne était confortablement installée sur une couche de galets, de bois, de brindilles et de feuilles encore vertes. Elle veillait sur ses six bébés.

Je suis touchée qu'elle me relate la rencontre de cette douce soirée. Elle n'est pas partie loin, mais elle semble émerveillée.

–Le spectacle devait être inouï…

–Oui. Au début, elle a raidi le cou, craintive de mon arrivée. Je lui ai murmuré « Ne t'inquiète pas jolie maman cygne, je ne te veux pas de mal. Tu as raison de veiller sur tes petits et de me craindre, car d'autres personnes de mon espèce pourraient t'importuner. »

Impatiente d'entendre la suite de sa promenade, je réplique précipitamment :

–Et alors, que s'est-il passé ?

–Le cou du cygne s'est relâché et est retombé peu à peu jusqu'à venir se poser sur son propre dos. Je lui ai chuchoté « Ils sont si mignons tes bébés. Tu dois être fatiguée d'avoir donné la vie. »

–As-tu vu les cygneaux de près ?

–Disons que j'ai aperçu une masse duveteuse grise, un petit bec noir, puis un œil.

–L'amour était sous tes yeux.

–Oui, c'est pour ça que je suis repartie, afin de la laisser profiter de ce bel échange avec ses oisillons.

Zoé semble réellement touchée par cette rencontre remplie d'amour. Rien n'est plus émouvant qu'une naissance. Transformer le néant en réel. Les animaux ont ce fabuleux pouvoir de nous faire succomber à leurs mignonneries. Elle rompt ce moment enchanteur en me ramenant à la réalité avec une question pleine de malice :

–Au fait, c'est ce soir que tu tentes les galettes ?

–Ah tiens ! Tu n'as pas oublié ! Nantes te manquerait-elle ?

–Absolument pas, je me sens tellement bien ici !

–Je suis heureuse de t'entendre dire ça ! Oui, la pâte est en train de reposer. D'ailleurs, je vais aller la cuire.

Je prends appui sur l'herbe avec mes pieds, contracte les muscles de mes cuisses pour me lever et retourne gaiement dans la cuisine.

La chaleur de la poêle transforme les molécules de glucose

en arômes odorants grâce à la réaction de Maillard. L'odeur du sarrasin mêlée à celle du beurre qui émulsionne embaume la pièce.

Je tends l'assiette contenant une galette garnie d'une fondue de poireaux à Zoé :

–Alors ? Elle est comment ?

J'attends impatiemment sa réponse en l'observant avaler une bouchée :

–Capucine, elle est DÉ-LI-CI-EUSE ! clame-t-elle en accentuant chaque syllabe.

Je suis soulagée et heureuse :

–Chouette ! Je te remercie. Grâce à ton partage de recette, j'enrichis mon choix de plats quotidiens à cuisiner. Et toi, Noah, qu'en dis-tu ?

–Franchement, elle est presque aussi bonne que celles faites par Zoé !

–Génial si ma première tournée est une réussite !

–C'est un réel plaisir de partager mes petites recettes. Dis-moi Capucine, en face, c'est la Suisse ? m'interroge-t-elle tout en pointant du menton la rive opposée à la nôtre.

–Oui.

–Je trouve ça marrant de se dire que de l'autre côté du lac il y a un pays différent…

–Ah, c'est vrai ? Je suis habituée, je ne l'avais jamais vu comme ça ! Encore une preuve qui témoigne que l'on a tous des manières de voir et de penser différentes…

–C'est vrai…

–J'ai une nouvelle proposition pour vous ! lancè-je.

–J'écoute ! réagit Noah avec enthousiasme.

–Un festival de reggae a lieu dans un village au bord d'une rivière. C'est une bouffée de bonheur, dans une ambiance jamaïcaine, mais en Haute-Savoie. Le dépaysement est assuré. Il me semble que, Noah, tu apprécies particulièrement les percussions. Tu pourrais même amener ton *dum dum* pour jouer au camping avant les concerts ? Et toi, Zoé, tu pourrais chanter des chants africains ?

– Ton idée est géniale ! C'est quand ? s'emballe Noah.

– Dans deux jours.

– Parfait ! Tu as une tente ? un réchaud ? des matelas gonflables en état ? On n'a rien besoin de plus !

– J'ai la panoplie indispensable du campeur, mais surtout du festivalier ! validè-je sur un air ironique.

– Au top ! La tranquillité sera pour plus tard pendant nos vacances, car il n'existe rien de plus fun que l'ambiance reggae ! clame Noah en s'approchant de Zoé pour lui voler un baiser.

Visiblement, elle n'a pas eu le temps de donner son approbation pour le festival, il l'a donnée pour elle. Je devine dans les yeux de Zoé que c'est un « oui » et, vu l'engouement que cette proposition procure à Noah, elle ne peut qu'être d'accord.

J'imagine que c'est ça, l'amour : le sentiment irrésistible de ne pas pouvoir renoncer au bonheur de l'autre.

La libération des rêves

Nos rêves sont nos meilleures armes pour vivre dans ce monde de fou.

Marine Barnérias

L'eau de la rivière qui passe à côté du camping du festival saisit mes pieds et ceux de Zoé. On se relaxe, chacune assise sur une chaise en toile. Les rires des festivaliers et les frémissements de l'eau rendent l'atmosphère ressourçante.

La Dranse est une rivière de couleur grise, nuancée de bleu, qui traverse trois vallées du massif du Chablais. Lorsqu'il y a des orages, les écoulements de boue la teintent d'un marron foncé et l'on entend les rochers qui se fracassent les uns contre les autres.

Au printemps, le débit est quatre fois supérieur à celui de la saison estivale. C'est par cette rivière que la neige quitte les montagnes sous forme de molécules d'eau qui s'écoulent dans le lac Léman, pour rejoindre ensuite la mer Méditerranée par le Rhône. L'été, elle est calme et apaisante.

Enfant, quand je fermais les yeux et que je l'écoutais, j'avais l'impression qu'il pleuvait. Ce bruit similaire à celui de la pluie traversait mon corps jusqu'à couler dans mon cœur.

Ici, il n'y a pas de distinction de classes sociales, tous les festivaliers sont en maillots de bain et sans superflu. Les agitations quotidiennes se sont muées en détente, amusement, libération, rencontres et partages. Il n'y a aucune barrière, il est possible de parler librement à un inconnu sans avoir peur d'être jugé. La gaieté de chacun réchauffe le cœur de tous. Cette chaleureuse ambiance me rappelle la simplicité avec laquelle j'ai vécu lors de mon voyage en Asie.

Zoé balbutie, d'une voix faible, à peine audible :

– Je rêve d'avoir un bébé avec Noah... Il serait sûrement métis, lui aussi, et aurait les cheveux de son père, de belles bouclettes…

Elle regarde les enfants se baigner en face de nous, mélancolique. La convivialité du lieu semble être propice aux confidences. Je suis surprise qu'elle se confie à moi et lui réponds avec humour :

– Pour l'instant, tu sembles être bien partie pour réaliser ton rêve de petite fille !

Elle laisse échapper un léger éclat de rire et me retourne la question :

– Et toi, Capucine, quel est ton rêve le plus précieux ?

– Voyager en van...

– Voyager en van ? relève-t-elle.

– Oui, le voyage fait partie de mon équilibre de vie. C'est bien plus qu'une passion, c'est un besoin… Mais je ne sais pas vraiment d'où vient ce rêve...

– Peut-être que, pour connaître son origine, tu pourrais te demander ce que signifie pour toi ce mode de voyage ?

Je prends une profonde inspiration pour élucider mes pensées et gonfle mes poumons pour souffler cet ouragan de mots qui sort de mon corps :

–Je dirais que c’est pour moi synonyme de liberté. J’apprécie le fait de ne pas savoir où je dormirai le soir : au bord de la mer, entourée de montagnes ou en pleine campagne, et me réveiller tous les matins face à un paysage différent… J’imagine le van comme étant un moyen de suivre mes envies, d’être en parfait accord avec mes ressentis, me permettant ainsi d’atteindre l’état de plénitude… Ce moment où je sais que nulle part ailleurs sur Terre je ne pourrais être plus heureuse… Cet instant que je photographie dans ma tête pour pouvoir me le remémorer les jours les plus sombres… J’aime le fait de me satisfaire de peu en éliminant tous les gadgets non indispensables pour me recentrer sur l’essentiel… Mais, avant tout, je crois que c’est l’idée ne pas avoir de routine et d’être constamment dans l’imprévu qui me fait envie.

–Une vie de hippie !

–Tu as tout compris... Qu’est-ce-que j’aurais aimé connaître cette période hippie... Du moins l’état d’esprit !

–J’ai l’impression que tu as beaucoup d’attachement pour ce rêve...

–Oui. Je pense que voyager en van est aussi une manière de sortir de ma zone de confort et d’être exposée à des situations compliquées qui permettent de grandir, d’apprendre sur soi, les autres et la nature.

–C’est ton cœur qui parle...

–Mon cœur ?

–Oui, ton cœur...

Je suis perplexe, mais elle ne me laisse pas le temps de songer à cette réflexion :

–Et depuis quand veux-tu partir ?

–Te donner une date, je ne sais pas... Je crois que j’en ai toujours rêvé...

–Contrairement à certains rêves qui sont irréalisables, le tien est possible. Tu devrais écouter ce qui résonne en toi...

–Ce rêve résonne comme un merveilleux moyen de partager et découvrir. La sensation d'être libre, sur les routes, à l'écoute de soi, de n'avoir aucune limite et d'être constamment surprise par les cadeaux que le voyage offre est la raison de mon rêve…

J'entends un étrange grésillement dans ma voix, comme une diminution d'intonation.

–Je ressens beaucoup d'émotion quand tu me décris ce que ça représente pour toi... Je dirais presque que tu éprouves un soupçon de frustration... Tu connais la raison de ce besoin de liberté ?

Mon silence est la seule réponse que je lui donne. Cela fait plusieurs années que j'explore cette partie de mon être intérieur qui pourrait être une vallée devant laquelle se dresse une montagne. La vallée serait ma faiblesse, la montagne une difficulté, et le sommet la force, la réussite. Malheureusement, je crois que je n'ai pas encore trouvé le moyen de quitter la vallée pour gravir cette imposante montagne et, même si j'avais les outils nécessaires, je les garderais à l'intérieur de moi.

Au milieu de ce silence, elle reprend :

–Qu'est-ce-que tu attends pour partir ?

–Le pas à franchir, susurrè-je.

–Qu'est-ce-qui t'empêche de le franchir ?

Ses questions si bien tournées et son attitude ouverte, entièrement à mon écoute, commencent à me gêner. Je rétorque sèchement :

–Zoé, tu ne connais pas ma vie !

Elle perçoit mon attitude défensive et pose alors sa main à plat au-dessus de la poitrine, signe de pardon. Sa voix est toujours aussi calme, mais plus marquée :

– Excuse-moi, Capucine. Tu as tout à fait raison : je ne connais pas ta vie. Alors ne réponds pas à ma dernière question, mais laisse-moi te donner mon avis...

J'acquiesce d'un clignement d'œil tandis que ses yeux verts et ses longs cils courbés me sourient :

– Je pense que les rêves sont faits pour être vécus. Ils sont nos meilleurs alliés pour être heureux. Le bonheur dans la vie est la finalité de chacun. Certains vont trouver ce bonheur en construisant une maison, en fondant une famille, en s'épanouissant dans un travail qui les valorise ou dans l'achat de biens matériels… Ce sont ces éléments qui les animent au quotidien, tandis que pour toi, ce bonheur réside dans le voyage… Tout est possible tant que de la joie en résulte et que tu te sens en harmonie avec toi-même...

Sans une parole, j'approuve d'un hochement de tête. Cette conversation me donne chaud. J'attrape l'élastique qui entoure mon poignet et attache mes cheveux en chignon.

– Médite sur cette dernière question, Capucine : Regarder les autres réaliser leurs rêves à ta place te rend-il heureuse ?

Je marque une pause pour songer à sa question très pertinente. Je suis déstabilisée, mais je ressens l'envie de lui répondre :

– Je pense que je me réjouis sincèrement de la joie de mes proches.

– Certes, mais ce bonheur est-il aussi intense que si c'était toi qui le vivais ?

– Non...

Le silence dans mon cerveau crée un blanc dans notre discussion. L'eau ruisselle toujours le long de mes chevilles. J'inspire lentement et marmonne :

–Non... Évidemment que non...

J'apprécie la franchise et la sincérité de Zoé. Les personnes qui détiennent ces deux qualités sont une chance pour ceux qui croisent leur chemin. Elles leur permettent d'avoir l'opportunité de connaître leurs vérités, qu'elles soient bonnes ou mauvaises et, ainsi, de se transformer pour devenir de meilleures personnes, pour eux et pour les autres.

La sérénité de Zoé me procure la sensation d'avoir été écoutée sans jugement. Elle possède déjà la sagesse et l'esprit d'une maman : ces facultés de rassurer et d'accompagner.

Notre conversation est interrompue par Noah, qui nous avertit que le premier concert de la journée commence.

Nous dansons les pieds nus sur le goudron chauffé par le soleil. Les artistes s'enchaînent jusqu'au milieu de la nuit et font vibrer la musique en nous. Chacun augmente successivement la température de l'ambiance. Les corps se déchaînent, les voix s'exténuent et la basse fait cogner un peu plus fort notre cœur.

Un chanteur nous propose de faire une lente pirouette sur nous-mêmes en s'attardant sur le visage de toutes les personnes qui croisent notre regard, créant ainsi des dizaines d'œillades à la minute et surtout des centaines de paillettes de joie. Je suis ébahie de lire les sourires sur tous les visages. Grâce à cette belle expérience, les musiciens nous transmettent leur sens du partage et leur joie de vivre.

Confortablement installée dans la tente et emmitouflée dans mon duvet, la discussion avec Zoé me taraude, ses mots tournent dans ma tête.

Et si elle avait touché le point faible ? Fuir le quotidien signifie-t-il qu'il ne me comble pas ? Partir n'explique-t-il pas simplement une faim de découverte ? Ou alors une en-

vie de vivre tout à fond parce que la vie a été mise entre parenthèses durant une certaine période ? Les années perdues seraient-elles inconsciemment en train d'essayer d'être rattrapées ? Pendant combien de temps peut-on réprimander nos envies les plus profondes ?

Autant de questions que je me pose, auxquelles je n'ai aucune réponse à apporter. La nuit va être courte, car les premiers rayons du soleil apparaissent et je ne me suis toujours pas endormie…

Dans le camping du festival, les tentes sont collées les unes aux autres, et les gens aussi. Aujourd'hui, ce ne sont pas les chants des oiseaux qui titillent mes oreilles pour me réveiller, mais le son des percussions, les rires des festivaliers, le tintement d'une cuillère contre une tasse à café et même les ébats amoureux. Et pourtant, rien de tout cela n'est dérangeant, car dès le réveil, la bonne humeur règne dans ce champ de campeurs.

Zoé m'avertit qu'il est déjà huit heures, j'ai dû somnoler quelques heures. Mes cheveux sont en bataille à cause de l'humidité que dégage la rivière. Je les attache et sors de la tente. Plusieurs personnes ont pris des tabourets et se sont installées autour de notre table. La journée commence autour d'un petit-déjeuner, et même ceux qui n'ont pas l'habitude de prendre ce repas le mangent avec plaisir ce matin.

Après plusieurs rires et de nouvelles rencontres, le premier besoin de base est assouvi. Maintenant, le périple de la douche commence. Zoé m'annonce que l'attente est longue, car il y a douze douches pour trois mille campeurs ; comme je ressens l'épaisse couche de transpiration de la veille sur ma peau, je décide d'aller prendre une douche naturelle. Je mets ma serviette sur l'épaule, j'enfile mes tongs et me dirige vers la Dranse.

– Où tu vas, Capucine ? s'écrit Zoé.

– C'est peut-être un peu rustique, mais je vais me laver dans la rivière !

– Ah bon ? C'est comme ça que vous faites en Haute-Savoie ! J'avoue ne jamais avoir fait ça ! Une chose de plus à tenter, je peux venir avec toi ?

– Bien sûr, suis-moi !

Nous rejoignons la rivière en riant. L'eau est d'une pureté imprenable. Je réalise le bonheur que c'est de se laver en immersion dans la nature. Le courant d'eau creusé dans la montagne est entouré d'une végétation luxuriante aux multiples variétés d'arbres.

Ce besoin primaire est normalement une tâche banale qui, aujourd'hui, s'avère être insolite. Cela dépend de la manière de voir les choses : soit on se lave mécaniquement sans vraiment considérer les éléments environnants, soit, au contraire, on apprécie pleinement le cadre devant nos yeux, les oreilles ouvertes et le toucher sensible. Je sens l'eau fraîche qui rigidifie mes membres, ainsi que quelques cailloux qui rentrent légèrement dans mes pieds. J'accompagne du regard la légère chute d'une feuille, elle glisse sur l'eau en même temps qu'une petite truite saute dans le rapide quelques mètres plus bas. Un cincle plongeur se pose sur un rocher pour s'abreuver et nous regarde furtivement.

Vivre consciemment ce bain nous égaye et diminue le stress pour la journée entière. La nature possède des supers pouvoirs que l'on peut tous utiliser pour notre bien-être. Zoé me confie que c'est un peu l'état d'esprit dans lequel elle s'immerge lorsqu'elle médite. La méditation de pleine conscience consiste à apprécier les moindres détails et permet, jour après jour, de voir la vie avec positivité et gratitude.

Sur le chemin du retour vers la tente, nous sommes interrompues par Noah qui joue quelques musiques traditionnelles africaines accompagné par un groupe de garçons. Un homme avec une serviette nouée à la taille danse à l'appel du djembé. Intérieurement, je bouillonne d'envie de sauter, tourner, taper des pieds et des mains avec lui. Il m'invite avec un grand sourire à le rejoindre, mais je n'ose pas. Je me contente de balancer mes bras de droite à gauche. Les sourires sont bien présents sur les visages. Il me fait partager sa joie, mais une partie de moi n'est pas assez libérée pour le rejoindre. Ce moment est d'une grande simplicité. Et cette simplicité crée un grand bonheur.

Nous profitons de ce généreux spectacle pendant quelques heures, jusqu'à ce qu'une odeur d'épice excite le nez de Noah. Cette note familière lui rappelle un plat guinéen proposé dans le restaurant de ses parents :

– La meilleure façon de savoir si c'est aussi bon que l'odeur, c'est de goûter ! En plus, il est l'heure parfaite pour déjeuner ! Vous en pensez quoi, les filles ? propose Noah.

Comme de réels gourmands, on flaire cette odeur qui nous mène sans difficultés à une imposante marmite mijotant sur un réchaud, disposé sur une table de camping brinquebalante.

La chaleur qui s'en dégage traverse l'assiette en plastique et me brûle les doigts. En plus de polluer massivement, ces assiettes ne sont ni solides, ni résistantes à la chaleur…

Durant ce déjeuner, la pelouse est à la fois notre chaise et notre table. Pendant que j'observe les aliments de mon assiette, Noah m'explique, très enjoué :

– Le *yétissé* est un plat typique de la Guinée. Il est préparé avec du poisson ou du poulet cuit dans un ragoût d'aubergines, de tomates, de poivrons, de manioc et servi avec du riz. C'est un délice !

Je prends une première bouchée et me concentre sur les différents goûts qui m'explosent en bouche :

– Je crois reconnaître le goût astringent du gingembre, non ?

– Exact ! Il relève le plat. Le secret d'un très bon *yétissé* est cet ingrédient mystère, le gombo, valide Noah.

– Qu'est-ce que le gombo ?

– Le gombo, Capucine, est un légume vert africain qui ressemble visuellement à un piment.

Il a accentué le *i* de « africain » tout en faisant une moue avec sa bouche.

– Comment peut-on le cuisiner ?

– Dans le restaurant de mes parents, on le coupe en fines lamelles et on le fait sauter dans un wok avec de l'huile de coco, du gingembre et du curcuma frais. C'est un peu gluant, mais c'est un régal !

– C'est impressionnant comme les papilles gustatives de chacun sont différentes ! Je ne ressens pas son goût, par contre c'est vrai que c'est un peu visqueux !

– Ah oui ? Dans ta bouche c'est le goût du gingembre qui prédomine ?

– Oui, ça pique... grimacè-je.

– Il faut dire que le gombo a peu de goût et s'imprègne surtout des épices avec lesquelles il est cuisiné.

Zoé essuie ses lèvres colorées par le plat et ajoute :

– Le gombo peut être consommé cru, cuit ou en poudre dans une sauce où il sert d'épice. Le mucilage qu'il contient sert également d'épaississant pour la sauce.

– Vous semblez tous les deux avoir de bonnes connaissances culinaires ! En tout cas, en tant que gourmande professionnelle, j'affirme que ce plat excite autant les papilles gustatives que les récepteurs olfactifs.

Le sourire et le haussement des sourcils décoiffés de Noah montrent son impatience :

– Pouloulou ! Ça te plaît alors ?

– Oui, merci Noah de m'avoir fait découvrir ce plat. J'aime beaucoup, c'est différent !

Les journées sont ainsi passées au festival. Elles ont été constituées de moments de détente dans la Dranse, de concerts sous le soleil, de repas avec des personnes nouvellement rencontrées et de courtes nuits, car on a préféré profiter de chaque instant. La manière de vivre en camping est tout aussi enrichissante que les concerts.

De retour dans ma cabane, allongée dans le hamac, mon esprit voyage :

Ces trois jours m'ont rechargée en énergies positives. Tous ces moments uniques ont été photographiés dans ma tête et constituent des souvenirs inénarrables.

La compagnie de Noah et Zoé a rendu le festival encore plus incroyable. Cette pensée me fait peur, je me ressaisis et l'interromps. Elle signifie que je suis en train de m'attacher à eux, et cela, je ne le veux pas. L'attachement suscite presque systématiquement des souffrances et j'aimerais m'en épargner. Je refuse de revivre ce que j'ai déjà éprouvé lors de mon voyage asiatique : ce sentiment de tristesse intense qui m'avait chamboulée à plusieurs reprises lors des séparations.

Aujourd'hui, un nouveau voyage à travers mes paysages intérieurs débute. Je ne veux plus souffrir des séparations et, pour cela, il faut que j'accepte que Noah et Zoé soient uniquement de passage dans mon coin de paradis. *Je vais profiter des moments que la vie m'offre tout en restant le plus détachée possible... Ils peuvent peut-être m'aider à voler librement...*

Le désir inaccessible

Avertis tes amis avec franchise, et conseille-les avec douceur. S'ils n'approuvent pas tes avis, arrête, plutôt que de risquer un affront.

Confucius

Zoé sort de la yourte les cheveux ébouriffés et me rejoint sur la terrasse :

–Bonsoir, Capucine !

–Salut Zoé, je ne vous ai pas vus aujourd'hui, vous avez passé une belle journée ?

Elle tire une chaise en bois et s'assois :

–Justement, je venais te raconter mes péripéties de ce matin…

–Je t'écoute, acquiescè-je en tournant la tête vers elle, le sourire aux lèvres.

–Je suis allée me promener au bord du lac en espérant apercevoir les bébés cygnes. Je suis allée jusqu'à leur nid, mais il était vide...

Les mots de Zoé m'attristent. Je baisse les épaules et fais une moue de déception :

–Quel dommage... J'espère qu'ils étaient seulement partis en promenade et qu'ils n'ont pas été mis en danger par l'homme ou des prédateurs.

–Tu es impatiente… Écoute la suite, dit-elle avec un clin d'œil.

Elle a raison, je suis trop impatiente, je me tais et elle reprend :

–À travers les feuilles d'un arbre, j'ai aperçu deux formes blanches qui se dessinaient sur l'eau. Je me suis approchée d'un pas léger pour ne pas effrayer les cygnes et cygneaux qui barbotaient, puis je me suis assise dans les hautes herbes vertes et j'ai admiré l'instinct maternel que dégageait cette maman envers les six petits qui la suivaient. Leur duvet semblait si soyeux.

Cette histoire me rassure, je relâche ma colonne vertébrale qui s'était un peu crispée.

–D'adorables peluches !

–De douces peluches, oui. Des bébés innocents qui vont apprendre la vie grâce à leurs parents...

Je suis intriguée par l'importance que Zoé apporte à cette naissance. La manière dont elle la raconte est touchante, son regard est perdu dans le vide même si elle reste souriante.

–Que faisait la mère ? Et le père, où était-il ?

–Ils plongeaient tous les deux leur long cou vers le fond du lac pour ramasser des brindilles qu'ils déposaient ensuite dans le bec des bébés. Ils nageaient tous autour de leurs parents et avaient l'air de se sentir en sécurité. Les plus aventuriers partaient explorer plus loin et semblaient se réjouir de leurs premières découvertes.

–Ce que tu as contemplé ce matin est un cadeau que la nature t'a fait...

–Oui, aujourd'hui, ils étaient six, j'espère que demain ils seront autant.

Ses yeux se baissent.

–Je le souhaite aussi de tout cœur... Mais malheureusement, les lois de la nature ne sont pas toujours conciliantes...

En ce vendredi de juin où le soleil offre de longues soirées, j'ai envie de me prélasser sur la terrasse accompagnée de Zoé.

–Veux-tu que je te serve un verre de *prosecco* ? J'ai cru comprendre que tu aimais bien ça !

–Oui je veux bien, avec plaisir, merci Capucine !

Je vais chercher la bouteille dans le réfrigérateur et sers deux généreux verres. Nous trinquons les yeux dans les yeux. Je prends une gorgée que je garde volontairement en bouche pour savourer la finesse des bulles qui pétillent. Elles frétillent telle une multitude de minuscules explosions. Zoé repose son verre sur la table sans en boire une gorgée, elle ne semble pas être d'humeur festive.

–Capucine, tu te rappelles lorsque je t'ai dit que mon rêve était d'avoir un enfant métis, je veux dire un enfant avec Noah ?

Ses yeux verts sont plongés dans les miens. J'ai l'intuition qu'elle va se montrer bouleversante de sincérité.

–Oui, Zoé, je m'en souviens.

Je pose mon verre délicatement sur la table et me tourne vers elle. Ses cils papillonnent.

–En regardant cette famille cygne, j'ai ressenti de la mélancolie, car en réalité ce rêve ne restera probablement qu'un rêve… Je ne deviendrai certainement jamais mère comme cette maman cygne…

Sa comparaison est si délicate et enfantine, elle m'enveloppe de douceur tout en me faisant de la peine. Ses yeux sont rougis et larmoyants.

–Mais pour quelles raisons, Zoé ?

– Disons que je ne sais pas réellement qui je suis, et ce, car j'ai été adoptée... Pour les enfants adoptés, il est compliqué de savoir qui l'on est, car nos repères de base sont floutés. Du coup, on tente plusieurs chemins et sur certains on fait fausse route, on fait alors demi-tour et on en reprend un autre… On est partagé entre le fait d'appartenir à nos parents biologiques et/ou nos parents adoptifs. On pioche un peu dans les deux et ça fait un mélange harmonieux chez certains et disgracieux chez d'autres…

Elle continue :

– Quelques-uns considèrent cela comme un avantage, celui de pouvoir devenir la personne que l'on souhaite entièrement être et ce, sans aucune influence. Me concernant, je le vis de façon plus compliquée et cela me demande beaucoup d'efforts. Pour nous tous, il est déjà difficile de trouver notre chemin de vie, notre métier, nos centres d'intérêt, un entourage proche qui nous corresponde et nous permette de nous épanouir… En bref, il est difficile pour tout le monde de savoir qui l'on est…

J'accompagne mon écoute attentive de légers dodelinements de tête, j'intègre les confidences de Zoé. Une larme arrondie est coincée à l'extrémité de son œil droit.

– Bien que j'essaie de ressentir ton passé, je ne peux le comprendre entièrement. Tes préoccupations me sont néanmoins familières. Peu importe notre histoire, vivre nécessite de faire des choix. Chacune des décisions que l'on prend a un impact sur la personne que l'on devient. Parfois, certaines d'entre elles sont précipitées et s'avèrent ne pas être les meilleures et, pourtant, je pense qu'il est judicieux de les accepter et de ne pas les regretter. Le secret d'une vie heureuse est l'acceptation. L'acceptation des éléments autant tragiques que magiques mène à la paix et à la sérénité. La vie n'est pas dans le passé, elle est dans le présent et le futur.

Zoé semble captivée par mes paroles, la larme roule sur sa joue et me touche profondément. Je me dis que l'on vit un moment privilégié, un cadeau de la vie, un partage des vécus respectifs grâce à un lien de confiance qui grandit entre nous. Je poursuis :

– En choisissant de ne pas t'élever, tes parents biologiques ont pris une décision, que tu as peut-être subie, mais, aujourd'hui, tu as le pouvoir d'accepter leur décision qui n'était pas de ta responsabilité. En l'acceptant, tu peux choisir de vivre plus facilement et légèrement. Tu t'ancres dans le présent et laisses s'envoler ton passé…

– Tes mots me touchent… Ils sont justes, je te remercie, Capucine... Puisque l'on en est aux confidences, je vais être très sincère avec toi : j'ai la sensation que je peux t'ouvrir mon cœur et t'exposer ma vie sans subir de jugement… Je ne me suis jamais sentie aussi apaisée que depuis que nous sommes arrivés ici avec Noah. Comme si j'avais trouvé ma place dans cet endroit qui à la fois me convient, me rassure et me stimule. Le choix de casser la routine des vacances sur la côte atlantique fait sans doute partie des bons choix de la vie que j'ai faits, encore plus après cette conversation…

Une nouvelle larme rebondit sur sa joue et s'écroule dans la paume de sa main. Elle prend une profonde inspiration et se lance :

– L'histoire de mes parents biologiques m'est quasiment inconnue... Ils m'ont laissé très peu d'indices sur eux et les seuls que je possède sont déroutants... Je suis probablement stérile, Capucine... Et tu te doutes qu'avec mon histoire de vie, il est inenvisageable de vouloir adopter. C'est en ça que mon rêve restera probablement illusoire...

Je suis désemparée, béate, bouche bée, les bras m'en tombent et les mots me manquent. Parfois, même les paroles les plus bienveillantes sont inutiles tellement la souffrance est profonde. Au risque de rajouter du sel sur la plaie, je choisis de la prendre dans mes bras pour la réconforter. Je l'enlace et essaie de lui transmettre toutes les énergies positives susceptibles de la guider sur sa route du bonheur. Je les laisse s'échapper par mon cœur pour voler jusqu'au sien.

Elle est silencieuse et me sert fort contre elle. Je suis étonnée de ma spontanéité pour la cajoler. Notre rencontre résonne en moi comme quelque chose d'inédit. On se délie et la force de notre regard communique un message unique. J'ai le sentiment que c'est le début d'une extraordinaire expérience humaine. En pivotant vers le lac, on se rend inéluctablement compte que la nature est là pour nous réconforter : le cygne passe sereinement avec ses cygneaux sous nos yeux. Un sourire naît sur son visage. Même profondément meurtrie, elle détient une joie de vivre communicative qui me fascine.

L'enchantement du rafting

Dans la vie il y a un truc qui est gênant, un truc contre lequel on ne peut rien : il est impossible d'arrêter de penser. [...] Penser à arrêter de penser, c'est encore penser. Et contre ça on ne peut rien.

Delphine de Vigan

Les mots de Delphine de Vigan me captivent : la répétition du verbe *penser* attire mon regard et le lien d'amitié qui se tisse entre No et Lou, dans le roman, me procure des larmes. Après quelques pages, ma concentration s'atténue et dévie vers la conversation que j'ai eue avec Zoé. Son histoire fait écho à celle racontée dans ce livre : *No et moi*. Lors de notre échange, Zoé a évoqué les cicatrices de son abandon sans parler du bonheur que sa famille adoptive avait pu lui apporter. Son vécu remet en question ma vision de l'adoption : j'imaginais, peut-être naïvement, que l'amour offert à l'enfant par la famille adoptive pouvait effacer les blessures produites par la perte des parents biologiques. En tournant une page du livre, je m'aperçois que je n'ai saisi aucune information des lignes que je parcours mécaniquement. Je recommence le chapitre. Malheureusement, mes pensées paralysent de nouveau ma lecture… Je décide alors de fermer le roman et prends quelques minutes pour réfléchir : soit l'histoire ne capte pas mon attention, soit ce n'est pas le moment…

Je m'extirpe du hamac, descends les marches de la terrasse, remplis le verre qui est posé sur la fontaine dans le jardin et bois une gorgée d'eau. Je sens sa fraîcheur le long des muqueuses de mon œsophage. Zoé est assise sur la berge et fait des mouvements rotatoires avec sa nuque. Je suppose qu'elle a terminé sa méditation. Je la rejoins avec l'envie d'éclaircir le sujet de l'adoption. En me voyant, elle m'invite à m'asseoir auprès d'elle en tapotant le sol.

– Salut Zoé, la nuit a été bonne ?

Je m'installe à côté d'elle. Un galet s'enfonce dans ma fesse gauche, je me dandine un peu pour le faire bouger et retrouver ainsi une position confortable.

– Coucou. Écoute, oui, les nuits dans la yourte sont très reposantes, notamment grâce aux draps tout doux et au matelas moelleux.

– Je suis contente que le lit vous procure un bon repos ! Vous en avez besoin pour récupérer de vos journées bien remplies. Avez-vous prévu quelque chose aujourd'hui ?

– Hier, Noah a vu un prospectus sur lequel figurait une activité que l'on n'a jamais essayée… Pour une fois qu'il suggère une sortie ! dit-elle d'une voie enjouée.

Je la questionne, intriguée :

– Sa proposition te surprend ?

– Oui, il n'est pas très téméraire et préfère recevoir les propositions. Rester à la maison à ne rien faire ne le dérange pas…

J'entends un léger agacement dans ses propos.

– On dirait que tu te réjouis de sa prise d'initiative ?

– Exactement, Capucine !

– C'est quoi cette sortie ?

– Du rafting ! rétorque-t-elle en haussant les sourcils.

–Génial !

–Tu en as déjà fait ?

–Bien sûr, la Dranse est connue comme une des rivières les plus sportives d'Europe. Chaque été, plusieurs dizaines de touristes la descendent tous les jours. Les sensations sont garanties !

–Tu me donnes encore plus envie d'en faire ! s'exclame-t-elle joyeuse tout en claquant des mains.

–Je pense que vous allez aimer cette aventure aquatique…

La porte de la yourte grince. Zoé regarde dans sa direction.

–Ah ! Voilà Noah qui se réveille, je te laisse… Je vais le rejoindre pour appeler la base nautique et réserver.

Elle se lève et part rapidement. Je la regarde s'éloigner et déposer ses lèvres sur celles de Noah. Au vu de cette tendresse, je choisis de reporter mes interrogations ; Zoé est remplie de gaieté ce matin et je n'ai aucunement envie d'atténuer son élan de bonne humeur.

Afin de m'assouplir, j'étire mes jambes devant moi, tout en contemplant la plage le dos bien droit. Le soleil, ce projecteur naturel, illumine une plante qui pousse entre la multitude de galets et le bois flotté tapissant la berge. Délassant mon corps sous un arbre, l'étincellement est filtré par ses feuilles. Toute la plage est à l'ombre, sauf cette herbe qui se faufile à travers l'épaisse couche de galets. Elle attire mon attention, car elle semble concentrer toute son énergie pour sortir de terre afin d'admirer la beauté de la vie, comme si elle avait choisi de quitter l'obscurité pour rejoindre la lumière. Je l'effleure de la paume de la main.

Elle est banale, un peu flétrie et de couleur vert foncé. Certains doivent la considérer comme une mauvaise herbe qu'il faut arracher. De mon point de vue, je la trouve radieuse.

Les feuilles de sa tige forment presque des cœurs, je lui reconnais une ressemblance avec ma plante fétiche et la considère comme une chaîne des cœurs sauvage. Elle transperce autant les galets que mon être intérieur. Elle me rappelle mes deux *mauvaises herbes*, profondément enterrées à l'intérieur de moi, inéluctablement présentes.

En pleine contemplation, une connexion s'établit entre moi et la scène à laquelle j'assiste. Je ressens une énergie positive, comme un message vital :

La vie n'est pas toujours fleurissante pour cette plante ; elle vit des jours sombres et orageux, notamment lorsque le soleil ne l'illumine pas. Pourtant, sa force et sa détermination lui permettent de fleurir.

L'expérience de cette plante fait écho à la mienne. J'ai le pressentiment que cette rencontre bouleverse quelque chose en moi. Ma respiration s'accélère, je me sens oppressée par l'introspection qui se déclenche, je choisis de la rompre instinctivement. Ce n'est pas le moment et je ne suis absolument pas prête à déterrer mes *mauvaises herbes*. Je me lève et pars précipitamment me réfugier dans la cuisine, par peur des conséquences émotionnelles que ce moment pourrait engendrer. J'ouvre le réfrigérateur et attrape machinalement une aubergine, puis un couteau pour la couper en morceaux.

De nouveau, je pense à la discussion que j'ai eue avec Zoé, mais cette fois, à propos de mon rêve, le voyage en van. J'aimerais être apaisée et avoir l'esprit vide. La citation de Delphine de Vigan me revient en tête, j'essaie de ne pas penser en me concentrant sur ce que je suis en train de faire, c'est-à-dire cuisiner.

Quand je coupe mon aubergine, il faut que je pense à couper mon aubergine et à rien d'autre.

Pas si facile à faire. Je crois même que c'est impossible pour moi actuellement. Depuis ce matin, mon esprit ne cesse de tourner en boucle malgré toutes les techniques d'évitement mises en place. *Peut-être qu'il faut que je laisse filer ces pensées.*

Zoé a raison : « Qu'est-ce qui m'empêche de réaliser mon rêve ? » Contrairement à elle, aucun facteur physiologique ne m'interdit de me lancer dans l'aventure. J'ai des jambes pour parcourir la Terre, deux bras pour tourner le volant, de grands yeux fonctionnels pour voir les merveilles du monde et un cœur apte à surmonter les montées d'adrénaline durant les soirs d'inquiétude, seule dans le van à l'écoute des bruits extérieurs. Je me rappelle ce que j'ai toujours voulu être : une femme libre et indépendante qui suit ses envies.

Je suis agacée de ressentir cette tristesse intérieure alors que je devrais être comblée par ce projet qui vient de commencer. La yourte devait sonner la fin de mes voyages incessants. Hélas, préparer mon sac à dos, chercher des bons plans sur Internet ou sur les blogs des voyageurs, ou encore parler à Bily de mon voyage en préparation… Tout cela me manque déjà. Mes pensées s'entremêlent, vont, viennent et se bousculent, jusqu'à ce que Noah débarque dans la cuisine et me fasse sursauter avec ses bruits de bouche loufoques.

–Désolé Capucine, je t'ai fait peur ?

–Non, ça va…

–Tu avais l'air pensive... Ça te tente de nous accompagner cette après-midi pour la descente en rafting ?

Il semble rempli de vitalité ce matin.

–Ce serait avec plaisir, mais depuis que vous êtes arrivés, j'ai l'impression que vous passez tout votre temps avec moi alors que ce sont initialement des vacances en amoureux !

dis-je tout en jetant les aubergines dans la sauteuse, encore tendue par mes ruminations.

–Ah non ! Je déteste ça ! Soit tu en as envie et tu nous accompagnes, soit tu n'en as pas envie et tu ne viens pas.

–C'est si simple ?

–Oui. Bon, tu viens ? s'impatiente-t-il.

–On part à quelle heure ? prononcè-je pour lui faire comprendre que j'accepte son invitation avec joie.

–Formidable ! Zoé m'a dit qu'on partait vers quinze heures, ça te convient ?

–C'est parfait !

Il ouvre les bras et écarte les doigts, libérant la paume de ses mains vers le plafond de la cuisine :

–Je suis content que tu te joignes à nous pour cette descente aquatique !

J'aime la simplicité qui s'installe entre nous, ainsi que cette facilité d'accepter les propositions de chacun. Je découvre jour après jour que l'on partage beaucoup de points communs ; le premier étant le plaisir de partager d'agréables moments de vie… Je me sens mieux à l'idée de savoir que l'on va vivre ensemble cette activité. L'action et leur compagnie vont m'aider à clarifier mes pensées.

La combinaison de plongée épouse mes formes de femme. L'instructeur explique que cette tenue est indispensable afin de ne pas être saisi par la fraîcheur de la Dranse. Il nous donne quelques instructions supplémentaires et nous invite à monter dans un vieux bus pour rejoindre le point de départ. La bonne humeur règne pendant le trajet et la musique entêtante du chauffeur résonne dans l'habitacle. L'aisance avec laquelle cette musique rassemble et détend le groupe me fait sourire.

Une fois que nous sommes garés sur le bord de la route,

Noah aide le moniteur à descendre le bateau jusqu'à la rivière. Puis, c'est à toute vitesse que l'on glisse sur l'eau dans les lacets de la Dranse, au cœur de la vallée d'Aulps ! La descente n'est pas passive, nous écoutons avec attention les consignes de l'instructeur : nous nous penchons à droite, à gauche ou en arrière en fonction des rapides vers lesquels nous nous dirigeons. Je découvre différents sentiments sur les visages qui m'entourent : l'excitation, l'amusement, la surprise, l'appréhension et la joie. Le moment est riche en sensations, autant physiques que psychiques.

– Capu, je crois que je suis en train de tomber sous le charme de la montagne ! Enfin, surtout de ses aventures sportives ! clame Noah, assis derrière moi.

Je suis surprise qu'il m'appelle « Capu », c'est le signe d'un rapprochement… Bien que je n'affectionne pas particulièrement ce surnom, cela me fait plaisir qu'il s'adresse à moi autrement que par mon prénom. J'apprécie cette marque d'affection et me retourne furtivement :

– Ne dévoile pas tes sentiments trop vite, Noah, ce n'est que le début et tu n'as encore rien vu des secrets cachés que ce département te réserve !

– Je veux tous les découvrir sans perdre un instant !

Zoé, qui est à côté de moi, écarquille les yeux et ouvre sa bouche en forme de O. Je lis son étonnement en entendant les propos de son conjoint.

Je saisis l'enthousiasme de Noah et rebondis :

– J'ai bien entendu ! On va continuer sur notre lancée !

À ce moment-là, le radeau pneumatique nous propulse vers une nouvelle secousse, faisant décoller mes fesses et déséquilibrer mon corps vers l'arrière. Noah me rattrape :

– Ne t'inquiète pas, Capu, je te tiens !

– Je te remercie, tout va bien.

– Génial ! J'adore ces sensations ! rit-il.

Pour quelqu'un qui était soi-disant casanier et peu téméraire, il semble s'adapter avec facilité à son nouvel environnement.

La descente se poursuit plus tranquillement : la rivière s'élargit au fur et à mesure de notre avancée, tandis que le dénivelé diminue. Ce ralentissement laisse de nouveau place à mes pensées : je regarde Zoé qui a la tête levée vers les arbres et Noah le regard dirigé vers l'eau. Je réalise qu'ils partent déjà la semaine prochaine… Il existe encore une multitude de *coins de paradis* haut-savoyards à leur faire découvrir.

Une fois de retour sur la terre ferme, je m'empresse de leur faire part de mes sentiments :

– Je vous remercie de m'avoir invitée à vivre cette excursion avec vous !

– Pas de quoi, Capucine, c'était un plaisir pour nous, sourit Zoé.

– Tu n'as pas besoin de nous remercier, Capu !

Je reste silencieuse et remarque que la réponse de Noah ne me fait pas écho. Je pense qu'il est important de dire merci à une personne, peu importe la grandeur de son geste. La gratitude procure de la joie à celui qui l'offre et réconforte celui qui la reçoit. Remercier, tout comme partager, ne devrait pas avoir de limite. Une vie remplie de gratitude est tellement plus joyeuse !

Les cimes des montagnes

Le chemin consiste à ouvrir les yeux et à voir le monde tel qu'il est, chaque instant renouvelé. D'instant en instant, tout se transforme. Ainsi en est-il de l'impermanence de l'existence, aussi éphémère que les nuages.

Marion Chaygneaud-Dupuy

Je quitte la cuisine pour déposer le petit-déjeuner de Noah et Zoé sur la table située devant la yourte. Le soleil est éclatant ce matin et suscite en moi l'envie d'aller marcher sur la cime d'une montagne, afin de me sentir plus proche de lui et de ses rayons qui réchauffent la peau.

En arrivant devant la yourte, je croise Zoé qui marche tranquillement, la tête orientée vers le ciel azur.

–Déjà réveillée, Zoé ? Je vous apporte le petit-déjeuner…

Elle sursaute :

–Oh, Capucine, bonjour ! Oui, je suis levée depuis l'aube... Je te remercie.

Elle détaille les composants du plateau turquoise que je tiens entre les mains. Son réveil matinal m'intrigue :

–Je t'en prie ! Tu as vu le lever du soleil ?

–Non, il était déjà passé au-dessus des montagnes, mais j'ai flâné sur le chemin côtier… Épatée par les vagues !

Je me débarrasse du plateau pour mimer leurs ondulations :

– Tu croyais qu'il n'y avait pas de vagues sur un lac ?

– C'est l'idée que j'en avais...

– Le Léman a une superficie de cinq cent quatre-vingts kilomètres carrés et, selon la météo, leur amplitude varie.

Elle monte les yeux vers la lumière, faisant papillonner ses longs cils dans ce paysage opalescent. Je reprends :

– Aujourd'hui, c'est splendide : le soleil illumine la surface du lac et l'agitation des vagues crée des bandes turquoise et marine... commentè-je avec émerveillement.

– C'est vrai... D'ailleurs, je suis retournée voir la famille cygne et le blanc de leur plumage contrastait magnifiquement avec les couleurs... Les bébés suivaient leur maman. Ils étaient quelque peu déséquilibrés par le mouvement de l'eau.

– Ils apprennent à trouver l'équilibre...

– Oui... soupire-t-elle en fermant les paupières.

– Ma mère me disait souvent que vaciller est une étape inévitable dans l'apprentissage de l'équilibre... Je suppose que c'est la même chose pour les cygneaux...

Elle reste silencieuse et, maintenant que je connais une partie de son histoire de vie, je comprends mieux l'importance qu'elle leur attribue. *Peut-être se projette-t-elle à travers cette famille de cygnes ? Ou peut-être est-elle envieuse de ce que vit cette maman ?*

Je veux lui redonner le sourire et je sais que les montagnes ont des vertus thérapeutiques. Elles furent une bouffée d'air pur dans mes poumons lorsque je suffoquais dans l'atmosphère polluée de la ville, m'apportant ainsi une inspiration nouvelle, un souffle de vie qui rafraîchissait la brûlure laissée sur mes bronches. J'espère qu'elles auront également ce pouvoir salvateur sur Zoé, mais cela, je le garde pour moi et me contente de lui suggérer :

– Est-ce-que ça te tenterait de faire une randonnée en montagne aujourd'hui ?

– Oh oui, avec grand plaisir ! dit-elle enjouée.

Une heure plus tard, nous sillonnons les paysages en voiture pendant plusieurs kilomètres. Tout au long du trajet, les regards de Noah et Zoé sont dirigés vers les hauteurs des sapins, au-delà de la vitre, convoitant les falaises et les sommets qui défilent.

Nous marchons une dizaine de minutes et nous nous asseyons sous une croix située au sommet du Mont-Caly. La balade que je vais leur faire découvrir forme une boucle : il faut partir de cette croix pour y revenir après une longue marche en forêt. L'alpage fait partie du massif du Chablais et offre un point de vue sur de nombreuses montagnes environnantes. Je pars de l'extrémité gauche et dirige mon index vers la droite pour leur désigner tous les sommets, les villages et les vallées que l'on aperçoit un peu plus loin.

Ils sont impressionnés par des immeubles en bois construits sur une falaise. C'est la célèbre station d'Avoriaz, où l'on chausse les skis dès la sortie de la résidence pour glisser sur la neige. Aujourd'hui, nous pouvons admirer ce paysage sans être éblouis, contrairement à l'hiver où des milliers de flocons scintillent.

Les montagnes ont des saveurs propres à chaque saison : l'été, elles sont habillées de vert, en automne, elles se teintent de nuances jaunes, orange ou rouges, et en hiver elles deviennent féeriques. Durant le printemps, certaines fleurs parviennent à éclore malgré l'herbe encore très abimée par la neige…

Noah et Zoé sont curieux de découvrir les paysages hivernaux à travers mon récit. Alors, je leur parle de la joie que je ressens lorsque mes skis flottent sur la poudreuse. J'aime entendre les craquements de la neige sous mes pas autant que sentir le sol des sentiers de terre résonner sous mes pieds en été. Mais, tous les ans, je remercie les nuages de magnifier les flancs des montagnes en les saupoudrant de paillettes blanches. Je suis fascinée par la finesse des flocons, tous différents, qui créent ensemble un paysage magique. Agrippé aux épines d'épicéas, de mélèzes ou aux dernières feuilles d'automne pas encore tombées, ce monde blanc est en quelque sorte miraculeux. Leurs paires d'yeux pétillent, je crois qu'ils aimeraient connaître l'enchantement de la neige.

Le sommet de chantilly, le mont Blanc, trône en face de nous durant notre déjeuner. Nous nous régalons avec un melon charentais ; son délicat goût sucré et sa jutosité témoignent de sa maturité. Nous poursuivons le pique-nique avec un sandwich au chocolat dont le cœur fondant de lait procure une douce caresse sur ma langue.

Ces casse-croûtes me replongent dans les souvenirs des jours d'été passés chez mes grands-parents, avec ma sœur. Ces après-midis lumineuses étaient remplies de tours à vélo, d'envolées sur les balançoires, de plongeons dans la piscine, de glissades sur le toboggan et de klaxons dans la Citroën deux-chevaux de mon grand-père. Nostalgique, j'explique ces joyeux souvenirs à Noah et Zoé.

Noah en livre à son tour quelques uns, tantôt en Guinée, tantôt en Loire-Atlantique. Zoé reste muette à ce sujet...

La découverte de cet univers continue en randonnant dans le sous-bois duquel une odeur de sapin se dégage. La saison des myrtilles n'a pas encore débuté, et pourtant les buissons titillent déjà le bas de mes mollets. Des oiseaux virevoltent de branche en branche. Zoé a constamment la tête levée et contemple chaque détail de la nature. Je remarque qu'elle est plutôt aérienne, alors que Noah est davantage concentré sur ses pieds, guettant les racines. *Elle semble représenter la liberté, et lui l'ancrage...*

Soudain, la silhouette d'une biche se dessine derrière un amas d'épicéas. Elle trace un arc de cercle autour de nous à grandes enjambées, s'arrête une fraction de seconde, nous regarde dans une élégante posture puis repart en toute légèreté. On dirait qu'elle s'envole entre chaque saut, comme une succession de bonds suspendus suivis d'atterrissages sur le tarmac terreux. Sa démarche est fascinante. Nous restons statiques, appréciant l'instant paisible, et je remarque alors que la rencontre avec cette biche a la capacité de déclencher en moi une émotion si intense que des frissons parcourent mon corps de bas en haut.

Je n'ai jamais éprouvé ces sensations en regardant un reportage, où seuls mes yeux me permettent de vivre ces scènes. Lorsque le moment s'inscrit dans la réalité, l'ouïe, l'odorat et le toucher s'entremêlent pour nous rendre indéniablement vivants. Nous pouvons ensuite retranscrire ce moment avec des mots et des photos, mais cette narration ne représente qu'une infime partie du vécu...

Ce moment de partage témoigne de la faculté de la nature à nous apporter bonheur et réconfort. Elle a beaucoup plus de choses à nous transmettre que les livres, malgré tout ce qu'ils peuvent nous apprendre. Auprès d'elle, l'apprentissage est sans fin et sans faim.

–Capu, cet instant était grandiose... Lors de mes excursions en mer, je n'ai jamais vécu une telle rencontre avec un animal. Je crois que je suis en train de tomber amoureux de la montagne... chuchote Noah pour ne pas briser le calme qui plane dans la forêt.

–Tu découvres progressivement tout ce que cet endroit peut te faire vivre et je te l'ai déjà dit : ce n'est que le début... lui répliquè-je avec un clin d'œil.

–C'est incroyable ! Un début si prometteur que je redoute de voir la fin arriver... déclare-t-il d'un air mélancolique.

–Profite de l'instant... Ne pense pas à la fin de vos vacances... Capture tous ces moments magiques dans ta tête pour te les remémorer durant les jours plus moroses... lui conseillè-je avec une main sur le cœur.

Après ce moment passé avec l'animal sauvage, nous continuons notre chemin en silence à travers les montagnes. Au cours de cette randonnée, j'ai la sensation que mon corps est heureux de marcher ; mes jambes détiennent une force inhabituelle, comme si elles ne voulaient plus s'arrêter. Dans cette quiétude, une pensée jaillit dans mon esprit : *Mon corps intérieur est un vaste paysage montagneux, une succession de vallées et de sommets dont certains ont été gravis et d'autres restent encore inachevés...*

–Quand a lieu la saison des myrtilles, Capucine ? m'interroge Zoé, suspendant ma réflexion.

Je me réjouis de l'intérêt qu'elle porte à l'environnement et lui explique :

–La saison est en août, j'aime particulièrement ce mois pour la cueillette des fruits. J'apprécie de passer de longues heures accroupie dans les buissons de myrtilles sauvages pour repérer celles qui sont mûres, les cueillir avec délicatesse sans les écraser, ressentir leur rondeur entre mes doigts et voir l'empreinte violette que les anthocyanes laissent sur ma peau. La cueillette est agréable, contrairement à la pénible étape du tri des feuilles et brindilles. Je confectionne toujours plusieurs pots de confiture, ce qui me permet d'étaler la dégustation sur l'année. Je congèle une partie pour faire des tartes, la basse température conservant parfaitement leur saveur.

Nous discutons tout en regardant le sol pour ne pas trébucher sur une racine.

–C'est mon fruit préféré, j'adore sa légère acidité !

–Ah oui ? Tu préfères les myrtilles dissimulées dans un fromage blanc, en confiture ou dans une tarte ?

–Je dois avouer que la tarte est mon péché mignon ! dit-elle avec appétit.

–Quelle coïncidence ! La meilleure tarte aux myrtilles que j'ai dégustée est celle du refuge situé au sommet du Mont-Caly. Mon grand-père, bavard et gourmand, se chargeait tout particulièrement de maintenir sa réputation en ventant ses délices à tous les randonneurs. Je vous propose qu'on s'arrête en manger une part à notre arrivée. Ça vous dit ?

–Formidable idée ! La fin de la randonnée va être longue, car j'ai déjà hâte de goûter... me taquine Zoé.

J'attends Noah qui marche quelques mètres derrière nous et lui demande :

–Une tarte aux myrtilles, ça te tente ?

–Absolument, tu m'as ouvert l'appétit ! affirme-t-il en haussant un sourcil.

Noah et Zoé sont conquis par les nombreux panoramas et me questionnent sur les noms des sommets. Leur faire découvrir les montagnes dans lesquelles j'ai grandi me comble. Les cloches des vaches retentissent et signalent que nous nous approchons du refuge.

Le dôme de chantilly a pour toile de fond un merveilleux ciel bleu. Nous dégustons, face à lui, notre tarte accompagnée d'une cuillère à soupe de crème fraîche au goût rural. Noah et Zoé se régalent et confirment qu'il s'agit bien de la meilleure tarte aux myrtilles qu'ils aient jamais mangée… *Est-ce de la politesse ?* Je ne sais pas, mais c'est un plaisir de terminer cette belle journée en les voyant se délecter de cette pause gourmande au cœur d'un paysage que j'aime tant.

L'oreille du monde

C'est un billet sans retour pour une vie meilleure.

Lætitia Colombani

Allongée dans le hamac, je profite de la douceur de l'air et laisse mon esprit s'évader dans les étoiles. Je chancelle entre deux mondes, jusqu'à ce que j'aperçoive Zoé qui m'observe sous le bouleau. Elle s'approche alors de moi, mais se tient debout à mes côtés quelques minutes avant de briser le silence :

– Tu as l'air mélancolique et pensive, Capucine...

Le regard perdu vers l'horizon, je réfléchis aux mots à prononcer :

– Un peu, oui...

– Je connais ce sentiment et, afin de le vivre plus facilement, j'ai l'habitude d'en parler avec mes amis. L'amitié aide à prendre du recul, conseille et parfois soulage... Tu ne devrais pas garder ces interrogations enfermées en toi...

J'ai le pressentiment qu'un lien particulier se tisse entre mon âme et celle de Zoé.

Je me dévoile :

– Tes paroles sont les bonnes, Zoé... J'aimerais te parler de mes pensées...

–Qu'est-ce qui t'inquiète ?

–Est-ce que ça te tente d'en discuter autour d'une sangria dans le seul bar du village ? lui suggérè-je en me redressant dans le hamac.

–C'est une bonne idée, on peut y aller, même si je n'aime pas la sangria !

–Dommage… Une bière te conviendrait mieux, peut-être ?

–J'ai une préférence pour les bières aromatisées, les arômes sucrés cachent leur amertume et me permettent ainsi de les apprécier ! rit-elle.

Le bar est presque vide. Nous commandons deux bières avec du sirop de pêche au comptoir, puis le serveur nous propose de nous installer. Zoé et moi choisissons un canapé rempli de coussins colorés et douillets, créant ainsi un endroit sécurisé et propice aux confidences. Elle m'invite à reprendre notre conversation. J'inspire et me lance :

–Plusieurs de nos discussions sont restées en suspens et l'une d'entre elles suscite en moi beaucoup de réflexions...

–Tu penses à l'échange que l'on a eu dans la rivière ? rétorque-t-elle instinctivement.

Je la regarde de biais d'un sourire approbateur :

–Oui... Tu as deviné... J'ai été surprise par le flot de mots qui a jailli de moi lorsque tu m'as questionnée sur mon rêve... Comme si mon discours était déjà écrit dans ma tête... Ça me trouble... Je suis désorientée... Mon attitude démontre-t-elle une envie profonde de partir sur les routes à l'aventure ? Qu'en penses-tu ?

Elle déploie sa colonne vertébrale de tout son long et relève la tête, puis approche sa bouche de mon oreille pour me répondre :

–Dans la rivière, je t'ai écoutée et observée. Je me rappelle avoir eu besoin de te poser seulement quelques questions… Tu t'es exprimée avec une grande détermination, qui laissait croire que ta décision était réfléchie... J'ai entendu la fermeté dans ta voix... Mais, j'ai aussi aperçu un brin de mélancolie dans ton regard...

J'acquiesce d'un mouvement de la nuque avant qu'elle n'ajoute, avec une moue :

–Ton renfermement lorsque je t'ai demandé ce qui t'empêchait de partir m'a interpellée...

–La solitude...

Le mot est sorti tout seul de ma bouche.

–La solitude est un sentiment déroutant, je comprends... Mais tu ne penses pas que tu le regretterais, de ne pas concrétiser ton rêve ?

Je lis dans ses yeux qu'elle connaît déjà ma réponse et m'aide simplement à en prendre conscience en la verbalisant.

–Certainement... Voyager fait partie de ma vie et le van est un moyen d'aller vers l'inconnu, d'errer à travers le monde...

–La liberté... souligne-t-elle.

–Oui, la fameuse...

Le terme « liberté » provoque en mon être intérieur une sensation étrange, comme s'il me touchait profondément.

–Pourquoi la liberté est-elle aussi importante pour toi ?

Cette question met le doigt sur le sujet qui m'habite depuis des années. J'y travaille, je médite dessus, et pourtant je n'arrive toujours pas à identifier la réponse.

–Je ne sais pas...

–Ce n'est pas grave, tu devrais écouter ce besoin qui se manifeste... La décision t'appartient, mais je peux t'accompagner pour la prendre si tu veux… Capucine, on n'a qu'une vie et elle mérite d'être pleinement vécue ! Rappelle-toi que notre existence est faite de choix... Celui que tu affrontes en ce moment a son importance, et ce n'est qu'en le concrétisant que tu sauras s'il était bon ou mauvais. S'il est mauvais, tu auras appris et tu rebondiras. S'il est bon, tu seras épanouie et tu auras grandi. Dans les deux cas, tu composeras avec ce qui est. Vouloir c'est pouvoir... C'est bien toi qui m'as dit ça, non ?

– Oui...

– Quand on entreprend quelque chose avec confiance, on y arrive... Si ce voyage résonne dans ton cœur, crois en toi, tu en seras capable. Et surtout, ne te sous-estime pas...

Mon regard s'embrume et, d'une voix tremblante d'émotion, je balbutie :

– Tu es bouleversante, Zoé... Je suis épatée par la justesse de tes propos… Je me sens tellement chanceuse que tu aies croisé mon chemin. On dirait que tu es une héroïne rencontrée dans un roman, une de celles qui posent avec talent les bonnes questions…

– Je suis ravie de t'accompagner. Alors, on trinque à ton futur voyage en van ?!

Je marque une pause, inspire profondément, saisis mon verre et ressens une puissante libération qui parcourt mon abdomen. Je lui adresse un regard sincère pour la remercier et je cogne ma bière contre la sienne, provoquant de grandes éclaboussures :

– À la liberté ! À l'aventure avec ma solitude et à l'aboutissement de mon rêve ! crié-je à la fois excitée et conquise.

La soirée se passe dans une émulsion de joie, d'embrassades, de confidences et de discussions philosophiques ; sur l'existence, nos vies, le voyage, la nature et tant d'autres sujets qui nous lient l'une à l'autre. Nous profitons chacune de cet instant de bonheur que nous offre la vie.

Quelques heures plus tard, je suis installée confortablement dans mon lit, songeuse. Cette soirée constitue le début d'un nouveau chapitre de ma vie.

Une solide amitié est en train de naître. Un lien presque sororal se crée entre Zoé et moi. Ce soir, je me suis sentie particulièrement proche d'elle, comme si j'avais trouvé une âme sœur... Elle devient une personne importante de ma vie et je souhaite que ce lien s'installe durablement. Grâce aux mots échangés et à son écoute active, j'ai déterré des parties de moi qui reviennent tout doucement dans la lumière...

La drogue du voyageur

Ce que le destin veut se produira tôt ou tard ; ce que le destin ne veut pas, n'essaie pas de le forcer.

Confucius

Apaisante, ma nuit a été bercée par mes rêves de voyage en van, projet qui va désormais se concrétiser. Les images ont défilé dans mon esprit et, aujourd'hui, je suis prête à entamer les préparatifs.

De nature plutôt ordonnée, j'ai l'habitude de faire des listes en tout genre : au sujet des activités que j'aimerais faire dans la vie, des besoins du quotidien, des courses, des livres, des lieux à visiter et même des plantes. La vue d'une liste remplie d'actions à réaliser me procure une émotion inconfortable et, à l'inverse, lorsque ces intentions deviennent concrètes, je ressens une onde de satisfaction.

J'attrape un emballage en carton, préalablement destiné à rejoindre le tri, et m'installe confortablement sur la terrasse afin d'écrire la liste des choses dont j'ai le plus rêvé. La bille du stylo glisse sur le support avec fluidité.

Intitulé : L'aventure en van

- Van
- Matelas, couette, oreiller
- Draps de lit, torchon, tawashi, serviette microfibre
- Lampe frontale
- Vaisselle : couteaux, fourchettes, cuillères, assiettes, tasses, verres, casserole, poêle
- Corde, hamac, table et chaise de camping
- Douche solaire, shampoing sec à l'orange douce, savon favori à l'huile de macadamia et d'ylang-ylang, brosse à dents en bambou, dentifrice à l'huile de coco, peigne, huile de sésame
- Gourde filtrante en verre
- Livres, carnets, crayons
- Deux shorts, quatre tee-shirts, une robe, un pull, des tongs, des chaussures de randonnée, mes sandales, deux paires de chaussettes, quatre culottes, un combishort pyjama et un chapeau de paille
- Appareil photo
- Paréo fétiche qui me sert de serviette de plage, couverture, robe, jupe, cache épaules ou genoux dans les lieux religieux

Je souhaite ne prendre que l'essentiel, dans le but de continuer à vivre le plus naturellement possible.

Il me semble que le plus difficile sera de trouver le van de mes rêves : le célèbre modèle Combi T2 Bay Window des années 1960. D'aussi loin que je me souvienne, j'ai toujours aimé ce que dégage ce véhicule : liberté et authenticité. Petite, j'imaginais que ses phares ressemblaient à des yeux, son logo à un nez et sa plaque d'immatriculation à une bouche, le tout dans un design rond formant un visage rempli de joie à l'idée de partir sur les routes.

En 2020, sa rareté complique son acquisition tout en lui conférant davantage d'intérêt. Un peu audacieuse, je m'accroche à cette pensée : *Vouloir, c'est pouvoir. Ne pas essayer, c'est abandonner (et potentiellement regretter).* Je vais donc tenter de dénicher cette perle rare et, si cela s'avère impossible, je m'adapterai et opterai pour un compromis avec moi-même.

Mes yeux sont perdus dans l'immensité du lac, je m'échappe un instant jusqu'à ce qu'un caquètement me ramène à la réalité. *Oh non, je n'y avais pas pensé ! Je rêve beaucoup trop... Qui va s'occuper de la yourte, des Paulette, de Dragibus et des plantes ?!*

Je cherche immédiatement des réponses à mes questions. Une solution serait de proposer à Bily de s'occuper de tout, mais il a, comme nous tous, son quotidien à gérer et j'ai conscience que les tâches à effectuer en lien avec la cabane sont très chronophages... La désillusion s'empare de moi. Une boule de contrariété se forme peu à peu dans ma gorge. Pour la dissoudre, je me précipite dans l'endroit qui m'apaise tant : la serre. Assise par terre, je contemple les plantes, caresse leurs feuilles et sens l'odeur de verdure qui parfume ce lieu.

Mes plantes, auxquelles je consacre un temps quotidien pour leur donner la plus belle apparence, n'auraient-elles pas pour seule finalité de faner ?

Prise d'émotion à cette idée, je refuse qu'il en soit ainsi. J'imagine la solution que Bily me proposerait, avec humour, pour mes animaux : « Une poule au pot et un barbecue ! » Mais c'est inenvisageable : mes bêtes sont mes partenaires, elles partagent ma vie et méritent une existence heureuse, paisible, sans aucun stress généré par l'humain. Il en va de même pour mes plantes, je veux en prendre soin.

Au-delà de ce dilemme, auquel je ne trouverai sûrement pas de réponse aujourd'hui, l'aspect matériel de mon projet est également à étudier. Lorsque je suis revenue d'Asie, j'ai pris la décision d'arrêter mes voyages afin d'acquérir une situation financière stable. C'est la raison pour laquelle, en partie, j'ai ouvert la *guest house,* afin de voyager autrement à travers mes hôtes.

Hélas, et même si cela fait peu de temps que je l'expérimente, j'ai des doutes sur le fait que cette activité puisse me sevrer du *vrai voyage*, celui qui se passe dans les yeux à travers les différents pays. Découvrir de nouveaux paysages, goûter des aliments jusqu'alors inconnus, apprendre une autre culture et rencontrer des personnes qui vivent différemment : tout cela participe à mon épanouissement et, j'en ai le pressentiment, m'est indispensable pour rayonner.

Le voyage serait-il devenu une sorte de drogue, à laquelle je serais désormais addict ? Ou est-ce une passion à laquelle je ne peux déroger ?

J'ai récemment lu un article très intéressant dans une revue scientifique. Il y était mentionné qu'une addiction est souvent remplacée par une autre forme d'addiction, indépendamment de la volonté de la personne dépendante : l'héroïne par la cocaïne, la cocaïne par le cannabis, le cannabis par l'alcool, l'alcool par le tabac, le tabac par la vapoteuse, la vapoteuse par l'alimentation... Ce mécanisme est apparemment régi par tout un ensemble de neurotransmetteurs et d'hormones au sein du circuit de la récompense.

Aurais-je inconsciemment essayé de substituer mon attrait pour le voyage par l'ouverture de ma guest house *?*

Je ne considère pas être addict au voyage dans le sens de la dépendance pathologique, mais il me paraît évident que je ne peux me passer de cet aspect de ma vie. Lorsqu'un élément essentiel nous manque, au début nous essayons de nous adapter puis, progressivement, il se peut qu'un vide s'installe en nous. Chimiquement, la baisse de sécrétion de la sérotonine, l'hormone du bonheur, n'offre plus à nos organes cette fabuleuse sensation de détente.

Je me rappelle cette phrase : « Écouter son instinct, son corps et son cœur, tous trois indéniablement liés, permet d'avancer dans la bonne direction et d'éviter que l'esprit n'affecte le corps. » Je crois que cette citation fait pleinement écho à ma situation actuelle.

Toujours assise sur le carrelage frais de la serre, je suis entourée par les plantes. J'examine les formes différentes de leurs feuilles qui s'étendent : elles peuvent être rondes, ovales, pointues, spatulées ou encore lobées. Je flaire une fragrance de pomme qui m'imprègne. Elle me rappelle un phénomène particulier, selon lequel notre corps génère de lui-même l'envie impérieuse d'un aliment spécifique en fonction des nutriments et micronutriments dont il a besoin. Par exemple, si une envie de manger du chocolat se manifeste mais que nous décidons de croquer dans une pomme, souvent, l'envie de chocolat restera présente après avoir mangé la pomme. Dans ce cas, nous n'écoutons pas notre corps, il ne reçoit pas les nutriments et micro-nutriments nécessaires, la sécrétion de sérotonine est donc absente, le désir augmente et la frustration s'installe. Inversement, en savourant du chocolat, nous écoutons notre corps et peut-être aussi notre cœur, ce qui permet d'induire la sensation de bien-être.

Mon raisonnement est aussi tordu que la plante qui s'entortille autour d'un tuteur en face de moi. Cependant, je trouve dans ce mécanisme une similitude avec mon appétit insatiable d'évasion. Mon cœur manifeste une volonté de voyager et, en réponse, j'ouvre une *guest house*. Mon corps ne reçoit donc pas les bienfaits du voyage, je n'écoute pas mon envie, la dose de bonheur n'est pas sécrétée et la frustration augmente, jusqu'au jour où mon cœur s'empare de mon corps…

Je m'égare, mes pensées s'enchaînent. J'ai tout de même le sentiment d'avoir avancé dans mes réflexions.

Rien ne m'empêchera de partir. Je vais trouver des solutions sans brusquer les choses.

La patience est mon meilleur allié et le destin se chargera de faciliter mon chemin. J'ai confiance en la vie.

Une odeur irrésistible de vanille parvient jusqu'à moi, me laissant supposer que Zoé a enfourné une pâtisserie. J'ai rêvassé longtemps. Je quitte la serre, plus légère qu'il y a quelques minutes, soulagée de laisser derrière moi plusieurs de mes lourdes pensées.

Je la rejoins :

– Tu prépares une nouvelle recette, Zoé ?

– Oui, j'ai cuisiné un flan pâtissier. C'est le cousin du far aux pruneaux, une spécialité bretonne. Ma grand-mère m'a transmis ses secrets !

–Hum ! Ça doit être délicieux. J'ai hâte de goûter... dis-je en m'agenouillant devant le four.

–Tu verras, c'est un régal ! Il sera cuit dans quarante minutes, mais il faut ensuite le laisser refroidir...

–Nous pourrions le manger vers seize heures ?

–Nous ne serons pas là cette après-midi, cligne-t-elle de l'œil droit.

–Demain alors ! Quel est votre programme du jour ? dis-je en me relevant.

–Nous avons déjà goûté aux saveurs de la montagne avec le feu en pleine nature, le rafting et la randonnée. Aujourd'hui, nous aimerions nous détendre à la plage et ce soir dîner dans un restaurant du port que nous avons découvert lors d'une balade. Conquis par sa petitesse et les géraniums qui le colorent, nous aimerions goûter le poisson du lac ! Noah en raffole, répond-elle les yeux rivés vers le large, au-delà des fenêtres de la cuisine.

–Je pense connaître ce restaurant. D'ailleurs, si je ne me trompe pas, leur tarte au citron meringuée est unique. Le pâtissier est très généreux sur le citron, ce qui ravive les papilles des personnes qui aiment l'acidité. La meringue croustillante sur le dessus et moelleuse à l'intérieur adoucit quant à elle le tout. Je pense que ce dessert achèvera parfaitement votre repas...

–À t'entendre, tu es aussi une vraie gourmande ! rit-elle tout en disposant une mèche brune derrière son oreille.

–Tout à fait ! Je serais malheureuse si l'on m'ôtait le goût... Sur ces paroles, je te laisse, il faut que j'aille m'occuper des animaux.

–Oh ! Je peux venir avec toi ? J'aimerais bien t'aider à

bichonner ces adorables boules de poils !

Enthousiaste à l'idée de partager une de mes passions avec elle, je m'exclame :

– Évidemment, avec plaisir ! Tu peux enfiler les bottes en caoutchouc noires avec les marguerites. Je prendrai les noires avec les coquelicots. Je monte mettre ma large salopette en jean et j'arrive, suggèrè-je tout en lui montrant les chaussures alignées sous l'escalier.

– Tu as une sacrée collection de bottes ! Les tiennes sont plus originales que les traditionnelles bottes jaunes que tous les bretons portent, assorties à l'imperméable ! crie-t-elle alors que je monte à l'étage.

– Il n'y a pas plus confortable et follement pratique ! Idéal pour les jours de pluie et pour le soin des Paulette et Dragibus…

En cette matinée d'été, le soleil est caché par un fin voile qui tamise la luminosité. J'explique à Zoé comment prendre en charge les poules :

– Si tu veux, tu peux prendre le mélange dans le récipient qui est à ta droite...

– Qu'est-ce qu'il y a dedans ? me demande-t-elle en regardant avec curiosité le contenu du seau.

– Ce sont des graines oléagineuses, des coquillages broyés et des épluchures de légumes qui confèrent une solidité aux coquilles d'œufs.

– D'accord ! Je fais quoi avec ?

– Tu peux mettre le tout dans la mangeoire qui est légèrement en hauteur pour éviter que les rats et les souris le volent.

Zoé s'accroupit, rentre dans le poulailler et dépose les ingrédients.

–Les Paulette doivent réduire ton gaspillage alimentaire en mangeant les parts non comestibles de tes légumes, non ?

–Tout à fait !

–Je change l'eau de l'abreuvoir ? Elle est trouble, s'écrie-t-elle pour que le son transperce la paroi en bois qui la sépare de mes oreilles.

–Oui ! En plus, elles ont des goûts de luxe, car elles boivent uniquement l'eau fraîche et propre de la fontaine !

–Elles ont raison !

Zoé sort du poulailler et part remplir le bol dans la fontaine au milieu du jardin. En revenant, elle pose délicatement le récipient et se montre vigilante afin de ne pas laisser une goutte d'eau tomber. Une poule est à ses pieds, elle se penche, la saisit tendrement sous son abdomen et me demande :

–Un ami m'a dit que les poules étaient des animaux très sociables. Il paraît qu'elles ne peuvent pas vivre seules… Qu'en penses-tu ?

–C'est tout à fait vrai ! Au début, je n'avais qu'une poule que j'avais appelée Paulette. J'ai rapidement compris qu'elle était malheureuse, car elle ne pondait aucun œuf... Alors Bily m'a donné une de ses poules. Résultat : mes deux Paulette sont heureuses et pondent un à deux œufs par jour !

–Très jolie histoire, chuchote-t-elle en caressant la poule nichée dans ses bras.

J'entends un étrange caquètement, je me demande d'où vient ce bruit qui ne ressemble à aucun de ceux que je reconnais d'habitude. Je comprends rapidement qu'il s'agit de Noah. Je m'adresse à Zoé :

–Quoi de plus étonnant que Noah qui imite le caquètement d'une poule ?!

–Rien... grimace-t-elle.

– J’ai remarqué qu’il était constamment en train de transformer sa bouche en un véritable instrument de musique ! Des chlouc-chlouc, ploub-ploub, frlouc-floulc et toutes sortes de sons impossibles à décrire !

Noah s’approche et nous taquine :

– Les Paulette ont bien travaillé ?!

Surprise de sa remarque, je le questionne :

– Pourquoi ?

– En une nuit, deux œufs ont éclos et deux cocottes sont sorties !

Instantanément, je comprends qu’il parle de Zoé et moi. Nous le regardons, toutes deux amusées par son humour. Quant à lui, il glousse, satisfait de sa blague. Je suis joyeuse de voir ses dents du bonheur, j’aime quand il rit.

– Il faut avouer que c’est chouette de réussir à se faire rire soi-même ! Je suis admirative de ton talent, Noah.

– Merci les cocottes, clame-t-il en retournant gaiement dans la yourte.

– Voilà... Tu découvres le vrai Noah, celui qui illumine mes journées, même si ça peut lui échapper que l’humour ne soit pas adapté à toutes les situations... Mais je l’aime ainsi. Reprenons... Je fais quoi avec cette Paulette ?

Volontairement, je ne relève pas sa remarque et, connaissant Zoé, ce n’est pas une critique mais une simple constatation. Je m’avance vers elle pour lui montrer les mouvements :

– Pendant que tu la tiens dans tes bras, tu peux tendrement soulever ses plumes pour vérifier qu’elle n’ait pas d’habitants. Tu as l’air très à l’aise avec elle !

Elle inspecte minutieusement le pelage de Paulette pendant quelques secondes. La poule semble rassurée, pourtant ce n’est pas à son habitude de se laisser câliner par une autre personne que moi.

–Visiblement, il n'y a aucune bestiole ! Elle est tellement adorable... Que fait-on maintenant ? se satisfait-elle en reposant l'animal au sol.

–Je vais éliminer les fientes afin d'éviter l'apparition de poux et d'autres acariens, puis changer la paille du pondoir. Tu peux t'occuper de Dragibus si tu veux ?

–Génial ! Quelles sont les règles pour elle ?

–Prendre soin d'une chèvre naine est encore plus facile. Il faut lui accorder du temps pour jouer. Il n'existe pas d'alimentation spécifique : l'herbe du jardin, le foin et l'eau lui suffisent. La seule tâche quotidienne est la traite.

–Hier soir, elle me taquinait avec sa tête, je pense qu'elle voulait jouer, c'était drôle ! À quoi sert ceci ? m'interroge-t-elle tout en saisissant une brosse aux poils durs.

–Cette brosse procure une grande dose de satisfaction à Dragibus ! Tu peux la frotter avec, tu verras, elle va être heureuse !

Elle frictionne Dragibus et s'amuse à suspendre les mouvements pour que la chèvre réclame d'un geste de la tête de nouvelles papouilles. Zoé semble parfaitement à l'aise et en harmonie avec ce qu'elle fait.

–Je te remercie de m'avoir partagé ton savoir. C'est beaucoup plus facile que ce que je pensais... Je crois que ça me donne envie d'avoir mes propres bêtes !

–Ce fut un véritable plaisir pour moi de t'apprendre mes tâches quotidiennes auprès de mes petits compagnons. Rappelle-toi que quand on veut, on peut. Alors si tu veux des poules et des chèvres, tu en auras.

Je clos notre discussion par un clin d'œil.

Noah et Zoé passent l'après-midi à la plage du village et

leur soirée au restaurant. Je profite de ce moment de solitude pour nettoyer le four à pizza qui est situé dans un coin de la terrasse. Cette tâche est pénible mais, une fois achevée, elle offre un joli instant de partage et de convivialité. J'enlève les petits morceaux de bois et de charbon dissimulés dans les cendres. Des grains de poussière virevoltent dans l'air, me faisant éternuer. Une pellicule grisâtre teinte la peau de mes mains, atténuant ma dextérité.

Tout en nettoyant ce four, les images de la dernière soirée où nous avons dégusté des tartes flambées émergent dans mon esprit. Nous étions une dizaine de copains attablés autour de plusieurs mets et nous écoutions des musiques festives, buvant de la bière locale aux notes amères et du vin de Savoie légèrement capiteux. Les éclats de rires formaient une mélodie qui réchauffait nos cœurs. La joie se lisait sur les visages. Certains dansaient et d'autres s'enlaçaient. Parler, écouter, conseiller, rigoler, chanter, blaguer, partager, vivre… Ces verbes représentaient la grande et belle famille que nous avions fondée tous ensemble. Je suis fière de mes amis et me considère extrêmement chanceuse de les avoir dans ma vie. J'aimerais qu'un jour ils rencontrent Noah et Zoé.

La nuit des étoiles

À celui qui n'entend plus son cœur battre, ses poumons se vider et se remplir, son sang couler dans les veines, je propose l'aventure d'une nuit à la belle étoile. La nature sauvage n'est pas seulement à l'autre bout du monde, elle est à portée de nous. Un « sauvage » qui englobe tout ce qui nous est inconnu, pas familier, qui nous conduit aux portes d'un autre monde.

Eric de Kermel

En revenant du marché, Noah et Zoé sont attablés sur la terrasse pour le petit-déjeuner, je leur apporte une barquette de myrtilles que je viens d'acheter afin d'agrémenter leur fromage blanc. Je guette le flan pâtissier qui est au centre de la table et Zoé décèle mon envie de le goûter. Elle scinde le gâteau en plusieurs parts, il semble avoir la consistance parfaite et sa couche supérieure brille. Je saisis l'assiette qu'elle me tend tout en détaillant son cœur qui paraît onctueux ; la vanille titille mon odorat. Je m'assois avec eux pour déguster cette pâtisserie que Zoé a cuisinée la veille.

– C'est un régal, tu es vraiment douée en cuisine ! la complimentè-je après avoir dégluti la première bouchée.

– Merci beaucoup, Capucine ! Toi aussi tu es une bonne cuisinière, tes galettes étaient délicieuses, rappelle-toi !

– Tu m'as livré tes secrets… Si ce n'est pas indiscret, comment s'est passé votre dîner en amoureux hier soir ? m'adressè-je à Noah en posant ma cuillère.

–Les filets de perche étaient très bien assaisonnés et la tarte au citron meringuée exquise ! exprime-t-il tout en parsemant les baies violettes dans son laitage.

–J'ai tout particulièrement apprécié le coucher de soleil derrière la chaîne de montagnes du Jura... La palette de couleurs qui se projetait sur le lac et dans le ciel avait des allures d'aquarelle... Le tout en dégustant des mets cuisinés avec talent et un vin blanc sucré des hautes vignes des coteaux français… C'était parfait !

Elle reprend sa respiration et annonce calmement, d'une jolie voix :

–Au cours de la soirée, nous avons pris conscience de l'extrême bienfaisance de l'air haut-savoyard sur nous... Ici, nous savourons chaque instant. Hélas, dans trois jours, c'est déjà fini et ça nous fait un grand pincement au cœur. L'adage dit que toutes les bonnes choses ont une fin... Et pourtant, ça ne parvient pas à nous réconforter...

Noah jette un coup d'œil à Zoé qui lui répond d'un hochement de tête, il déclare :

–C'est pour ça, Capu, que nous avons quelque chose à te demander... Est-ce qu'il serait possible de prolonger notre séjour de deux semaines ?

Surprise par sa question, je suspends ma mastication pendant quelques secondes. L'étonnement doit se lire sur mon visage. Le défi qu'il m'a lancé le premier jour est, de toute évidence, relevé. D'humeur taquine, j'allonge le suspense en essayant de cacher mon sourire qui s'agrandit :

–Ça ne va pas être possible, car malheureusement des hôtes ont réservé pour les deux semaines qui suivent votre départ... Je suis désolée...

Il s'adresse à Zoé avec un air abattu. Ses dents du bonheur sont masquées. Ils s'entradmirent avec beaucoup de compassion et partagent leur déception :

– Dommage... babille-t-il en prenant la main de Zoé.

– Au moins, on aura essayé... On va suivre l'adage et on profitera encore plus intensément l'été prochain.

– Oui, ma Zoé... lui murmure-t-il en lui caressant les doigts.

Je dissimule mon sourire et écoute Zoé qui rétorque instantanément :

– Et pourtant, ce matin, j'ai vu la famille cygne nager sur le lac et j'ai pensé qu'il s'agissait justement d'un signe de bon augure indiquant que tout allait se dérouler comme on le désire... marmonne-t-elle en portant un regard tendre à Noah.

– La yourte semble être fortement demandée, Capu, mais j'espère qu'il reste encore des dispos pour le mois de juin prochain ?

Ils me touchent et cela devient compliqué de dissiper le rehaussement qui se forme à la commissure de mes lèvres, je lâche prise :

– Vous êtes chanceux, il reste effectivement des disponibilités pour l'année prochaine, mais aussi pour les deux semaines à venir !

– Comment ça ?! Tu te moques de nous ?! Tu viens de dire que ce n'était pas possible... s'énerve Noah en agitant les mains. Il semble ne pas comprendre. Il marque une pause et déclare :

– Est-ce que tu serais en train de copier mon caractère taquin ?

J'acquiesce en laissant jaillir un rire sincère.

– Youpi ! Allez, venez que je vous prenne dans mes bras... C'est une excellente nouvelle ! clame Zoé en ouvrant son buste pour que l'on vienne s'y nicher.

Pendant que nous sommes enlacés tous les trois sur la terrasse, je me dis qu'il n'y a pas de doute, le défi est grandement réussi et une réelle amitié nous lie tous les trois.

– Pour fêter la prolongation de vos vacances, je vous propose une soirée tarte flambée, chuchotè-je le menton posé sur l'épaule de Zoé.

– Noah, tu dois être content car tu m'as justement parlé de ce four à pizza, plaisante-t-elle en se retirant de l'étreinte.

– Tu seras notre pizzaïolo ce soir ? proposè-je à Noah.

– Mission acceptée, Capu !

– On pourra d'ailleurs profiter de ce dîner pour parler de ton voyage... renchérit Zoé avec un air malin.

– Bien sûr ! Il faudra que l'on allume le feu dans l'après-midi, car ce four traditionnel met du temps à chauffer. Ça va être sympathique !

Les senteurs du bois qui brûle se répandent dans mon *coin de paradis*.

Cette odeur me rappelle les feux de camp que nous faisions l'été, dans les montagnes, avec mes parents et ma sœur. Ce moment en famille me donnait le sentiment que nous étions pleinement connectés, les uns aux autres, au milieu de la nature.

Noah sautille et fait des allers-retours entre la cuisine et la terrasse avec beaucoup d'entrain. Il semble ravi d'être le cuisinier et prend sa tâche à cœur. Les tartes flambées sont parfaitement cuites et le fromage qui frétille de chaleur ne noircit pas. Nous nous délectons en formant une cacophonie de bruits d'extases culinaires. Une mélodie de « hum » rend l'ambiance savoureusement chaleureuse.

Après avoir mangé, nous contemplons la lumière de la pleine lune qui forme une traînée blanche à la surface du lac. Nous nous allongeons ensuite dans l'herbe, les yeux rivés vers la multitude d'étoiles qui scintillent dans le ciel. Nous assistons à une véritable pluie d'étoiles filantes. Des picotements me parcourent l'échine et reflètent le sentiment de plénitude que ce moment me procure.

Enfant, mon père me conseillait de faire un vœu lorsque j'en apercevais une. Ce soir, ce n'est pas un, mais une dizaine de vœux qu'elles me permettent d'exprimer. Je suis sceptique sur le fait de confier mon bonheur au hasard ou à la chance, car je pense que nous sommes responsables, aussi, de notre propre bonheur. Pourtant, ce soir, une petite voix intérieure me murmure de confier mes désirs à ces petites lumières. J'écoute mon cœur, mon âme, mon intuition...

Reçoivent-elles mes vœux et contribueront-elles à transformer mes rêves en réalité ?

Je m'abandonne à l'envie de rêvasser. J'aimerais que ce moment dure éternellement et que jamais la réalité ne revienne…

En rouvrant les yeux quelques heures plus tard, j'aperçois l'aube du soleil. J'ai passé la nuit dans l'herbe et mes vêtements sont légèrement humidifiés par la rosée matinale. L'air est doux et le lac est calme. Les premières aurores jaune et orange dévoilent progressivement le paysage verdoyant environnant. J'admire le réveil de la nature. Des canards prennent leur envol à quelques centimètres au-dessus de l'eau. Un héron se pose à l'embouchure du ruisseau et des cormorans d'Afrique s'étendent sur la digue. L'un d'eux déploie largement ses ailes, leur plumage étant perméable, ils le font sécher pour voler. Un autre se fond dans la ligne du soleil levant. L'envergure de ces oiseaux noirs me captive. Ils chassent à l'aube et au crépuscule, et peuvent plonger jusqu'à dix mètres sous l'eau avant de remonter leur proie à la surface. Les truites ou les ombles chevaliers qu'ils tuent manquent ensuite aux filets des pêcheurs, ces derniers assumant ainsi des pertes allant jusqu'à cinq cents grammes par jour et par oiseau. C'est la raison pour laquelle les cormorans d'Afrique sont devenus leurs ennemis, créant des conflits constants entre les naturalistes et les pêcheurs.

Un cygne avance majestueusement sur l'eau, les ailes relevées de chaque côté. La luminosité de l'aurore teint ses plumes d'une couleur ambre. L'animal est sublime…

Peut-être est-ce la maman qui promène ses bébés ?

Seuls les crépitements de l'eau me parviennent. Tous les jours, ce spectacle me procure énormément de joie. Notre vie est rythmée par les cycles du soleil.

Mais, nous rendons-nous compte de la beauté qu'il nous offre ?

Je me suis souvent questionnée sur la puissante attraction que ressent mon corps envers la nature. Ce matin, je crois comprendre : elle me ressource et me procure la force de gravir mes montagnes intérieures. Je puise en elle toutes les énergies positives qu'elle dégage. Je fais partie d'elle autant qu'elle fait partie de moi. Je crois que nous formons un tout. Je me relie au monde.

Je suis tellement plongée dans mes pensées sur cette communion avec mon environnement que je n'ai pas vu Noah et Zoé dormir, enlacés dans le hamac accroché aux arbres dans le jardin. Ils semblent si paisibles sous les mouvements de leurs abdomens, synchronisés par une lente respiration.

L'amour qui les anime est merveilleux. Chacun respecte les convictions, les désirs et les choix de l'autre et je trouve que cette tolérance est une qualité remarquable de leur couple. Ils partagent la joie et la tristesse. Ils n'ont pas peur de s'aimer, car ils ont l'air de savoir qu'ils ne se feront jamais de mal et que leurs cœurs resteront fidèles. Ils s'aiment comme une évidence et ne savent pas que la fluidité de leur amour est un véritable cadeau pour ceux qui les entourent. Ils connaissent respectivement les moindres défauts, faiblesses et valeurs de l'autre et ils s'aiment ainsi, heureux, tristes et même énervés.

Dans la vie, beaucoup de choses sont éphémères et je souhaite que leur amour n'en fasse pas partie tellement il est joli. J'aimerais toujours rester près d'eux, pour continuer de ressentir les vibrations de leur amour et entendre leurs cœurs cogner toujours un peu plus fort. Je leur imagine un bel avenir…

Aurai-je la chance de faire partie des personnes qui ne seront pas que de passage dans leur vie ?

Ce matin, en palpant cette harmonie qui les unie, j'aime le croire. Je me rallonge, il est encore trop tôt pour débuter la journée. Je vais m'assoupir dans l'herbe fraîche et la douceur de l'air.

Une odeur de café me réveille, j'ouvre les yeux, étire ma colonne vertébrale vers le ciel et me lève. Zoé fait dorer du pain perdu dans une poêle beurrée. Elle m'invite à me joindre à eux pour le petit-déjeuner. Je suis si heureuse de les avoir auprès de moi. Ils me semblent jour après jour davantage familiers.

– Hier soir, tu t'es endormie dans l'herbe ! remarque Noah.

– Oui ! Je me suis réveillée à l'aurore, vous dormiez paisiblement... C'était craquant !

– Oh merci… J'aime regarder Noah dormir... Ses traits sont à la fois relâchés et gais. C'est une belle preuve que la joie réside en lui, rougit Zoé, ce qui accentue la rondeur de ses joues.

– S'il te plaît, ma Zozo, ne commence pas avec les éloges amoureux, tu sais que ça me met mal à l'aise... objecte-t-il en caressant un grain de beauté de Zoé.

J'observe que même lorsqu'ils se réprimandent, c'est rempli de tendresse.

Le petit-déjeuner se poursuit dans la bonne humeur. Nous nous remémorons le goût fumé des tartes flambées et la texture coulante du munster.

Le bonheur d'un moment vécu se mesure à l'intensité des souvenirs qui se créent. Nous pensons tous les trois que la soirée d'hier fait partie de celles qui ne s'oublient pas.

Noah s'éclipse pour faire la vaisselle et annonce qu'il va aller faire une promenade à bicyclette au bord du lac. Je profite de ce moment à deux, avec Zoé, pour alléger ma tête de pensées persistantes. Délicates à aborder, je réfléchis à la manière dont mes mots vont se succéder :

– Zoé, quelque chose m'a interpellée lorsque tu m'as parlé de ton adoption…

Elle m'écoute attentivement, je tâtonne :

– J'aimerais en parler avec toi… Mais je ne veux pas être intrusive...

– Dis-moi, Capucine, et je t'avertirai si ça me gêne...

– Disons que j'ai ressenti de la mélancolie dans tes explications, concernant notamment la difficulté pour un enfant adopté à se construire sans lien avec ses parents biologiques…

mais… comment dire… Tu ne m'as pas parlé de tes parents adoptifs…

Elle remet une mèche derrière son oreille :

–Ils sont formidables, remplis d'amour envers moi et ont toujours fait tout ce qu'ils avaient en leur pouvoir pour assurer mon bonheur et ma réussite... Devenir parent est, je pense, le métier le plus difficile au monde... Ils l'ont appris et exercé chacun à leur manière et ont réussi à faire de moi une personne épanouie… Je me sens chanceuse d'avoir eu des parents comme eux, capables de combler la faille qu'il y avait en moi et qui a laissé une cicatrice ineffaçable, un mélange de colère, d'incertitude et de révolte non exprimé envers mes parents biologiques... De plus, j'ignore la raison de mon abandon, ce qui ne facilite pas les choses…

Elle croise les bras en caressant la partie interne de son coude avec le pouce. Je perçois ce geste comme une manière d'extérioriser un inconfort. Elle ne s'interrompt pas, j'absorbe ses paroles :

–Cet abandon était-il raisonné ? Était-ce une marque d'amour car mes parents biologiques étaient dans l'incapacité financière, matérielle ou même humaine de s'occuper de moi ? Était-ce plutôt un acte de lâcheté ? Suis-je issue de l'amour entre deux personnes ? d'un viol ? d'un accident… ? Mon père était-il au courant de sa paternité ? Personne n'a apporté de réponses à toutes ces questions... Y compris mes parents adoptifs, qui ont souvent souffert de mes interrogations. Hélas, ils n'avaient ni les mots, ni les informations... Je les remercie souvent d'avoir été honnêtes en m'ayant raconté mon histoire depuis le jour de mes trois mois, période où j'ai rejoint leur vie.

Elle croise sa jambe gauche sur la droite. Ses bras se dénouent et ses épaules se relâchent. Je lui réponds :

– Je suis profondément touchée par ton vécu et admirative de la force que tu as en toi... J'aimerais pouvoir t'aider, mais je suis démunie... Mis à part t'écouter, je crois que je ne peux rien faire de plus... J'imagine que tu as déjà essayé de les retrouver, non ?

Elle se redresse et tourne sa tête vers moi :

– Ça me libère de me confier à toi... Oui, j'ai désiré le faire plusieurs fois, mais je ne suis jamais passée à l'acte... Je crois qu'une partie de moi a très peur de la vérité et préfère rester dans l'ignorance...

– La vérité est parfois blessante... Elle tiraille, déchire et est difficile à accepter… Connaître sa vérité peut faire profondément mal, mais peut aussi s'avérer très libérateur. Les personnes qui t'aiment sont là pour t'aider à traverser cette éventuelle souffrance...

– Je suis d'accord... réfléchit-elle, dubitative.

– Les émotions négatives sont génératrices de changement, c'est aussi dans la douleur et grâce à elles que l'on avance...

– C'est vrai... D'habitude, lorsque j'évoque avec quelqu'un mon histoire, j'ai la voix tremblante et la gorge crispée. Noah est la seule personne avec qui j'arrive à en parler sans difficulté. Aujourd'hui, je me sens calme et j'ai l'impression que c'est facile de me confier à toi... Les mots me libèrent et m'allègent...

Cela me réchauffe le cœur, je suis heureuse que notre discussion lui soit bienfaitrice.

– Tu sais, Zoé, ce sentiment d'intimité et de fluidité est partagé... Je n'ai aucune crainte à te livrer mes émotions et mes pensées... Pourquoi n'essayerait-on pas, toutes les deux, de trouver des réponses à tes questions en enquêtant sur tes parents adoptifs ?

À cet instant, sous nos yeux, la famille cygne traverse une partie du lac. Un silence de plusieurs secondes plane entre nous. Leur présence préoccupe Zoé, surtout qu'il n'y a plus que cinq cygneaux… Elle s'adresse à moi d'un mouvement de tête :

– Tu sais ce qui me blesse le plus dans tout ça ?

– Non, je t'écoute...

– Je t'ai menti la dernière fois, lorsque je t'ai dit que la seule chose que mes parents biologiques m'avaient léguée était la stérilité... Je ne suis pas physiologiquement stérile, mais psychologiquement stérile... bredouille-t-elle timidement.

– Je ne comprends pas ce que tu veux dire... Qu'est-ce que ça signifie ?

– Mes ovaires et mon utérus sont parfaitement aptes à donner la vie... C'est mon cerveau qui ne l'est pas...

Elle baisse les yeux. Je crois comprendre la métaphore qu'elle emploie et la trouve poétique. Elle joue avec les mots pour adoucir sa blessure. Je clarifie :

– À cause de ton passé et de l'absence d'informations concernant tes parents biologiques, au regard des conditions de ta vie utérine, de ta naissance et de tes trois premiers mois dont tu ne sais rien, tu ne te sens pas capable... C'est ça ? « Stérile psychologiquement » est une façon de dire que tu ne te sens pas apte, à ce jour, à donner la vie ?

Elle écarquille les yeux et entrouvre la bouche d'émerveillement tout en ramenant ses mains contre son cœur.

– C'est incroyable... Tu es la première personne à me comprendre sans que je doive m'expliquer...

Ses yeux brillent et ses cils papillonnent pour freiner une montée de larmes. Je ne sais pas si son émotion est plus proche de la joie ou de la tristesse, mais je souris en posant ma main, signe de compassion, sur son bras et l'écoute :

– Je rêve d'avoir un enfant avec Noah, je l'ai souvent imaginé métis aux cheveux crépus ou bouclés. Le jour où ce rêve deviendra réalité, ça signifiera que je serai guérie... J'aurai enfin eu des réponses, serai capable de donner la vie et d'élever un enfant avec autant d'amour que mes parents adoptifs l'ont fait...

– Ce que tu dis est rempli de bienveillance... Acceptes-tu mon aide dans la réalisation de cette quête personnelle ?

Le sixième et dernier cygneau descend avec une grande délicatesse du dos de sa maman. Il était caché et protégé dans le plumage soyeux. Il barbote, incline la tête en avant, mettant ainsi le bec dans l'eau et l'arrière-train vers le ciel.

– Regarde, Capucine, il imite ses parents qui lui ont appris à trouver lui-même ses brindilles pour se nourrir, murmure-t-elle d'une voix émue.

J'affirme d'un dodelinement de tête et d'un léger sourire. Elle agite nerveusement un pompon de son tee-shirt rouge, pivote la tête de droite à gauche, dévisage les cygnes du regard et me sourit :

– J'accepte ton aide, pour moi, mais aussi pour Noah... Je sais à quel point il a hâte de devenir père et je ne me pardonnerai jamais de l'avoir privé de ce bonheur...

Je lui ouvre les bras pour qu'elle vienne s'y blottir, nous nous câlinons en nous faisant des caresses chacune dans le dos de l'autre. Nous nous prenons les mains, nos yeux pétillent et nos visages sont illuminés par nos sourires. Je suis impatiente qu'elle se lance dans la grande aventure de la connaissance de ses origines.

Dans l'après-midi, alors que je suis assise à l'ombre du bouleau, je songe aux lignes que nous allons écrire. Je vais aider Zoé à réaliser son rêve : avoir un enfant avec Noah. Elle va, quant à elle, contribuer au mien : voyager en van.

C'est un échange dans un seul et unique but : nous aider chacune à nous rapprocher de notre propre bonheur. Un partage de l'une envers l'autre. Zoé va devoir être courageuse et je serai présente pour l'accompagner.

Progressivement, mon esprit est assailli par de nouvelles questions : *Comment vais-je l'aider à trouver des informations sur ses parents biologiques ? Quels services s'occupent de la conservation de ce genre de données ? Que va-t-on apprendre à leur sujet ?*

Habituellement, l'air est sec en Haute-Savoie, mais aujourd'hui il fait très chaud, l'ambiance est étouffante. En respirant, l'humidité pénètre jusqu'à mes poumons. Je pars me rafraîchir et disperser mes pensées dans le lac. Les galets brûlent la plante de mes pieds. Je me précipite dans l'eau et laisse mon corps flotter à la surface. J'aime cette sensation de légèreté lorsque je suis entièrement portée par les remous. Je plonge la tête dans les profondeurs et expire toutes mes inquiétudes et mes doutes par les narines. Ce moment est libérateur, je me sens apaisée.

L'espoir des Platanes

Son chemin lui réserve quelque chose de bien plus vaste que ce qu'elle désirait. Parfois notre destin dépasse nos rêves.

Olivia Zeitline

À travers la fenêtre de la cuisine, j'observe les rafales de vent qui forment de grandes vagues sur le lac et agitent les branches du bouleau. Le paysage est différent, mais je suis toujours autant conquise. Vivre auprès du lac m'est devenu indispensable.

Je décide de profiter de cette journée maussade, sans soleil, pour avancer dans mes recherches au sujet des parents biologiques de Zoé. Je l'invite à me rejoindre en criant son prénom afin qu'elle m'entende depuis la yourte.

Quelques instants plus tard, nous nous installons toutes les deux autour de la table, avec une tisane à l'hibiscus.

–Zoé, quelles sont les informations dont tu disposes concernant tes parents adoptifs ?

–C'est simple ! Je n'en ai aucune... déclare-t-elle en remuant la boule à thé dans sa tasse.

Le dépit doit se lire sur mon visage. Sans un minimum d'éléments, les recherches s'annoncent fastidieuses...

Un fragment d'espoir me pousse à lui demander :

– Tu ne connais même pas leurs noms ?

– Non...

– Leurs prénoms, peut-être ?

– Non...

Elle rit du paradoxe de la situation, un rire de désillusion face à une quête qui s'annonce quasiment inaccessible…

– Bon, ne nous décourageons pas ! Nous allons forcément trouver un indice à partir duquel nous débuterons les recherches...

– Avant mon adoption, je vivais dans la pouponnière des Platanes. J'ai été confiée à l'aide sociale à l'enfance, puis je suis devenue une pupille de l'État, jusqu'à ce que mes parents adoptifs valident mon adoption plénière.

Ces informations me ragaillardissent. Néanmoins, je suis perturbée par tous les termes qu'elle emploie et qui me sont inconnus, je les gribouille dans mon carnet fétiche.

– D'accord... Nous pouvons nous baser sur cet élément, qu'en penses-tu ? dis-je, déterminée.

– Oui... soupire-t-elle en déposant sa boule à thé dans la coupelle en porcelaine que j'ai amenée sur la table. Comment veux-tu t'y prendre ?

– Je ne sais pas encore, je vais y réfléchir...

Je crois savoir comment obtenir quelques informations mais, afin d'éviter de faux espoirs et de faire subir à Zoé un ascenseur émotionnel, je reste silencieuse pour le moment.

– On a le temps, je ne suis pas pressée… Ça fait déjà vingt-huit ans que je vis sans eux !

J'ai l'impression qu'elle redoute l'issue de cette quête. Je comprends sa réticence compte tenu du bouleversement que nos avancées peuvent avoir sur sa vie d'enfant, de femme et de potentielle future maman. Je n'insiste pas et laisse son esprit maintenir ses résistances pour l'instant. Elle se lève et me dit qu'elle va profiter d'un temps de détente, en allant boire sa tisane dans le grand fauteuil rose poudré de la yourte.

De mon côté, j'ai l'esprit en ébullition et désire obtenir rapidement des informations. J'allume mon ordinateur et pianote plusieurs mots sur le clavier, créant ainsi une mélodie de « clics » à un rythme irrégulier. Les pages internet s'ouvrent, défilent et se referment. C'est une succession d'informations non pertinentes, car non officielles. Je décline les discussions sur les forums afin de ne pas me heurter à des situations cauchemardesques ou désespérantes, puis je griffonne quelques notions peu concluantes dans mon carnet.

Deux heures après, je suis vidée, presque désemparée. Les démarches semblent en effet très compliquées et les aboutissements extrêmement rares. Des formulaires, des lettres manuscrites ou dactylographiées, des lois à décoder, des appels téléphoniques et des mails semblent être requis pour obtenir davantage d'éléments.

Je déteste l'administratif, mais je n'abandonnerai pas. En devenant son amie, je me sens désormais responsable de son bonheur, il est lié au mien. Son histoire ne me laisse pas indifférente et je souhaite émietter toutes les poussières de joie et d'espoir possibles dans sa vie.

Soudainement, Zoé débarque en courant dans la cabane. Cela me surprend, car elle est d'un naturel plutôt calme. Entrée par la terrasse, elle saute sur place, euphorique :

– Capucine ! Capucine ! C'est un signe du destin... Pendant sa balade à bicyclette, Noah est passé devant un van combi, bleu turquoise, comme celui de tes rêves !

Je laisse tomber mon stylo à terre, bouche bée.

– Mais attends, le plus extraordinaire est qu'il a vu une affiche « à vendre » dessus ! Évidemment, il a immédiatement pensé à toi ! Alors il s'est arrêté et a discuté avec le propriétaire en prenant son numéro de téléphone ! Regarde, j'ai une photo !

J'écarquille les yeux à la vue de l'image, abasourdie par ce signe du destin. Ma bouche reste grande ouverte, aucun mot n'en sort.

– Mais ! Enfin ! Capucine, dis quelque chose… reprend Zoé plus tranquillement, consciente que cette nouvelle me laisse sans voix.

La situation est tellement déroutante que je reste muette. L'étincelle d'espoir de trouver un jour LE van idéal semble s'accroître. Tout à coup, mon rêve prend lui aussi la direction de la réalité.

– Je… je ne sais pas quoi dire… c'est incroyable ! bredouillè-je difficilement.

Zoé se trémousse, tapote des mains et gesticule le bout des doigts. Son excitation me touche et se diffuse en moi.

– C'est absolument fantastique, Capucine, bientôt tu vadrouilleras dans le van de tes rêves !

Je me laisse bercer par ce moment de joie intense et me projette :

– Oui, je partirai bientôt sur les routes à travers les forêts et les montagnes, la campagne ou le bord de mer... Seule, je roulerai les yeux fixés vers l'horizon. Il n'y aura aucun autre bruit que celui du moteur et de la nature environnante. J'irai où j'ai envie d'aller et il n'existera aucune barrière, excepté celle que je me mettrai... Mes envies seront les seules à guider mon chemin... Je ne prévoirai rien pour suivre mon instinct et mes ressentis... Je serai libre ! criè-je excitée, en me levant de la chaise.

Savourant cet instant de vie, je regarde chaleureusement Zoé, lui tends les mains, attrape les siennes et l'invite à sauter de joie. Mon cœur palpite, ma peau frissonne et mes yeux pétillent. Cette émotion est la sensation la plus frénétique que je connaisse. Une vague d'euphorie s'empare de mon corps, je ne gère plus rien et laisse couler mes larmes de bonheur au milieu des rires de Zoé.

Nous sommes heureuses et partageons un moment intense. Ensemble, nos rêves se transforment si rapidement en projets que cela paraît irréel. À deux, nous semblons avancer beaucoup plus vite. Nous nous encourageons et nous portons l'une et l'autre vers le haut. Zoé fait partie de mon voyage, elle m'emmène à sa manière sur les routes. J'en suis désormais certaine.

Le partage est un élément vital pour une vie heureuse.

Noah entre dans la cuisine, le sourire aux lèvres, et annonce :

– La vie n'attend pas ! Alors je te conseille d'appeler le vendeur très rapidement, Capu !

Ses propos m'affectent, je sais à quel point il a raison :

– Je lui téléphone aujourd'hui ! Vous êtes géniaux... Je suis si heureuse d'avoir croisé votre chemin et de vous avoir dans ma vie... Vous êtes fabuleux... Je vous remercie infiniment...

Je me sens envahie par une énergie qui me rend extrêmement vivante à l'idée de renouer avec mes sensations de globe-trotteuse : l'excitation de la découverte, des rencontres et de l'inconnu.

Un nouveau voyage est en train de commencer…

Le pétillement de la vie

La vie ne se maîtrise pas, elle se respecte et se vit,
tout simplement.

Julie Desb

Une impulsion joyeuse rompt mon sommeil. J'ouvre subitement les yeux, comme si je voulais mettre fin à un terrible cauchemar. En réalité, c'est le rêve de devenir propriétaire du van qui est à l'origine de ce réveil nocturne.

Le souhait de fêter cette heureuse nouvelle déambule dans mon esprit. Je m'enveloppe dans le drap, atténuant ainsi la fraîcheur de la nuit qui règne au bord du lac, et réfléchis à ce que je pourrais offrir à Noah et Zoé pour les remercier de leur investissement dans la réalisation de mon rêve.

J'aimerais partager une activité spéciale avec eux, afin que ce souvenir puisse perdurer entre nous. Je pense que les moments vécus ensemble procurent davantage de joie qu'un cadeau matériel.

Les yeux dans le noir, une idée me vient : Noah apprécierait la sensation de planer dans les airs et Zoé serait émerveillée de découvrir les montagnes depuis le ciel. Je crois que j'ai trouvé LE cadeau : un vol en parapente comblerait tous leurs désirs d'aventure ! Ce soir, autour d'un apéritif dînatoire, je leur ferai la surprise.

J'apprécie un instant l'air frais qui se faufile à travers la fenêtre entrouverte, il me titille le visage et m'emporte doucement vers le pays des rêves.

Dans la matinée, j'appelle le club de parapente de Morzine afin de réserver trois vols en biplace pour demain. Le gérant m'envoie la confirmation par mail, que j'imprime au verso d'une feuille de brouillon. Ce petit geste peut sembler dérisoire, mais il est d'une importance capitale à mes yeux : il permet de préserver les arbres. Je glisse le document dans une enveloppe que je cache entre deux livres de la bibliothèque, pressée d'être à ce soir pour voir les visages de Noah et Zoé s'illuminer.

Après le déjeuner, je choisis un disque vinyle et le lance sur la platine. Je le regarde tourner et contemple les nervures entre lesquelles s'insère le diamant. Hypnotisée quelques minutes, je prépare ensuite des amuse-gueules en faisant quelques pas de danse au rythme du tempo. Écouter un son mélodieux en cuisinant des ingrédients naturels est un de mes plaisirs favoris. J'aime le silence et le calme de la nature, mais j'aime aussi être stimulée par la musique (jazz, soul, afrobeat, électronique...). Mes goûts musicaux n'ont pas de frontières : je voyage dans le monde grâce aux instruments. Les idées de recettes me viennent souvent intuitivement : je les imagine tout en admirant le reflet du soleil dans le lac et Dragibus qui se relaxe à l'ombre du bouleau.

Il fait chaud et la chaleur dégagée par le four rend l'atmosphère d'autant plus lourde. Je coupe les légumes du jardin en petits dés et en bâtonnets, malaxe la pâte à naan jusqu'à obtenir l'élasticité souhaitée et grignote quelques morceaux de fromage.

D'humeur créative, je décide d'écrire les intitulés de mes plats sur une carte fabriquée par ma grand-mère. Lorsqu'elle me l'avait offerte, je l'avais précieusement rangée dans ma *boîte à cartes postales* afin de l'utiliser pour une belle occasion. Je la disposerai sur la table pour annoncer le menu à mes hôtes.

J'écris au dos de la feuille cartonnée rose sur laquelle est dessinée une étoile blanche :

Toast de houmous sur un pain aux graines de lin

Naans aux poivrons

Scones à la tomme de Savoie et aux dattes

Bâtonnets de carottes sauce tzatziki

Dés de comté et d'abondance

Brochettes de tomates cerises et billes de mozzarella

Les couleurs de la fin de journée recouvrent le paysage d'un jaune doré. Je dispose les plats sur la table de la terrasse et aperçois Zoé qui s'approche, depuis la yourte, avec un air contemplatif. Noah la suit de près et retire son bandana.

– Oh ! Y a-t-il une raison pour que tu nous aies concocté toutes ces délicieuses préparations ? m'interroge-t-elle, gourmande.

– Mon estomac gargouille, Capu ! Il va être content je crois !

Je tire les deux chaises qui m'entourent et les invite à se joindre à moi :

– Cet apéritif dînatoire est pour vous remercier de m'avoir

aidée à passer le cap du rêve à la réalité...

Ils s'assoient, Noah lâche le bandeau sur la table. Zoé répond calmement :

– C'est un véritable plaisir de s'accompagner mutuellement... Tu m'aides chaque jour à être de plus en plus en harmonie avec moi-même et tu contribues ainsi à la quête de mon bonheur... Grâce à toi, je voyage en Haute-Savoie, mais aussi au cœur de mon être intérieur... Il y a quelques jours, j'ai débuté la plus grande aventure de ma vie : trouver qui je suis... articule-t-elle d'une voix pleine de reconnaissance.

– Capucine, je te remercie d'aider Zoé à connaître ses origines... Elle n'avait jamais rencontré quelqu'un en qui avoir suffisamment confiance pour en parler... Depuis qu'elle te côtoie, je la trouve plus apaisée... poursuit Noah.

– C'est vrai, j'ai l'impression d'être libérée...

Elle m'émeut.

– Zoé retrouve un sentiment d'ivresse à tes côtés ! Tu es son *prosecco* !

Noah me fait rire. Ils sont si attachants. Des émotions me submergent, mes yeux s'humidifient, je me ressaisis :

– Je n'ai pas envie de pleurer... Même si ce sont des larmes de joie...

– Tu as raison, Capu ! Et si j'allais chercher mon *dum dum* ?

– Brillante idée ! clame-t-on en cœur avec Zoé en se lançant un regard complice, exprimant notre surprise et notre attachement.

Noah court chercher sa percussion dans la yourte. Je laisse Zoé seule quelques minutes afin d'aller récupérer la lettre. En revenant, il a commencé à taper sur l'instrument, je l'interromps :

– Noah, Zoé, avant de commencer cette soirée, j'ai un cadeau pour vous... Tenez, ouvrez cette enveloppe !

Je scrute leurs visages dans le but de détecter une réaction. J'ai une légère appréhension à l'idée que mon cadeau ne leur plaise pas. Les heureux moments partagés avec eux depuis trois semaines ne me permettent pas de les connaître vraiment. Zoé déchire l'enveloppe et sort le papier. Noah le lit par-dessus son épaule. Plusieurs secondes restent en suspension avant qu'apparaisse un large sourire et que leurs yeux brillent. Ils se lèvent et m'enlacent. Je suis dans leurs bras, blottie, et je ressens une énergie puissante qui émane de moi et s'infuse dans leurs poitrines. Je les serre pour leur transmettre toute l'affection que je leur porte. Cette étreinte est d'une grande sincérité, je suis à ma place auprès d'eux.

Nous trinquons ensuite vigoureusement, faisant déborder le *prosecco* de nos verres ! Tout au long de la soirée, les vibrations du *dum dum* tambourinent dans mon corps, tandis que la voix chantante de Zoé effleure mon cœur. Le tout forme une auréole de douceur au-dessus de nos têtes. J'ai l'illusion que ce moment, hors du temps, ne s'arrêtera jamais.

Remplie de plénitude, j'essaie de capturer cette gaieté en dansant.

Je redécouvre ainsi l'irrésistible liberté qui sommeillait à l'intérieur de moi…

Le tutoiement du ciel

Et la magie de l'amour, c'est reconnaître toutes formes de vie avec son cœur, c'est aimer sans limite et se connecter à l'énergie universelle, au TOUT. Oui, l'amour est l'inexplicable élément qui nous lie toutes et tous : le jus originel.

Sarah Marquis

En voyant le soleil élevé dans le ciel, je comprends que la matinée est déjà bien avancée. J'enfile un short en jean brodé sur les côtés, un débardeur aux fines bretelles et je descends les escaliers, pieds nus. La pendule de la cuisine indique midi, je me décide à préparer un brunch.

Je fais mousser du lait et dépose ce nuage à la surface du café. Le mélange des deux liquides crée de jolies spirales aux couleurs noisette et crème. Dans le bol turquoise, la blancheur du fromage blanc paraît éclatante et est accentuée par la couleur rose des framboises du jardin. Je tartine le pain aux graines de lin déjà tranché de beurre et de miel, puis ajoute quelques toasts recouverts du houmous que nous avons mangé hier soir dans l'assiette en bambou. Face au lac, je déguste ce repas la peau chauffée par le soleil, désormais à son zénith.

Soucieuse d'avancer dans mes recherches, je me mets ensuite au travail concernant la quête de Zoé. Je découvre ainsi que le terme « orphelinat » a été supprimé au profit de l'expression « foyer d'enfants ». Lors d'un voyage au Vietnam, j'étais allée dans un foyer d'enfants afin de faire une donation de médicaments. J'y avais rencontré un Français investi bénévolement pour la cause des enfants orphelins. Il travaillait en France dans un centre administratif relatif à l'adoption et se rendait dans ce foyer vietnamien pendant ses vacances. Je ne me souviens malheureusement plus du nom de l'institution dans laquelle il travaillait. Par chance, j'avais écrit son adresse mail dans un carnet. Je pars à la recherche de ce dernier, le retrouve et m'apprête donc à rédiger un courrier électronique. Je prends soin d'évoquer avec clarté mes interrogations et mes besoins, puis demande à mon destinataire s'il serait en mesure de me renseigner au sujet des démarches administratives à effectuer pour connaître les circonstances d'une adoption. Après avoir relu mon message, j'envoie le tout avec l'espoir d'obtenir une réponse. *Un simple mail pourrait-il apporter de la lumière à Zoé ?* Je l'espère…

Je me rappelle alors que Zoé avait évoqué la question de l'adoption plénière au cours d'une de nos conversations. Empressée d'en savoir davantage, je rentre ce terme dans la barre de recherche, ouvrant une liste de références à ce sujet. Cliquant sur la première définition, je m'exprime à voix haute :

–Mince ! Ça signifie que les liens avec les parents biologiques sont rompus...

Je pose mon regard vers l'extérieur, prenant un temps de réflexion. Zoé n'est pas la seule personne adoptée désirant débuter une enquête sur ses origines, donc même dans le cas d'une adoption plénière, il doit forcément exister un moyen de découvrir l'identité des parents biologiques… Je tente de me convaincre qu'une solution va se présenter à moi, à nous, bien que la faible motivation de Zoé me laisse perplexe. J'espère ne pas consacrer trop de temps à ces recherches pour rien, je croise les doigts pour qu'elle ne cède pas à la crainte de la vérité. Dans tous les cas, il s'agit de son destin et je l'accepterai...

Il est déjà quinze heures, je mets l'ordinateur en mode veille, rassemble mes affaires et rejoins Noah et Zoé paisiblement assis sur l'herbe devant la yourte.

Quelques minutes plus tard, nous sommes secoués par les lacets de la route qui mènent au village en altitude. Noah annonce fièrement :

–Au fait, Capu, je n'ai pas le mal des montagnes !

–Tu es solide, Noah ! On va bientôt savoir si tu as le mal de l'air ! dis-je en lui faisant un clin d'œil.

–Oui ! grimace-t-il, à la fois nerveux et excité.

Une fois arrivés à Morzine, nous montons dans un minibus afin de nous rendre jusqu'au lieu du décollage, sur la route d'Avoriaz. Pendant le trajet, l'ambiance est silencieuse, les sentiments d'inquiétude mêlés à ceux de l'impatience se ressentent dans tout l'habitacle.

Nous allons vivre un baptême biplace, ce qui signifie que nous allons voler chacun dans un parapente différent avec un moniteur aux commandes. Nos trois moniteurs déplient les voiles sur le terre-plein en pente qui culmine Morzine. Leur envergure impressionne Noah, tandis que Zoé semble sceptique quant à l'extrême finesse des cordes. Elle est silencieuse et écoute scrupuleusement les conseils. Nous nous installons dans le siège de nos parapentes respectifs. L'homme avec qui je vais voler saisit les poignées et tire dessus pour faire s'élever la voile au-dessus de nous. Elle retombe au sol, provoquant un intense claquement. La crainte qu'elle se déchire me traverse l'esprit, mais est interrompue par la vision de Zoé qui court jusqu'à ce que ses pieds n'effleurent plus l'herbe. Je l'entends émettre un cri que j'espère être l'expression d'une grande satisfaction... Mon moniteur m'annonce que c'est également le moment de partir. Je me retourne vers Noah, échange avec lui un regard complice, et m'élance à grandes enjambées vers le vide. Mon rythme cardiaque s'accélère, tandis que l'homme me crie de courir encore plus vite. Je sens mon cœur cogner de plus en plus fort dans ma poitrine. Mes pieds ne touchent plus terre, mon corps s'élève en apesanteur et plane dans le ciel. Suspendue à la voile, mes sensations deviennent rapidement tranquilles et apaisantes.

Cette expérience me rappelle les vols en balançoire dans le jardin de mes grands-parents, avec ma sœur. Mais, aujourd'hui, j'ai confié ma vie à une autre personne et la distance entre mon corps et le sol est infiniment plus grande.

Dans les airs, nous rejoignons Zoé, puis Noah arrive quelques minutes plus tard. Portés par nos parapentes, nous survolons la vallée et les chalets en bois dissimulés au cœur de la végétation. Certaines montagnes nous dominent et d'autres sont sous nos pieds. Nous frôlons une cascade et des gouttelettes d'eau rafraîchissent mon visage. Je perçois les différences de température des courants d'air sur ma peau, selon l'altitude à laquelle nous sommes. Perdue dans l'immensité du ciel, les montagnes qui me semblent désormais minuscules m'envoûtent, mon esprit plane autant que mon corps.

Les alpinistes ne cessent de répéter que le risque est partout en montagne, c'est pourquoi l'environnement dans lequel je vis me renvoie à ma vulnérabilité, mais aussi à ce sentiment puissant d'être vivante.

Nous perdons en altitude, l'espace entre la terre et mes pieds diminue. Le moniteur semble ressentir mon envie de sensations fortes et entame une chute vertigineuse mêlée à une série de loopings. Durant quelques secondes, les cordes sont détendues et nous apercevons brièvement la toile qui oblique. Une bouffée d'adrénaline inonde mon corps, de mon ventre à mes mollets, pour mon plus grand plaisir.

Après avoir atterri en douceur, Noah est en train d'aider son moniteur à ranger la voile dans le grand sac à dos. Zoé me rejoint en courant, les bras ondulant autour de son corps, comme un oiseau. Le sourire aux lèvres, elle m'avoue être ravie d'avoir découvert les Alpes vues du ciel. Nous débriefons ensuite tous les trois sur les vingt minutes passées dans les airs et constatons nous sentir vidés de notre énergie. Nous n'avons pourtant pas fourni beaucoup d'efforts physiques… Le moniteur de Noah nous apprend alors que l'écart d'altitude nécessite des adaptations physiologiques complexes, ce qui génère un stress important pour le corps.

Le village de Morzine est niché entre trois grandes pointes d'environ deux mille mètres d'altitude : Nantaux, Ressachaux et Nyon, derrière lesquelles le soleil se cache avant de se coucher. J'invite Noah et Zoé à s'asseoir dans l'herbe et à profiter des derniers rayons lumineux afin de récupérer un peu de vitalité.

Zoé balance alors ces mots dans le ciel :

– Lorsque j'étais dans les airs, j'ai eu comme un déclic... Ce sentiment de liberté m'a révélé, je pense, un aspect inconnu de moi...

– Lequel ? demande tendrement Noah en enlaçant son bras.

Je reste silencieuse. Elle reprend, les yeux perdus vers

l'horizon :

–J'ai hâte de savoir...

–De savoir quoi ? répond Noah, curieux.

–Mon passé, mon histoire, qui je suis...

Ses confessions sont touchantes. Noah cligne des yeux, tout comme moi, il est ému. Je prends conscience que mes inquiétudes de ce matin étaient inutiles : elle qui a toujours voulu rester dans l'ignorance de ses origines par peur de souffrir, est aujourd'hui prête à les affronter. Zoé tourne légèrement la tête vers moi, puis plonge ses yeux verts dans les miens :

–D'ailleurs, Capucine, ce serait bien qu'on débute les démarches ensemble...

Afin de ne pas lui faire de fausses joies, j'approuve :

–Oui, tu as raison. On peut commencer demain, si tu veux ?

Elle regarde Noah :

–Ça ne te dérange pas si demain nous ne prévoyons aucune activité ?

–Aucun souci... C'est une très bonne idée, ma Zozo. Je crois même qu'une journée tranquille me fera du bien. Finalement, depuis notre arrivée, nous n'avons pas arrêté !

–Merci, Noah... murmure-t-elle en l'embrassant. Alors comme ça, les journées à ne rien faire te manquent ? ajoute-t-elle d'un air moqueur.

–Pas du tout ! s'exclame-t-il, malicieux.

Ils se sourient et partagent leur bonheur. Je suppose que Noah est heureux de voir Zoé avancer dans son voyage intérieur, tandis qu'elle semble ravie qu'il apprécie de remplir davantage sa vie. Je les regarde avec tendresse et me dis que cela doit ressembler à ça, l'amour...

De retour à la cabane, j'attrape un abricot dans la corbeille de fruits d'été, l'ouvre délicatement, enlève le noyau et l'apprécie goulument. Le changement d'altitude me dessèche toujours la bouche, je bois un grand verre d'eau pour me désaltérer. Impatiente de voir si j'ai reçu une réponse au mail envoyé ce matin, je remue la souris de l'ordinateur pour désactiver le mode veille. En ouvrant la page, je ressens la même montée d'adrénaline que cette après-midi. Miracle, mon ami m'a répondu ! Je lâche l'abricot entamé qui tombe et roule sur le sol de la cuisine pour m'empresser d'ouvrir le message. C'est incroyable, j'ai le sentiment d'avoir le destin de Zoé entre mes mains... Il y a quelques heures seulement, elle se décidait à entamer les démarches pour connaître ses origines. *Un nouveau signe du destin. Une preuve que tout ce qui doit se faire se fera et qu'il ne s'agit pas de forcer les choses, mais d'accueillir ce que la vie propose avec confiance.*

Je cours jusqu'à la yourte afin d'avertir Zoé. Elle est seule, assise tranquillement dans le fauteuil. J'entre précipitamment, essoufflée, et tente de reprendre ma respiration entre chaque mot :

–Zoé ! Zoé ! Je ne t'en ai pas parlé car j'voulais pas t'faire vivre l'espoir et la désillusion… mais ce matin… j'ai envoyé un mail à un ami qui travaille au sein d'un service d'adoption…

Elle hausse la ligne fine de ses sourcils et fait une moue d'incompréhension.

–Mais l'plus incroyable, c'est qu'il m'a répondu !

Je suis excitée, je parle tellement vite que je mâche des syllabes de notre jolie langue française.

–Il a dit quoi ?! balbutie-t-elle sidérée.

–Il travaille au Conseil national d'accès aux origines personnelles, le CNAOP, et m'a indiqué les démarches à effectuer auprès de ce service pour obtenir l'identité de tes parents biologiques…

Elle décroise les jambes et se redresse dans le fauteuil. Son visage se fige et des larmes arrosent soudainement ses yeux, ce sont probablement les premières d'une longue série. Je souhaite qu'elles soient significatrices de joie. Zoé reste la bouche entrouverte tandis que les gouttes ruissellent sur son visage, semblant vider tout un puits de larme. Je m'avance et m'accroupis à côté d'elle. Progressivement, ses épaules se relâchent et s'affaissent, je pose une main dans le haut de son dos. Nous restons ainsi, muettes jusqu'à ce que Noah, parti à la boulangerie, arrive dans la yourte. Je me lève et lui explique brièvement la situation. Il m'écoute distraitement, préoccupé par le chamboulement émotionnel qu'il perçoit sur le visage de Zoé, puis la rejoint pour sécher ses joues mouillées. Elle le regarde avec soulagement et passion ; j'admire leur tendresse. Je murmure dans l'oreille de Zoé que tout va bien se passer et quitte la yourte afin de laisser le couple accueillir cette nouvelle ensemble.

Je marche d'un pas lent jusqu'à la cabane, mes émotions sont décuplées. Après la joie, l'adrénaline et l'enthousiasme, la fatigue me gagne. Je tombe de sommeil dans le hamac.

*Destin*ation

Elle sourit à la vie, sans retenue et sans contraintes.
La vie est trop courte pour remettre à plus tard ce
que j'ai envie de faire aujourd'hui.

Caroline Noël

Aujourd'hui, je commence à écrire un nouveau chapitre de ma vie et me réveille, émerveillée par mes rêves qui commencent à prendre forme. Chacune de mes inspirations apaise mon cerveau et donne à mon corps un peu plus de force. Allongée dans le lit, prête à lâcher prise et à savourer la vie, je laisse mes pensées s'envoler librement.

Les bonnes nouvelles des derniers jours me mettent du baume au cœur ; Zoé est sur le point d'obtenir des informations sur ses origines et c'est aujourd'hui que j'accueille le van.

Rien ne dure, tout est éphémère. Alors je jouis pleinement de ce bonheur qui me tend les bras, j'emmagasine les énergies positives afin d'affronter plus sereinement les jours à venir qui pourraient s'avérer un peu difficiles pour Zoé. Je souhaite être là pour elle et l'accompagner au mieux sur ce chemin.

Je pars à bicyclette récupérer le van, à trois kilomètres de ma cabane. J'ai l'impression que tout a conspiré pour que je parvienne à acquérir l'objet de mes désirs… Il me restait de l’argent de côté, mais pas assez. Or, le propriétaire du van avait lui aussi besoin d’argent pour acheter une voiture familiale. Pressé de le vendre et heureux de l’imaginer partir sur les routes, il m’a proposé un prix très avantageux. En me donnant les clés de sa « maison à roulettes », il m’avoue avoir un pincement au cœur. Ce véhicule est le souvenir d’un temps qui, désormais, est derrière lui, et un lieu où cet homme d’une quarantaine d’années a vécu, semble-t-il, ses plus beaux souvenirs. Il est ému, sa bouche se crispe et j’observe des tensions dans son cou, peut-être celles de sa gorge qui retient des larmes...

Je grimpe à l’avant du van, j’introduis dans le lecteur un CD que j’ai pris soin d’emporter, tourne la clé et fait vrombir le moteur. *Mon rêve aboutit...* L’euphorie m’envahit, bercée par une douce tonalité de jazz. Je vois de multiples petites particules de joie se répandre à l’intérieur du véhicule et s’échapper par la vitre. J’adresse un signe de main à l’ancien propriétaire qui se tient debout, les mains dans les poches de sa veste, en me regardant partir. Il me salue à son tour en esquissant un sourire.

Quelques instants plus tard, ma béatitude est palpable dans les yeux des personnes que je croise sur le chemin du retour. Le chapeau de paille sur ma tête résiste au vent, j’aime déjà conduire le van. J’informe Noah et Zoé de ma présence par un coup de klaxon ; le premier d’une longue série, car je ne klaxonne pas uniquement pour avertir d’un danger, mais aussi pour saluer, ou souligner une situation incongrue.

Je le gare sur la parcelle d’herbe située à l’entrée du jardin, puis je descends et l’observe quelques secondes avec fierté. J’ai déjà tellement d’idées d’aménagement ! J’aimerais en faire un endroit chaleureux, propice au bien-être autant physique que psychique… Il va devenir mon point d'ancrage, l'endroit où je me réfugierai lors de mes vadrouilles en quête d'un sentiment de sécurité. Je souhaite disposer à l'intérieur des morceaux de toutes les petites choses qui me constituent, qui ont façonné mon histoire et mon identité… Juste l'essentiel.

Noah et Zoé me rejoignent avec entrain, puis détaillent le véhicule de A à Z, complimentant sa belle couleur turquoise et me prenant dans leurs bras pour partager ma satisfaction. Nous restons face à l'ouverture latérale à discuter de l'agencement que j'imagine progressivement... Dans le rétroviseur extérieur, j'observe le sourire béat qui a pris place sur mon visage, révélateur du plaisir que j'éprouve à construire et bricoler. L'aménagement fait partie du voyage, il constitue à mes yeux le point de départ de l'aventure.

Après avoir fait découvrir l'intérieur à Noah et Zoé, ils partent se baigner et mon excitation est telle que je commence les travaux. Je saisis mon carnet dont les pages sont écornées et gribouille des plans assise dans l'herbe. Les idées s'enchaînent, je note toutes les envies qui m'effleurent l'esprit.

En adéquation avec une démarche minimaliste, je choisis de garder un maximum de matériaux déjà présents. Je préfère récupérer des objets ou des meubles déjà construits et qui sont devenus superflus pour leurs propriétaires, mais utiles pour moi. D'un point de vue humain et environnemental, cela me paraît être une bonne option. Je trouve qu'en Occident, nous ne sommes pas toujours de bons exemples en matière d'écologie. Sans nous en rendre compte, nous nous laissons envahir par la surconsommation.

Mes plans sont brouillons mais progressent. Je vais mettre le lit au fond du van, dans le sens de la largeur, ainsi je pourrai ouvrir les deux portes battantes pour admirer le paysage en m'allongeant. Je contemplerai les levers et les couchers du soleil ; la mer, les lacs, les océans, les montagnes, les plaines arides, les champs de fleurs et de blé ; les plages, les dunes, les volcans, les forêts de sapins ou de pins ; les jours pluvieux, orageux, nuageux et ensoleillés ; tout cela en lisant, en écoutant une mélodie ou en téléphonant ; n'importe où et n'importe quand, mes yeux seront dirigés vers les œuvres d'art naturelles de la Terre.

La housse de couette nappée de mandalas aux couleurs vives inspirera le bonheur. Sur le plafond au-dessus du lit, j'accrocherai une carte du monde et, au gré des pays visités, je disposerai un minuscule drapeau sur chaque pays correspondant. Lorsque l'inspiration de la prochaine destination me manquera, je m'allongerai pour observer la carte du monde et roulerai vers le pays que j'aurai le plus envie de découvrir. À l'inverse, en regardant les pays visités, les images des souvenirs associés continueront de me faire voyager…

Au pied du lit, à gauche, je suspendrai la chaîne des cœurs dans un macramé. Mes plantes font partie de ma vie, c'est donc inimaginable que je n'en amène pas une avec moi. Cela fera un peu de verdure dans cette structure de tôle que je trouve un peu froide, c'est pourquoi je vais la recouvrir de panneaux en bois blanc. En plus d'être l'expression de la paix et de la pureté, cette couleur illuminera le van et le rendra plus spacieux en contrastant avec le plancher marron.

Je tendrai, aux extrémités des grandes portes du fond, des drapeaux de prières tibétains aux couleurs symbolisant les éléments de la nature : le bleu pour l'espace, le blanc pour l'air, le rouge pour le feu, le vert pour l'eau et le jaune pour la terre. Le vent les fera voler, diffusant ainsi des messages de paix et d'harmonie. Il paraît que ces drapeaux assurent la protection des voyageurs. Une guirlande de lampions rechargeables grâce à un petit panneau solaire ornera le tour du lit pour une ambiance tamisée les nuits d'été. Des photos de paysages et de mes proches seront dissimulées dans le van. Les indispensables plantes aromatiques, le basilic et la ciboulette, seront dans un renfoncement spécialement conçu pour elles près du coin cuisine. Des bocaux de verre seront suspendus au placard, par le couvercle, et contiendront les graines oléagineuses et tous les féculents achetés en vrac. Ainsi, même en voyageant, je continuerai à utiliser peu de plastique. J'ai conservé la place d'origine du mini réfrigérateur et de l'évier côte à côte. À l'opposé se trouve la porte latérale. Les jours de pluie, le petit espace central me permettra de manger à l'abri, et les jours lumineux, je sortirai la table et une chaise de camping qui seront rangées sous le lit.

J'initie la construction des éléments pour lesquels j'ai les outils à disposition et suis stupéfaite de ma rapidité d'action. Environ quatre heures plus tard, le tournevis vrille légèrement dans ma main, témoignant de ma fatigue. Je me repose un peu dans le hamac et prends conscience de certaines limites : je ne peux pas négliger la gestion de la yourte, des animaux et des plantes. Depuis plusieurs jours, je retourne ces problématiques dans ma tête et, hélas, la finalité semble aussi complexe que celle d'un *Rubik's Cube.* Aujourd'hui, je choisis cependant de me réjouir avec gratitude des choses positives qui ont déjà abouti.

Zoé vient me voir et me dit qu'elle aimerait que l'on prenne un peu de temps pour lire et intégrer les informations délivrées par mon ami dans son mail. J'acquiesce et nous

nous installons sur la table de la cuisine, face à l'ordinateur :

–Si je récapitule, il faut que je rédige une demande écrite au Conseil national d'accès aux origines personnelles ? demande-t-elle.

–Oui, c'est ça, auprès du CNAOP.

–Pas facile à retenir…

–Appelons ça *le cloporte*, si tu veux ?

Je ne sais pas comment cette idée clownesque m'est venue à l'esprit…

–D'où vient ce surnom ?! s'esclaffe-t-elle.

–Tu ne trouves pas que c'est plus mignon que l'enchaînement imprononçable de lettres ?!

–Oui, mais je n'aime pas trop les cloportes, leur carapace jaunâtre et segmentée n'est pas très attirante... Mais tu as raison ! Alors, *le cloporte*, il demande quoi comme papier ?!

Son rire est communicatif, je l'accompagne et des soubresauts émanent de nos poitrines.

–J'ai mal aux abdominaux ! gloussè-je, ironiquement.

Sa joie de vivre transforme cette tâche pénible en quelque chose de détendu… Elle se ressaisit et fixe de nouveau l'écran.

–Ton ami parle de naissance sous X...

Soudain, l'humeur joyeuse dégringole :

–Tu es née sous X ?

–Je ne sais pas...

–Tes parents adoptifs doivent peut-être le savoir ?

–Peut-être... acquiesce-t-elle d'une voix brumeuse.

Son visage se crispe, je pose une main entre ses omoplates pour la réconforter.

–Lis ce qui est écrit : « L'identité d'au moins un parent biologique est notifiée dans le procès-verbal, même si l'enfant est né sous X. », rétorquè-je avec enthousiasme.

–Ce qui veut dire que l'identité de ma mère biologique, dans le cas ou mon père n'était pas au courant de sa paternité, a été enregistrée lorsqu'elle m'a remise à la pouponnière des Platanes ?

–C'est ce que je comprends !

–Entre les platanes et les cloportes, nous sommes en osmose totale avec la nature ! s'amuse-t-elle, soulagée.

–Effectivement ! À croire que tes origines tendent davantage vers les montagnes que l'océan… !

Elle acquiesce d'un papillonnement de cils. Dans ses yeux, j'imagine un champ de belles herbes vertes, couleur de l'espérance et de la chance. J'ai confiance en la suite des événements.

–Il faudrait que l'on envoie la copie de ton jugement d'adoption.

–D'accord, je l'ai en version scannée.

–Ah bon ? Super !

–Je suis organisée... dit-elle d'un dodelinement de tête, tout en remettant une de ses mèches de cheveux derrière l'oreille.

–Ton sens de l'organisation va nous permettre d'avancer plus rapidement.

–Tu sais, Capucine, j'ai hâte d'éclairer cette partie obscure de mon histoire, et maintenant que je l'ai décidé, j'aimerais le faire le plus vite possible...

–Je comprends…

Noah avance d'un pas lent dans la pièce et s'échoue sur le hamac.

–Que faites-vous, les filles ?

–C'est une histoire de platanes et de cloportes ! ricane Zoé avec allégresse.

–Quoi ?! sourcille-t-il, troublé.

–Le foyer d'enfance des Platanes et le CNAOP, ça te parle ? répliquè-je.

–Non... Finalement, je préfère l'histoire des platanes et des cloportes…

–C'est pour Zoé !

–Vous avez débuté les démarches ?!

–Oui...

–Génial ! s'exclame-t-il, enveloppé dans la toile du hamac.

–Je pourrai emprunter ton ordinateur ce soir, Capucine ? me demande Zoé.

–Bien sûr !

–Merci, je rédigerai la demande écrite.

–Dans le paragraphe suivant, il est écrit que cette démarche te permettra d'obtenir le motif de ton abandon et l'identité de tes parents.

–Excellente nouvelle ! Je crois qu'on a déjà bien avancé aujourd'hui… On va se désaltérer ?

Elle se lève instantanément et revient avec une bouteille de *prosecco* dans la main. La détonation du bouchon surprend Noah, qui ouvre subitement les paupières. Il s'extrait alors du hamac pendant qu'elle sert trois généreux verres.

La jovialité demeure autour de la table. Nous trinquons à cette brillante journée qui marque un changement de direction vers nos deux routes du bonheur… Le van fait désormais partie de ma vie ; quant à Zoé, elle a débuté son grand voyage, celui qui sommeille depuis longtemps en elle et qui vient de l'intérieur.

La fatigue qui s'était emparée de moi en fin d'après-midi semble s'être volatilisée, mon cœur est désormais à la fête.

J'ai conscience que festoyer ne va pas m'aider à élucider mon casse-tête, mais me divertir sur une piste de danse me permettra de faire le vide afin de le résoudre plus tard.

Après avoir bu un verre, nous décidons d'aller célébrer les bonnes nouvelles à Morzine, où l'ambiance est toujours très joviale. Les vacanciers se rendent dans cette station pour randonner la journée et s'amuser la nuit. J'appelle Bily et mes fidèles amis afin qu'ils nous rejoignent ; je suis enjouée que tout le monde se rencontre enfin. Les années défilent, mais notre routine de tournée des bars reste identique et nous égaye toujours autant. Nous dansons sur la piste, bras dessus, bras dessous, avec un immense sourire aux lèvres. Mon corps s'exprime librement, je ne réfléchis à aucun mouvement et mon esprit s'évade, me faisant oublier tous mes soucis. La musique a la capacité de briser les inhibitions d'un groupe. Le partage est ultime, et les souvenirs restent inoubliables. Je ressens une intense joie au cœur de ce partage collectif.

– Capucine, tu pétilles comme du champagne ! crie Zoé en tapant des mains.

– Et toi, tu en as trop bu, non ?!

– Peut-être, mais ça fait du bien ! répond-elle en tournant la tête de gauche à droite et en envoyant ses cheveux bruns en arrière.

Nous vivons intensément cette soirée jusqu'à ce que les lumières s'allument. À la sortie, l'énergie de la danse habite encore nos corps et la musique continue de résonner dans nos têtes, même si je sens que mon audition est légèrement atténuée.

– J'ai envie de manger un croissant, dit Zoé en sentant les effluves de beurre qui s'échappent d'une boulangerie.

Nos pas suivent ce parfum et nous mènent au point de vente.

– C’est fermé... bougonne-t-elle d’un air désemparé.

– Regardez là-bas ! Il y a une étagère en ferraille avec des viennoiseries ! Restez ici, je vais voir !

Noah s’élance d’un pas dynamique vers l’étagère et, après quelques secondes d’attente, revient fièrement avec trois croissants. Zoé lève les bras, en signe de victoire :

– Fantastique ! Ils ont accepté de t’en vendre !

– En fait, il n’y avait personne, alors je me suis servi…

Zoé écarquille les yeux et reste la bouche entrouverte. Face à sa stupéfaction, je déduis que voler ne doit pas être dans les habitudes de Noah.

– T’as pas fait ça ?!

Je dédramatise la situation afin de rassurer Zoé et d’éviter à Noah de se faire houspiller.

– Venez, on va s’asseoir dans un petit coin de verdure pour les déguster avant de reprendre la route vers la cabane.

Allongée dans mon lit, l’euphorie s’estompe doucement pour laisser place à une idée qui assombrit mon cœur : le départ de Noah et Zoé approche à grands pas et je crains déjà la distance kilométrique qui va se mettre entre nous…

J’imagine qu’à leur retour en Loire-Atlantique, leur vie va reprendre son cours ; ils partageront dès lors les aléas de leur quotidien avec leurs amis et leur famille, plus proches d’eux physiquement.

Comme souvent lors des rencontres entre voyageurs, nous allons nous promettre de nous écrire, nous appeler et nous rendre visite. Cette promesse sera tenue quelques semaines, au mieux les premiers mois puis, progressivement, les échanges se feront plus rares et plus pauvres en contenu pour finir par quelques banalités échangées quelques fois par an.

Mon cœur est scindé en deux : une partie est sombre, incertaine de la suite à donner à notre amitié et l'autre est lumineuse, remplie de gratitude pour la rencontre avec ces personnes d'exception que sont Noah et Zoé. Un carrefour se dessine dans ma poitrine, il me faut choisir entre la tristesse et la joie. J'opte pour la route qui mène vers la lumière, les rayons jaunes qui l'éclairent sont des lueurs d'espoirs me permettant de penser que les moments vécus avec mes invités formeront une amitié indestructible capable de résister à tout, y compris à la distance.

L'espoir est le sentiment qui m'aide chaque matin à me lever pour vivre la belle aventure de la vie. Alors je m'y engage. En revanche, j'accepterai leur départ si et seulement si la promesse que j'ai faite à Zoé est tenue. Je souhaite qu'elle obtienne facilement des réponses et, dans le cas contraire, je ferai preuve de persévérance jusqu'à ce qu'elle en reçoive. Cette qualité est ma meilleure alliée et j'espère que nous serons récompensées.

Le reflet des montagnes

L'homme a fait le tour de la Terre, il a escaladé, plongé, marché et creusé, exploré la lune et le ciel à la recherche de quelque chose qui se trouve en lui.

Le pouvoir de l'homme divin – Brahma

Assise devant une tasse de café fumant, j'observe le célèbre voilier *Savoie* flotter silencieusement à la surface du lac.

–Il y a de la bise aujourd'hui !

–Qu'est-ce que la bise ? me questionne Zoé.

Je réponds en couvrant ma bouche de la main afin de cacher un bâillement.

–C'est le vent du Nord-Est qui souffle sur le bassin Lémanique et le Chablais, à l'inverse du Joran qui provient de l'Ouest.

–Tu connais le nom des montagnes, des arbres, des fleurs et même des vents !

Noah confirme tout en se servant un bol de café :

–Zoé a raison ! Grâce à toi, j'apprécie de plus en plus les montagnes alors que je suis, à la base, fasciné par la mer...

–Chaque jour, tu nous fais découvrir de nouveaux paysages et tous les secrets dont la nature recèle... Ici, nous apprenons à aimer les choses simples...

Je déglutis une gorgée de café, encore un peu endormie, et réponds :

– Je suis heureuse d'entendre que vous éprouvez du plaisir à vivre dans cette nature que j'apprécie tant. J'y ai trouvé mon équilibre et je souhaite qu'elle ait le même effet sur vous…

– J'avoue que j'avais quelques incertitudes à notre arrivée… Mais en appréciant l'instant présent au cœur de la nature environnante, plusieurs nœuds se dénouent en moi… reprend Zoé en tartinant sa tranche de pain avec du miel.

Noah rebondit :

– Contrairement à ce que je pensais, explorer de nouveaux horizons m'enrichit...

J'ai l'impression d'être spectatrice de leur conversation. Ils renchérissent chacun à leur tour et expriment des propos remplis de gratitude envers les moments passés dans mon *coin de paradis*, comme s'ils se convainquaient respectivement de la résonance que ces vacances ont sur leurs êtres profonds. Ils réalisent le changement qu'elles apportent dans leur vie.

– J'ai la sensation que mon cœur s'ouvre... murmure Zoé à Noah, avec douceur.

– Je suis complètement d'accord... Je te vois plus sereine et de moins en moins réservée depuis notre arrivée.

Je n'ai pas le temps de prononcer un mot tellement leur introspection est jaillissante. Elle lui sourit pour approuver et reprend :

– De mon côté, je te trouve plus enthousiaste et téméraire... Tu as retrouvé de l'ambition...

– C'est vrai ! Je suis heureux de découvrir tous les jours de nouvelles choses...

En les écoutant, je me dis que l'amour qui les unit leur permet d'être entièrement sincères l'un envers l'autre.

Les bras légèrement ouverts, orientés vers le ciel et la poitrine dégagée, Zoé s'épanche :

–Les montagnes sont toutes différentes, certaines ont un sommet pointu, arrondi ou plat, d'autres sont rocailleuses, vert clair grâce à l'herbe ou vert foncé du fait des sapins… Elles sont toutes belles. J'ai compris ça ce matin, à notre retour à l'aube.

Ses paroles créent un écho incommensurable en moi. Son observation m'apporte une révélation : *Les montagnes se reflètent dans mon être intérieur.* Leur quiétude m'a permis de comprendre l'interaction entre le corps et l'esprit, inévitablement liés. Être auprès d'elles me permet d'apaiser mon mental, ce qui détend immédiatement mon corps. Pour des raisons de santé, ce dernier nous empêche parfois de faire quelque chose que nous désirons... *Ne serait-ce pas l'origine de ma frustration, qui se manifeste aujourd'hui par un puissant besoin de liberté ?*

J'interromps mon introspection, soucieuse d'écouter Noah et Zoé.

–Vivre près d'un lac doit être relaxant... marmonne Noah en inspirant.

–L'océan ne te manque pas ? lui demandè-je.

–Honnêtement, pas du tout. Je crois même me sentir davantage dans mon élément près de ces montagnes… dit-il surpris.

–C'est vrai ?! Tu serais sous le charme ? rétorque Zoé étonnée.

–Oui, je me plais de plus en plus ici... J'en serais presque « amoureux », comme le dit Capucine ! Pas plus que je le suis de toi par contre, ma Zozo... ajoute-t-il avec un clin d'œil.

Elle se tourne vers lui et l'embrasse en posant une main

sur chacune de ses joues, puis niche sa tête dans son cou.

–J'aime tellement renifler ton odeur, elle ressemble à celle de la brioche ! murmure Zoé, tendrement.

Il dépose un baiser sur son front, signe de protection et nous regarde toutes les deux :

–Nous pourrions profiter de cette journée ensoleillée pour aller nous baigner ?

Quelques heures plus tard, en regardant l'horizon les pieds dans l'eau, Zoé brise le silence :

–Quand as-tu prévu de partir, Capucine ?

Surprise, je réponds sèchement :

–Quel départ ?

–Celui avec ton van, évidemment ! Maintenant qu'il est presque aménagé, as-tu choisi une date ?

Sa question m'irrite et je n'ai pas envie d'en parler maintenant, c'est une source de questionnements qui me tourneboulent.

–Il reste des détails problématiques auxquels je n'ai pas encore trouvé de solutions, rétorquè-je, le visage figé.

–Tu souhaites en parler ou c'est indiscret ?

Sa douceur et sa bienveillance dissipe immédiatement mon agacement, je me décide à me confier :

–Disons que je ne sais pas comment gérer la yourte...

–C'est-à-dire ?

Je fais quelques pas en arrière pour m'asseoir sur les galets. J'étends mes jambes et me lance :

–Est-ce qu'il faut que j'arrête la location de la yourte ? Dans ce cas, je prive des voyageurs de profiter de mon *coin de paradis*... Est-ce que j'engage quelqu'un pour s'occuper des invités ? Cette personne serait-elle de mon entourage et le ferait-elle gracieusement ? Ou faudrait-il que j'embauche un salarié ? Si je choisis cette dernière option, serai-je capable d'endosser le rôle d'employeur à distance ? La somme perçue par la location sera-t-elle suffisante pour couvrir les frais ? Il faut aussi que je prévoie de garder un peu d'argent pour mon périple… Le prix du van ayant été plus bas que prévu, j'ai un peu de marge, mais je dois quand même anticiper… Tout ça me demande beaucoup de réflexion.

– Je comprends... Pourquoi tu ne suivrais pas ton intuition, comme tu le fais d'habitude ?

Je réfléchis quelques secondes, sa remarque me prend de court.

– Parce que ces choix dépendent aussi de la durée du voyage... je réponds en saisissant un galet.

– Pendant combien de temps aimerais-tu partir ?

– Justement, je voudrais n'avoir aucune contrainte en distance et en temps... Je veux que mes seules limites soient celles de mes envies...

– C'est vrai que tu imaginais ce voyage en van être synonyme de liberté...

– Exactement ! Tu as une bonne mémoire…

Elle approuve avec humilité. Des pensées débarquent dans mon esprit, j'hésite à lui livrer la révélation que j'ai eue au petit-déjeuner concernant l'origine de mon besoin de liberté.

– La liberté de rester plusieurs jours, semaines ou mois dans un endroit où je me sens à ma place n'a pas de prix... Je veux que rien, ni personne, n'influence mon voyage... dis-je en jetant un galet dans le lac.

– J'entends... Dans ce cas, c'est vrai que c'est compliqué d'organiser la gestion de la yourte, car il est difficile d'embaucher quelqu'un sans donner de délais et solliciter un proche peut s'avérer être une lourde tâche sur le long terme...

– J'en ai bien conscience, et c'est pour ces raisons que je n'ai toujours pas trouvé de solution...

– Si tu veux, je vais y réfléchir et te partagerai mes idées ?

– Oui, avec plaisir, je te remercie Zoé !

– Au fait, j'ai envoyé le mail à ton ami ce matin. Il ne reste plus qu'à patienter... me confie-t-elle en se redressant.

Je lui souris, soulagée qu'elle poursuive ses démarches. Désormais, le destin choisira la direction à prendre pour son épanouissement et, je l'espère, récompensera son courage.

Nous continuons de discuter plusieurs heures, allongées sur la berge, toutes les deux en pleine gestation de notre devenir.

La quiétude de Nantaux

Je crois que celui qui marche ne découvre pas obligatoirement la réponse mais la question. Certains savent pourquoi ils marchent. Ils partent avec une question et reviennent avec une réponse. Ils partent avec une blessure et reviennent avec une cicatrice. D'autres partent avec une question et reviennent avec une autre. [...] Nous marchons car nos GPS peuvent nous emmener partout sur la planète mais ne donneront jamais le sens de nos vies.

Eric de Kermel

Ce matin, mon instinct me dicte d'aller respirer l'air frais des montagnes ; j'ignore la raison de ce besoin impérieux, mais je l'écoute.

Je m'engage sur des routes escarpées. Les sommets apparaissent sous mes yeux au fur et à mesure que je gagne en altitude. En conduisant, j'ai la sensation que les doutes présents en moi depuis quelques jours s'estompent. Une voix intérieure me conseille de me recentrer sur moi-même en passant un peu de temps seule. En effet, cela fait déjà trois semaines que je suis en compagnie de Noah et Zoé.

Je roule jusqu'au pied d'une montagne, devenue ma favorite du fait de la sérénité qu'elle dégage. À Nantaux, la nature est restée intacte : la municipalité a fait le choix, rare, de ne pas aménager la nature en fonction des activités humaines. Ainsi, il n'y a pas d'accès pédestre pour les touristes, chasseurs ou promeneurs... La faune et la flore s'épanouissent à l'abri de toute intrusion. Les herbes sont hautes, les sentiers ne sont pas tracés, rien n'est piétiné.

La nature est tellement plus jolie quand elle est respectée.

Je m'assoie sur un rocher, au bord d'un cours d'eau, et ouvre grand les yeux dans l'intention de poser un regard neuf sur ce paysage familier. Je m'émerveille de tous les détails, avec une impression de première fois, comme s'il m'était inconnu. Le soleil réchauffe le dos de ma main et les ondulations de l'eau du ruisseau drainent mes pensées. J'inspire de profondes bouffées d'air qui revigorent mes poumons, je suis prête à entamer ma randonnée.

Cela fait quelques jours que je me sens dépassée par les tâches organisationnelles qui précèdent mon départ.

Je repense aux propos de Zoé : « Les montagnes sont solides et inébranlables. » C'est vrai, elles me transmettent leur force et, à leur contact, ma capacité d'action est décuplée. En marchant dans l'immensité de Nantaux, je retrouve une certaine lucidité : mes pensées se désentortillent et plusieurs idées me viennent concernant la gestion de la yourte. Je pense proposer à une personne d'habiter la cabane à titre gratuit pour qu'elle s'occupe des animaux et de l'accueil des voyageurs de la *guest house*. Il n'y aura aucun engagement concernant la durée puis, à mon retour, cette personne restera le temps nécessaire avant de s'envoler vers de nouveaux horizons.

Je posterai une annonce demain sur Internet, décidè-je, satisfaite.

Quelques minutes plus tard, mon cœur se serre et une énergie inconfortable envahit mon corps en pensant au départ de mes nouveaux amis, dans deux jours. J'empêche ce sentiment de prendre le pas sur mon apaisement... Je m'approche du bord du ruisseau, plonge ma main dans l'eau d'une clarté saisissante et fais de légers mouvements rotatifs avec mes doigts, laissant les gouttes se faufiler entre mon pouce et mon index. Je ferme les paupières et me lance dans un voyage méditatif sur une plage thaïlandaise.

Dans mes pensées, je prends appui, pieds nus, sur le sable chaud de Koh Samui. La douceur des grains caresse mes plantes de pieds. Les rayons du soleil, puissants, illuminent les fonds marins et rendent la mer tellement translucide que j'aperçois des poissons-clowns nager entre les rochers. Un petit ouistiti gigote dans des cocotiers en poussant de drôles de cris qui se mêlent au son des vagues. L'odeur de la mer se mélange avec celles du lait de coco et du curry qui mijotent dans une paillote. Les muscles de mes jambes lâchent et mes énergies négatives s'évaporent d'un coup.

Le jour où j'ai vécu ce moment, j'ignorais qu'il deviendrait mon refuge méditatif. Là-bas, j'ai découvert qu'il y avait bien plus à ressentir que ce que nos yeux nous permettent de voir...

J'ouvre un œil, puis l'autre, et admire les sommets environnants. Je me lève alors et quitte le ruisseau, détendue. En redescendant vers le van, l'émotion que cause le départ prochain de Noah et Zoé m'habite toujours. J'approche de la fin d'un chapitre de ma vie dans lequel une belle histoire d'amitié s'est écrite... Je me suis beaucoup attachée à eux. Désireuse de profiter des derniers moments, je réfléchis à ce que nous pourrions faire ce soir.

Un jour, Noah m'a dit qu'en Loire-Atlantique ils avaient pris l'habitude d'aller manger une glace face à l'océan pour la dernière soirée de leurs vacances. C'était devenu une routine qu'ils appréciaient. Perpétuer cette tradition en Haute-Savoie leur plairait sûrement. Je leur proposerai.

Un peu plus tard, le soleil commence à décliner lorsque je rentre à la cabane. Mes amis sont couchés dans l'herbe, enlacés, la tête de Zoé est dans le creux du bras de Noah. Cette partie de lui semble conçue pour accueillir sa chevelure brune. Il caresse tendrement sa joue rebondie avec l'index, comme s'il dessinait son amour du bout du doigt. Il contemple la moindre parcelle de son visage, ses oreilles, son cou, et effleure le grain de beauté qu'elle a sur le nez. Je capture cette tendre photographie dans ma tête tout en avançant vers eux :

– Coucou, les amoureux ! Je ne voudrais pas vous déranger, mais... prononcè-je, gênée.

– Oh, Capucine ! Salut ! s'étonne Zoé en relevant son visage de la nuque de Noah.

– Tu ne nous déranges absolument pas... précise ce dernier.

– Je vais faire vite... Que pensez-vous d'aller manger une glace au port ce soir ?

– Excellente idée, Capu ! rétorque Noah, surpris et heureux, tandis que Zoé esquisse une moue satisfaite en guise de réponse.

– Parfait ! dis-je en souriant. Je vous laisse finir votre câlin pendant que je vais me préparer !

Dans la douche, les gouttes d'eau ruissellent le long des courbes de mon corps. En apercevant mon visage dans le miroir, je me rends compte que le soleil m'a empourpré les joues ; j'y applique de la crème hydratante à l'eau de source.

Plus tard, Zoé me rejoint. Nous essayons nos plus jolies robes et, comme des sœurs, chacune demande la validation de l'autre. Elle me conseille de porter une robe pourpre qui me dénude le dos et met en valeur ma peau bronzée. Elle opte de son côté pour une jupe bleu marine qui épouse les formes de ses hanches et un débardeur blanc qui marque la finesse de sa taille. Je suggère à Noah de conduire le van, ce qu'il accepte avec plaisir. Un peu mélancolique, je me concentre sur les notes de musique qui s'échappent de l'habitacle et décide de vivre pleinement ces derniers moments en leur compagnie. Je dandine mon buste de droite à gauche, saisit la main de Zoé et l'élève vers le toit tout en fredonnant. Puis nous chantons haut et fort. Noah fait de légers mouvements du volant pour nous amuser. Nous crions de joie, oubliant quelques secondes que le départ approche à grands pas.

Arrivés près du stand, l'éventail de parfums disponibles est large. Noah reste classique en choisissant deux boules au chocolat, Zoé opte pour des saveurs fruitées, myrtille et framboise, et moi, fidèle à ma gourmandise, je craque pour la glace royale Tabata, assortiment de vanille et de caramel au beurre salé de Guérande, le tout parsemé de chantilly et de morceaux de nougatine.

Nous nous asseyons sur un banc, face aux illuminations des villages suisses de l'autre côté de la rive, pour revenir sur les semaines passées, nous promettant de nous revoir et d'échanger régulièrement. Noah et Zoé souhaiteraient, à leur tour, me faire partager leur *coin de paradis* en Loire-Atlantique. Ils espèrent que la vie leur permettra de revenir l'été prochain et, surtout, que je serai toujours là pour les accueillir. Je me demande si ce départ est simple pour eux. Ma gorge est nouée, je fuis leur regard pour ne pas pleurer... Je leur promets d'une voix fluette de les emmener un peu avec moi sur les routes. Je leur enverrai des cartes postales, moyen de communication authentique que j'apprécie car il permet d'écrire des banalités ou de raconter des anecdotes tantôt sérieuses, tantôt amusantes. Recevoir une carte fait souvent plaisir. Noah approuve et me confie avoir remarqué, avec intérêt, ma *boîte à cartes postales*.

Des silences s'immiscent dans la conversation, témoignant de la tristesse qui accompagne notre prochaine séparation... J'ai l'impression de voir leurs paupières trembloter. Nos yeux transmettent ce que nos cœurs ne savent pas dire. Je rends les armes et lâche une larme. Noah, compatissant, l'essuie du dos de la main et Zoé se blottit contre moi. Nous ne résistons plus et laissons parler nos émotions à travers nos corps qui se serrent les uns contre les autres… *C'est douloureux d'aimer...* L'amour qui nous unit est beau, alors je le reçois et l'imagine être un ingrédient qui nous donne du courage pour avancer chacun dans la direction de notre bonheur.

Nous restons là à parler d'avenir pendant une ou deux heures, en dehors du temps qui passe, puis je leur annonce ma décision de cette après-midi. Ils sont contents d'apprendre que j'ai trouvé une solution pour la gestion de la yourte et sont persuadés que je trouverai la personne idéale rapidement. Selon eux, ma proposition en fera rêver plus d'un ! Très optimiste, Noah ajoute même que je vais devoir organiser un processus de sélection pour recruter un candidat. Je suis perplexe, mais j'ai envie d'y croire…

Le van est prêt ; dès que j'ai trouvé quelqu'un, je pourrai partir. Zoé me remercie plusieurs fois pour mon investissement dans sa quête. Touchée par sa reconnaissance et ravie de l'avoir aidée, je suis légèrement frustrée de ne pas être sûre de vivre avec elle la suite du voyage intérieur... J'aimerais être présente quand elle recevra la réponse de notre ami *le cloporte*, mais tout semble aller trop vite : leur départ, le mien qui se rapproche, et même ce moment de partage au bord du lac Léman. Cependant, je suis rassurée que mon amie reparte soulagée d'avoir entamé ce processus de reconnexion avec ses origines, et je sais qu'elle me tiendra informée dès la moindre nouvelle. Ma rencontre avec eux a donné lieu à une incroyable expérience humaine, un véritable cadeau de la vie.

Sur le chemin du retour, le silence règne dans le van. Zoé claque la porte du véhicule et avance dans le jardin d'une façon nonchalante. Noah me rend la clé avec nostalgie. Ils sont également agités par la fin de l'aventure. Cette sortie nocturne, aux apparences oisives et légères, est un moment intense que nous cherchons tous les trois à adoucir. Nous nous installons sur la terrasse... La fraîcheur de la soirée m'oblige à me couvrir les jambes avec un plaid en laine à grosses mailles dont la douceur me réconforte. Noah remet son bandana en place et déclare :

– Il va être temps d'en parler… Demain est notre dernier jour…

Je me demande ce qu'il veut évoquer.

– Nous pourrions faire une activité symbolique pour marquer le coup ? coupe immédiatement Zoé.

– Tu as une idée particulière ? questionnè-je en me blottissant dans la couverture, faisant fi du malaise de mon amie.

– Pas forcément...

– Il faudrait rester dans la continuité de ces vacances si spéciales... Tu en penses quoi, ma Zozo ?

Elle approuve d'un hochement de menton. Ses yeux verts pétillent, je comprends qu'elle est comblée par la proposition de Noah. Il est très doué pour apaiser sa bien-aimée.

– Je trouve ton idée excellente ! Nous pourrions aller en montagne ? J'ai envie de dire au revoir à la nature…

Une moue satisfaite se forme au coin de ma bouche en l'écoutant. Nous nous détendons. J'admets :

– Peut-être que tu arriveras à emmener plein de souvenirs

avec toi, de l'autre côté de la France...

– J'espère !

La mélancolie de Zoé est palpable… Je suis amusée par l'engouement de Noah qui se redresse sur la chaise en me faisant un clin d'œil :

– Je suis d'accord, ça a beaucoup de sens !

Étonnée positivement par les propos de Noah que j'estime être différents de ceux des premiers jours, je le regarde quitter la terrasse, s'allonger dans l'herbe en mettant ses mains sous sa chevelure bouclée et poser son regard vers le ciel.

Zoé me fixe :

– J'ai l'impression que la nature me transforme... Tout ce qui la constitue semble m'aider à m'accomplir... Ce lieu a un pouvoir incroyable sur moi.

Elle ajoute, perdue dans ses pensées :

– Demain, je voudrais me connecter une dernière fois à un coin de verdure de ta superbe région... Peu importe où il se trouve, chaque endroit que tu nous as fait découvrir m'a séduite.

– C'est tellement beau ce que tu dis, Zoé... dis-je, touchée.

– Je le pense sincèrement, c'est magique ce que tu nous as fait vivre... Je ne pensais pas que mon corps était capable de ressentir toutes ces émotions.

Je connais les sensations qu'elle décrit et suis si heureuse d'avoir réussi à leur transmettre un peu de tout ça, un peu de moi :

– La beauté est dans les éléments les plus insignifiants, tu sais...

– Je l'ai découvert...

– Ces vacances semblent être à un point de croisement de votre chemin…

Des fossettes se forment aux extrémités de ses lèvres, son visage se détend :

– Tout à fait ! J'ai l'impression d'être au cœur d'une grande période de transition, comme s'il y avait une Zoé d'avant et une Zoé d'après...

Je prends conscience de l'intimité de notre conversation. Elle continue :

– Je me sens connectée à mon corps quand je suis ici... Ça m'avait tellement manqué. Demain, j'aimerais remercier la nature entière de m'avoir permis de vivre ça...

– La vie est une aventure surprenante, n'est-ce pas ?

– Oh que oui ! Fascinante…

– Wouah ! Une étoile filante ! s'émerveille Noah.

– C'est vrai ?! Fais un vœu ! crie Zoé.

Il reste silencieux plusieurs secondes, concentré. J'aimerais connaître son vœu et espère secrètement que le ciel exaucera tous ses désirs, tout comme il le fait pour moi en ce moment. J'enlève le plaid, me lève de la chaise et pars dans le jardin le rejoindre. Déployant ma colonne vertébrale à côté de lui, je scrute les centaines d'étoiles qui scintillent dans les teintes bleu foncé et aperçois une traînée blanche qui s'apparente à un nuage de lait : la Voie lactée. La Grande Ourse est juste sous nos yeux, Vénus brille. J'imagine une émulsion de joie au cœur de la Grande Casserole. Subjuguée par ce spectacle nocturne, Zoé vient s'allonger près de nous.

Nous ne prononçons aucun mot pour profiter de l'instant. Une seconde étoile filante apparaît et passe si bas qu'elle effraie Zoé.

– Elle t'est destinée, Zoé, ce vœu est pour toi… chuchotè-je.

Une larme coule au coin de mon œil droit, je la laisse rouler afin qu'elle termine sa chute sur la pelouse. Zoé m'empoigne la main et la serre très fort. J'attrape à mon tour celle de Noah. En tournant ma tête vers Zoé, je remarque ses joues mouillées :

– Ce sont des larmes de joie ou de tristesse ?

– Je ne sais pas... Les deux, je crois… tressaute-t-elle légèrement.

Je cligne des yeux pour lui transmettre toute la tendresse qui réside en moi et tourne la tête à gauche, vers Noah, qui me sourit de toutes ses dents du bonheur. Nous restons allongés là, dans l'herbe, comme une chaîne humaine dont les maillons de nos mains relient les vies.

Un peu plus tard, je reviens à moi, encore légèrement hypnotisée par le spectacle du ciel. Mes paupières s'alourdissent et le sommeil me guette, je quitte les amoureux et les laisse vivre ce moment à deux. En allant me coucher, je pose une dernière fois mon regard sur eux depuis la fenêtre de ma chambre et vois Noah enlacer Zoé de ses deux grands bras, la maintenant fort contre lui. Les yeux verts de Zoé brillent dans l'obscurité. Doucement, ses mains entortillent les cheveux de Noah tandis que son esprit, je l'imagine, pense au bébé qu'ils pourraient un jour avoir ensemble…

La rivière sacrée

La paix n'implique pas de se prémunir du tumulte des émotions, de la vie, des vagues et mêmes des roulis ; au contraire, elle les intègre dans son amplitude.

Fabrice Midal

Ce matin, le garagiste a vérifié l'état mécanique du van et m'a assuré que je pouvais rouler en toute sécurité. Je confie le volant à Zoé, qui semble heureuse de conduire sur les routes montagnardes en quête de notre nouvelle destination. Déterminés à suivre notre intuition, nous sommes tous les trois un peu serrés sur la banquette, soudés dans une ambiance chaleureuse. Sur la carte routière en papier, Noah voit un chemin de terre qui bifurque de la route principale pour rejoindre un cours d'eau.

– La Dranse est la rivière sur laquelle nous avons fait du rafting, non ? m'interroge-t-il.

– Oui, c'est ça ! validè-je.

– C'est là-bas que tu avais exprimé tes premiers émois concernant la Haute-Savoie... J'en étais ravie, d'ailleurs ! s'exclame Zoé, satisfaite, les mains tendues sur le volant.

– C'est vrai ? J'avais dit quoi… ?

– Que tu succombais au charme de la Haute-Savoie.

–Ah oui, je m'en souviens…

–Et si on allait là-bas ? suggère-t-elle.

–Ok. Ça aurait du sens d'achever nos vacances dans l'endroit où j'ai commencé à apprécier ces paysages... C'est à droite dans un kilomètre ! répond-il aussitôt.

–D'accord, je ralentis, dis-moi quand il faut tourner.

Je laisse Noah guider Zoé pour apprécier en silence leur échange. Nous nous engageons sur le sentier terreux parsemé de pierres, remués par les secousses de l'habitacle pendant une dizaine de minutes.

Une fois garés, je reste volontairement derrière Noah et Zoé. Elle lève les bras vers le ciel et ouvre sa poitrine tandis que les joues de Noah se creusent. De profil, je le vois sourire en la contemplant. Le soleil se faufile dans le couloir formé par les grands sapins qui bordent la rivière et les rayons plongent au milieu des remous de l'eau. La nature semble nous offrir l'opportunité de profiter de cet eldorado en toute intimité. Cela me réjouit de découvrir un nouvel endroit de mon département.

Le niveau de la Dranse est bas, ce qui nous permet de la traverser aisément. Sa température est fraîche, mais pas glaciale. Le bruit de l'eau est apaisant. Zoé s'éloigne de nous… En la voyant s'installer sur une pierre, le visage orienté vers le feu du ciel, je comprends qu'elle a besoin d'être seule et la laisse vivre ce moment en paix avec elle-même. Noah explore l'autre rive et tourne autour des sapins. Quant à moi, je déambule dans la Dranse jusqu'à trouver un lieu qui m'inspire. Assise en tailleur dans l'eau, je vérifie qu'aucun caillou ne gêne mes fesses et étends mon dos, imaginant un fil placé à l'extrémité de mon crâne qui me tire vers le haut. Je ferme ensuite les yeux et laisse la lumière pénétrer en moi par mon plexus solaire. J'accueille ce sentiment de paix pendant que mes mains sont plongées dans la rivière, dansant au gré des courants. L'eau coule le long de mes poignets jusqu'au bout de mes phalanges, son courant me purifie et me nettoie de toutes les émotions inconfortables qui flottent encore en moi. Il n'y a rien à faire, je ne supporte pas les adieux... Je reste ainsi pendant une trentaine de minutes, jusqu'à ce qu'une main se pose délicatement sur mon épaule. Sa froideur me surprend, Zoé s'assoit à côté de moi :

– Je me sens bien, Capucine... Je crois même n'avoir jamais vécu un moment d'une aussi grande quiétude.

– Moi aussi...

Nous profitons de cet instant, que nous savons éphémère.

– Quelle légèreté...

– Une libération...

Portée par l'énergie du moment, Zoé s'exclame :

– Regarde les bulles ! Elles se forment, se brisent et s'évaporent... Comme tous les moments de la vie, l'eau passe et se transforme, ajoute-t-elle avec philosophie.

Nous partageons cette observation, ensemble, ballottées au cœur d'émotions différentes.

– Gardons tout ça à l'intérieur de nous ! proposè-je en mimant une fermeture éclair qui remonte jusqu'à mon cou.

Simultanément, nous faisons le même geste symbolique : nous attrapons la tirette située près de notre pubis et la remontons jusqu'au sommet de notre crâne. Nos regards fusionnent et, immédiatement, nous jetons la tirette dans la Dranse pour que la fermeture ne puisse plus jamais s'ouvrir. Ainsi, la plénitude de ce moment ne pourra pas s'envoler, comme une ressource que nous aurions à l'infini. Une sensation de flottement me parcourt la peau, mon esprit et mon corps sont imprégnés des remous que j'ai sous les yeux.

–Où est Noah ? s'inquiète tout à coup Zoé.

–Je l'ai vu partir dans la forêt tout à l'heure.

–Ça ne lui ressemble pas de partir seul, surtout dans la forêt...

Je cherche à la rassurer :

–Peut-être a-t-il simplement besoin d'un temps de solitude...

–C'est vrai… dit-elle en souriant.

Nous restons silencieuses plusieurs minutes, jusqu'à ce que la silhouette de Noah apparaisse entre les branches. Les bords de ses lèvres remontent jusqu'au centre de ses joues, je l'ai rarement vu avec un tel sourire. Le bandana tournoyant autour de son cou, ses cheveux s'agitent sur ses épaules. Il tient son tee-shirt et nous adresse un geste de la main gauche, puis il avance vers nous avec allégresse. Droit sur un rocher, il s'exprime :

–Il s'est passé quelque chose d'incroyable dans cette forêt.

Zoé fronce ses sourcils :

–Quoi ?

–J'ai pris le temps de regarder les arbres et l'un d'entre eux avait quelque chose d'atypique... Le calme régnait dans ses branches, aucune feuille ne bougeait, sauf une qui s'agitait rapidement de droite à gauche. Elle a attiré mon attention, j'avais l'impression qu'elle me faisait un signe, comme si elle me saluait... J'ai alors interrompu ma marche et suis resté face à elle, assis sur les racines. Et là, tout s'est arrêté. C'était étrange.

La fente des lèvres de Zoé s'élargit d'étonnement. Je suis également surprise par les propos de Noah. Curieuse, elle lui demande :

– Et… ?

– J’ai eu une révélation !

– Laquelle ?

– C’est difficile à expliquer…

– Il avait quoi de si particulier cet arbre ?

– Une épaisse couche de mousse spongieuse couvrait le tronc et tombait des branches, le tout ressemblait à une barbe... La couleur verte attirait l’œil... Puis, il s’est passé quelque chose…

Il nous adresse un regard intense dans lequel je semble lire un message : j’ai l’impression qu’il aimerait verbaliser ce « quelque chose », mais qu’il n’ose pas. *Les yeux ne trahissent jamais. Dans le regard transparaît la sincérité profonde d’une personne.* Mon intuition me murmure que Noah se contrôle pour ne pas exprimer ses émotions, par pudeur ou par peur. Un jour, peut-être, il nous le dira. Je tapote amicalement son bras et lui suggère :

– Tu pourrais confier aux étoiles ce que tu as sur le cœur. Peut-être qu’elles t’aideront...

Il acquiesce d’un clignement de paupières :

– Oui, Capu.

Je me rends compte que mon intuition est juste.

Lorsque le soleil disparaît derrière les conifères, nous comprenons qu’il est temps de rentrer. Noah et Zoé souhaitent aller acheter du fromage et du miel avant de partir. Encore une fois, cette journée nous a offert des moments d’exception.

L’un après l’autre, nous rejoignons doucement la rive. Silencieux quelques minutes, nous ne pensons ni aux instants passés, susceptibles de nous rendre nostalgiques, ni à l’avenir, qui va nous éloigner ; nous sommes simplement là, dans le moment présent, heureux. Je regarde Noah et Zoé main dans la main face à la rivière et remercie de nouveau la vie pour la découverte de cet endroit.

Sur le trajet du retour nous parlons de ces lieux sur Terre qui ont la faculté de nous bouleverser... Ces parcelles qui vibrent en chacun de nous, parfois pour l'éternité, en nous guidant sur le chemin de notre destinée. C'est au cœur de l'Univers que nous sommes les plus à même de devenir qui nous sommes.

La route du bonheur

Qui n'a jamais eu envie de tout larguer et de partir en quête de son rêve ?

Paulo Coelho

Le jour tant redouté est arrivé… Je me lève, sans motivation et d'humeur morose. Aujourd'hui, Noah et Zoé quittent la yourte. Alors, dès le réveil, je pars me vider la tête le temps de quelques brasses dans le lac afin de rendre leur départ moins difficile. L'eau glisse le long de mon corps. Cette douce caresse m'apporte un peu de vitalité... Vues du large, les lueurs matinales qui éclairent la yourte donnent au paysage des teintes pastel rose et jaune.

De loin, j'aperçois Noah et Zoé qui s'avancent sur les galets gris, accompagnés de quelques bagages. Je sors de l'eau, la gorge légèrement étriquée, attrape mon paréo, le noue autour de ma taille et me dirige vers eux les cheveux dégoulinants. Ils sont prêts à partir... Tiraillée par la tristesse des *au revoir*, j'aimerais éviter ce moment, faire demi-tour et repartir plonger dans le lac. Noah interrompt sa marche, saisit la main de Zoé et s'adresse à moi. J'ai du mal à interpréter l'émotion qui se dessine sur son visage.

– Capu... Nous avons quelque chose à t'annoncer...

Il marque une pause insoutenable et reprend :

– Dès que tu en as envie, tu peux partir sur les routes avec le van...

Je ne comprends pas le sens de sa phrase. Sa tendance à faire constamment des blagues mêlée à tous les sentiments contradictoires que je ressens m'exaspère. Je riposte, un peu sèche :

– Pourquoi ?

Ils échangent un sourire complice.

– Si tu acceptes, nous aimerions habiter dans la cabane pendant ton absence…

Je suis désappointée... Leurs bagages, cette demande, je ne comprends pas. Zoé fait rouler un galet sous son pied en continuant :

– Nous avons tout de même fait nos bagages au cas où tu préfèrerais laisser ta cabane à quelqu'un d'autre… Mais si tu es d'accord, je serais ravie de m'occuper des animaux et de préparer de bons petits plats aux voyageurs. Ça me ferait plaisir de remplacer la cuisine guinéenne par la cuisine savoyarde…

Mes jambes me soutiennent difficilement, le stress accumulé semble vouloir s'évaporer d'un coup. Reprenant mes esprits, je m'exclame :

– Si je suis d'accord ?! Mais oui ! Je n'y crois pas… Vraiment ? Vous allez faire ça ?!

Noah acquiesce tout en ricanant de me voir agiter les mains, paumes ouvertes vers le ciel. Il lance un sourire satisfait à Zoé :

– Oui ! Tu peux nous croire, Capu, ce n'est pas une blague ! Je m'occuperai des plantes, de l'accueil et du divertissement des invités.

Pendant que Noah explique l'organisation qu'il a en tête, je me rends compte que son humour et sa jovialité sont des atouts non négligeables en tant qu'hôte. Zoé s'approche et pose sa main sur mon épaule. Je plonge mon regard dans ses yeux éblouis par le soleil.

– Mais qu'est-ce qui vous a décidé ? demandè-je, curieuse de comprendre ce revirement de situation.

Zoé sourit timidement, Noah se confie :

– Notre balade dans la Dranse... Je crois que cet arbre m'a transmis du courage ; et le fait de voir Zoé s'épanouir pleinement ici me comble. Je n'ai pas envie d'entraver ce qui est à l'œuvre, alors je lui ai proposé de « provoquer le changement ». Il est peut-être temps pour nous d'oser prendre une décision, certes un peu risquée et inattendue, mais spontanée, en optant pour un séjour prolongé en Haute-Savoie... Ce n'est pas aux étoiles que j'en ai parlé, mais à Zoé... ajoute-t-il les yeux dans le vide.

– Je t'avoue avoir été très surprise par sa proposition... me confie Zoé.

– J'imagine… Qu'as-tu répondu ?

– Je suis partie méditer au bord du lac pendant quelques heures afin d'étudier cette opportunité. Puis, le choix s'est imposé à moi… Nous avons décidé de suivre notre instinct, dit-elle la main sur le cœur.

– Je pense que la Haute-Savoie, le Léman et ton *coin de paradis* sont des lieux qui nous comblent... déclare Noah en caressant la joue rebondie de Zoé.

– Oui... Nous quittons pour l'instant notre routine de l'autre côté de la France ! affirme-t-elle fièrement.

– Hier soir, nous avons appelé mes parents pour avoir leurs

avis et ils nous encouragent à rester un peu ici. Ils vont employer des serveurs pour nous remplacer dans le restaurant familial et nous ramener quelques affaires la semaine prochaine…

Noah semble soulagé d'avoir eu l'approbation de sa famille. Zoé ajoute :

– Ils nous soutiennent dans ce choix de vie... Peut-être que c'est précipité, mais nous voulons nous lancer dans l'aventure sans trop y réfléchir !

Ils me font part de leurs idées et me demandent mon accord concernant l'aménagement de la yourte, afin de la rendre habitable toute l'année. Ils ont déjà pensé à plein de choses. Je les écoute en les imaginant au coin du feu l'hiver, griller des guimauves et propager l'odeur sucrée dans la cabane… Je les devine époustouflés lors des premiers flocons de neige...

Leur entourage, famille et amis, leur manqueront certainement au départ, mais ceux-ci viendront leur rendre visite.

– Nous faisons confiance à notre intuition et si, plus tard, ce choix s'avère être le mauvais, nous aurons toujours la possibilité de rebondir. Mais, pour l'instant, nous avons l'intime certitude que notre place est ici... témoigne Zoé avec un large sourire.

C'est aujourd'hui, le 22 juillet, que je me tiens au bord du lac remplie de gratitude, prête à ce que mon *coin de paradis* devienne aussi le leur… Je les regarde, heureuse qu'ils aient décidé de ne pas clore ce chapitre de vie en retournant chez eux.

Chez eux, c'est ici maintenant.

L'orage du cœur

Son souffle était semblable à un papillon prisonnier dans sa gorge serrée par une folle attente.

Karen Viggers

Une semaine est passée depuis que Noah et Zoé ont décidé d'emménager au bord du Léman. Leur motivation est un atout considérable dans l'intégration des informations que je leur livre pour s'occuper des animaux et des plantes. Je fais entièrement confiance à leur bienveillance et suis certaine que leur sérieux favorisera le fonctionnement pérenne de la yourte. J'ai pris le temps de faire une liste des lieux à visiter, qu'ils pourront mettre à disposition des voyageurs. De mon côté, j'ai apprécié de prendre le temps d'aménager mon van ; ils m'ont beaucoup aidée.

Hélas, ce matin, assise sous le bouleau, l'excitation du départ semble s'être volatilisée, laissant place aux doutes. Je tente de m'imprégner de la sérénité du jardin afin de calmer la tempête émotionnelle qui se bouscule en moi. Un papillon jaune vole et se pose sur mon genou, tandis qu'une pensée traverse mon esprit. J'écarquille les yeux : *Quelles répercussions aura la décision de Noah et Zoé sur ma vie et sur moi-même ?* Depuis quelques jours, la dépendance qui s'installe entre eux et moi m'effraie un peu, surtout que je me suis vraiment attachée à notre amitié. C'est nouveau pour moi, de ressentir cette sensation de fusion.

Les feuilles du bouleau s'agitent, inversant les émotions qui me traversent : je me réjouis d'avoir rencontré des personnes avec qui je partage une multitude de points communs, que ce soit dans notre façon de voir la vie, ou dans nos manières d'être et de penser... Même si certaines choses me font peur, je suis comblée de partager mon *coin de paradis* avec eux et leur présence égaye ma vie. J'aime me sentir portée vers le haut par Zoé ; ma relation avec elle contribue indéniablement à mon bonheur. Je relâche les paupières, pivote la tête et pose mon regard sur la pelouse. Tout en caressant l'herbe du bout des doigts, je pense à toutes les intentions, les discussions et les moments partagés ensemble. Chaque jour, je m'ouvre à ce couple attachant que sont Noah et Zoé en leur confiant des bouts de mon intimité. Leur envie de s'occuper de la yourte signifie que je peux enfin m'envoler librement, vers de nouveaux horizons, comme ce papillon qui est désormais sur mon poignet. Je vois sa venue comme un signe du destin qui me pousse à aller de l'avant. Apaisée, je souris avant de me laisser de nouveau envahir par les doutes : *Ai-je encore envie de partir sur les routes ? Est-ce que j'éprouve toujours le besoin de voyager ? Et si Noah et Zoé étaient la destination de mon bonheur ?*

La météo de mon cœur est tourmentée. La bourrasque qui souffle en moi doit annoncer la venue d'un orage... Je me laisse traverser par cette tempête d'émotions et l'extériorise par tous les moyens. Je pleure. Je parle. Je crie. Mais ce n'est pas suffisant, je sens une colère, presque une rage envahir mon corps. Le choc entre mon cœur et mon esprit crée un éclair foudroyant, l'orage éclate. Je hurle. Mes yeux sont inondés par une pluie battante et un torrent de larmes ruisselle le long de mes joues. Mon cerveau est contrarié par mon cœur, ou l'inverse. Je laisse échapper un tonnerre de cris pour expulser leur confrontation. J'exprime à voix haute mes idées vraies et sincères, et commence à en dire certaines que je ne suis pas sûre de penser, alors je me ressaisis et ne termine pas ma phrase.

Après une heure de voyage intérieur, le vent s'atténue et mon paysage interne redevient progressivement calme. Une brise anxieuse subsiste au sujet de mon avenir. Je suis épuisée, j'ai besoin de me ressourcer pour retrouver un peu d'apaisement. Je porte mon attention sur mon coccyx ancré dans la pelouse et me concentre sur ma respiration, laissant entrer les rayons lumineux à travers mon nombril. La force du soleil pénètre en moi pour m'apporter de la joie et de la gaieté, chassant les nuages noirs de mon être intérieur.

La météo du lac s'harmonise avec celle de mon corps. Je prends de profondes inspirations qui m'apportent confiance et réconfort, tandis que de lentes expirations éloignent les perturbations.

Mes membres inférieurs, très lourds, sont tellement relâchés que je ne sens plus la limite entre eux et le sol... J'ai l'impression d'être enveloppée dans un univers ouateux.

Les nuages partent et le ciel bleu apparaît. Je suis soulagée de me sentir à nouveau détendue après cette tempête émotionnelle.

Qu'est-ce que l'avenir me réserve ?

Ce voyage, symbole d'un désir profond, se mue de plus en plus en incertitude et témoigne, si je ne le savais pas déjà, que la pensée est changeante. Chaque événement peut être bouleversé par les doutes qu'il implique. Nos projets sont influencés par nos raisonnements. C'est pourquoi il est important de ne pas tomber dans la planification exagérée de notre avenir, au risque de rompre l'alignement avec nous-mêmes et nos envies du moment. La vie est en constant mouvement…

Je suis éreintée, seul le sommeil va me permettre de m'évader. Je m'endors sous le bouleau.

Le signe du destin

On peut imaginer l'Univers comme un immense puzzle. Chaque plante, chaque être vivant, vous, moi, chaque planète, tout ce qui existe constitue une des pièces de ce puzzle. Chaque composant n'est alors qu'une parcelle de ce « tout », que l'on appelle Énergie universelle, Conscience universelle, Amour universel [...]. Chacune de ces pièces est essentielle à la composition du Tout.

Jean Graciet, Luc Bodin, Nathalie Lamboy

Une notification de mail retentit, je me hisse hors du hamac et récupère l'ordinateur posé sur la table de la cuisine. J'ouvre le courrier électronique et en prends rapidement connaissance. L'expéditeur m'informe qu'un document est disponible dans l'espace personnel du CNAOP. Je clique sur le lien qui me mène jusqu'au site du *cloporte* et télécharge la pièce jointe, il s'agit d'une lettre manuscrite. Mon pouls s'affole ; volontairement, je ne la lis pas. Le destin de Zoé est entre mes mains…

Tout en voyant Zoé arriver, je prends conscience que ma tempête émotionnelle qui dure depuis cinq jours a retardé mon départ… Sans cela, je serais sûrement déjà partie et je ne me trouverais pas assise dans la cabane, aujourd'hui, face à mon amie qui regarde mon air ahuri :

–Que se passe-t-il, Capucine ?! Tu sembles interloquée...

–Viens voir, vite, vite, vite !

Elle me rejoint à l'intérieur et commence à lire les mots

aux lettres arrondies, le buste penché vers l'écran. Je reste à côté d'elle, une main posée sur son épaule. J'ausculte la moindre expression sur son visage et mon cœur tremble en voyant la pliure de son œil droit s'amincir, témoignant, je l'imagine, d'un mélange de surprise et de peur. Puis, un sourire se profile. Une lueur de satisfaction et de soulagement scintille dans ses yeux. Dès la lecture achevée, Zoé s'élance dans les bras de Noah qui vient de nous rejoindre et enfouit la tête dans son cou. Elle sanglote. Il caresse les soubresauts qui la saisissent, la rapproche de lui et murmure des paroles que je n'entends pas. Relevant son menton pour mettre ses yeux dans les siens, il dépose avec douceur un baiser sur son front. La magie de l'amour opère en quelques minutes, ses sanglots s'arrêtent et de fines larmes finissent leur chemin au bord de ses yeux verts. Elle essuie ses joues avec la paume de sa main, se tourne vers moi, toujours blottie contre Noah, et tente de prononcer un mot après l'autre :

– J'ai enfin des réponses après tant d'années passées dans l'ignorance... Je crois que mes parents n'étaient pas des lâches...

Elle peine à enchaîner :

– Dans cette lettre, ma mère biologique explique tout... Elle écrit en son nom et celui de mon père biologique… Ils étaient remplis d'affection pour moi et avaient envie, à travers cet abandon, de me protéger... Je suis une enfant issue de l'amour...

Elle tente de contenir les saccades de sa respiration puis refond en larmes. Noah lui papouille la tête. Je tire une chaise pour qu'ils s'assoient à côté de moi, autour de la table de la cuisine. Zoé grimpe sur les cuisses de Noah :

– Le droit à l'avortement existait déjà, mais ils étaient si heureux de devenir parents qu'ils croyaient être capables de m'élever... Malheureusement, leur jeune âge, la situation professionnelle et financière de leur couple ainsi que d'autres aléas de la vie ne leur ont pas permis d'assumer ce rôle jusqu'au bout...

Noah essuie tendrement les larmes qui ruissellent le long des joues de Zoé. Son visage rond est crispé, elle ferme les paupières, étire ses épaules et prend une profonde inspiration afin de puiser tout le courage au fond d'elle :

– Ma mère biologique explique le déchirement qu'ils ont ressenti tous les deux en m'écrivant cette lettre et en pensant à l'acte irréversible qu'ils feraient le lendemain... Elle tente de se rassurer et d'atténuer sa souffrance en espérant que je vais trouver une famille dont la situation stable m'assurera une bonne éducation. Aux yeux de mes parents biologiques…

Zoé s'arrête, comme pour intégrer cette appellation qu'elle utilise depuis peu pour les désigner. Nous restons silencieux jusqu'à ce qu'elle reprenne, avec une voix pleine d'émotions :

– À leurs yeux, l'éducation n'est pas seulement ce que l'on reçoit à l'école, c'est aussi et surtout une manière d'être, d'agir, de parler et de donner l'exemple dont les parents sont les premiers acteurs. Ils pensent que de bons parents doivent transmettre à leur enfant des bases solides qui lui permettront de se construire tout au long de son existence… Ils ne se sentaient pas capables de m'offrir tout ça...

Raconter cela semble très éprouvant pour elle. Elle pleure à nouveau tout en pinçant sa lèvre inférieure avec ses dents. Noah lui effleure la bouche de l'index... Elle poursuit difficilement :

– Ils me souhaitent d'avoir une vie épanouie... Puis, égoïstement, ajoute ma mère biologique, ils préfèrent ne jamais me revoir. C'est la raison pour laquelle ils ont choisi l'adoption plénière. Ils prendront de mes nouvelles au début afin de s'assurer que je suis dans une famille convenable, puis, lorsqu'ils seront rassurés, ils couperont le lien... Continuer de me voir, m'entendre, me toucher sans pouvoir le faire au quotidien serait trop frustrant et leur briserait le cœur...

Elle plonge ses yeux larmoyants dans les miens. Son regard me touche le cœur...

–Ma mère biologique dit que les neuf mois durant lesquels j'ai habité son corps ont été les plus beaux de sa vie... Elle a aimé me sentir grandir en elle, évoluer tous les jours et voir son corps changer pour donner la vie. Mon père biologique la trouvait splendide... L'accouchement a été émouvant, elle était comblée de m'accueillir et de me sentir contre sa peau. C'est après que les choses se sont compliquées, mais elle préfère ne pas détailler afin que je connaisse uniquement les jolis souvenirs...

Je suis happée par sa narration. Zoé a parlé comme si rien ne pouvait l'arrêter. Le temps est suspendu, laissant place à l'intemporalité de l'âme. Elle continue en soufflant, les bras décontractés et les mains posées sur ses cuisses :

–Elle n'a pas accouché sous X...

Elle n'émet plus aucun son. Je n'ose pas briser le silence de peur que mes paroles ne soient pas adaptées à la puissance de son récit... Noah caresse ses cheveux puis effectue de légères pressions à l'arrière de son crâne pour la détendre.

Nous vivons tous les trois cette annonce de façon différente, mais le soulagement est perceptible en chacun de nous. L'anxiété s'est évaporée. Je suis heureuse d'être auprès de Zoé en ce moment si particulier.

Muette, elle reste les paupières à moitié closes, le regard

éteint ; elle semble exténuée. Puis, elle se lève, sort par la baie vitrée et part au bord de l'eau. Noah et moi restons silencieux afin de lui laisser tout l'espace nécessaire. Je devine qu'elle a besoin de rester seule un moment afin de digérer la nouvelle. Désormais, il va lui falloir du temps pour intégrer toutes ces informations qui viennent enrichir son identité. Je l'observe depuis la terrasse : elle s'installe en posture de méditation, les mains posées sur ses genoux repliés, tentant de faire le vide. Depuis qu'elle est ici, Zoé a pris l'habitude d'exprimer ce qu'elle ressent par le biais de métaphores aquatiques. Ses sentiments doivent s'agiter en rafales, formant de grandes et multiples vagues à la surface du lac, tandis que dans les profondeurs de son espace intérieur, le calme doit essayer de se faire une place...

Elle reste ainsi durant deux heures. Pendant ce temps, Noah est parti dans la yourte téléphoner à son frère. J'en ai profité pour poursuivre ma lecture sur la terrasse. Lorsque Zoé revient, elle m'enlace chaleureusement et me chuchote un « merci » qui vient du fond du cœur. Notre étreinte dure quelques minutes, nos corps se remercient l'un l'autre.

Elle va parler un instant à Noah, puis nous nous installons tous les trois sur la terrasse. Les mains de Noah massent le haut de son dos, faisant balancer doucement sa nuque. L'ambiance est songeuse et silencieuse. J'essaie d'être à la fois empathique et à bonne distance. Elle sait que je suis disponible si elle souhaite recevoir mon écoute ou mes conseils. Je serai toujours là, même si cela doit être par téléphone à l'autre bout de la Terre...

L'empathie nous permet de ressentir au plus près ce que l'autre vit, sans souffrance... de s'en faire une image sensorielle, corporelle, même physique. Garder la bonne distance est important afin de ne pas être submergé par des émotions qui ne nous appartiennent pas.

Trouver cet équilibre est encore parfois périlleux pour moi... Mais, pour l'instant, je me contente de rester auprès de Zoé, espérant que ma présence et celle de Noah suffiront à apaiser ses peines…

Le message des sommets

Chaque paysage a sa grammaire. En montagne, les sommets sont des majuscules, les torrents des virgules qui permettent de rythmer le regard, chaque être vivant trace des phrases dans ce paysage. Certains s'accordent entre eux et créent de la poésie. L'homme est invité chaque jour à être poète ou vandale.

Éric de Kermel

Sur le dos, le ventre, le côté, j'ai tenté plusieurs positions pour rejoindre le pays des rêves, mais aussitôt que ma conscience s'échappait vers un peu de repos, j'atterrissais de nouveau dans la réalité. Les pensées se succédaient sans interruption, m'épuisant tout en m'empêchant de m'ensommeiller.

Je me soucie du bien-être de mon amie et je suis toujours incertaine quant à ma date de départ… Depuis que Zoé a lu la lettre, je me rends compte qu'il est peut-être temps de penser à moi… Mon soutien est important, mais pas essentiel : Noah est là pour elle. Je n'ai plus besoin de rester ici pour la soutenir, il faut désormais que je prenne une décision : *Choisir de m'envoler ou de m'ancrer ?* Ma pensée est lente, mais elle évolue...

J'ouvre un œil, il fait jour. Je me dresse au bord du lit, étire mes bras au-dessus de la tête et étends ma colonne vertébrale. C'est un rituel que j'apprécie, car il me permet de rester connectée à mes sensations corporelles. J'imagine que les racines de mon coccyx s'enfoncent vers le centre de la Terre, tandis que mes bras s'élèvent vers le ciel comme les branches d'un arbre.

Par la fenêtre de ma chambre, je contemple les nuages qui se posent sur la surface du lac. Un voile enrobe les montagnes suisses sur la rive opposée, me donnant l'impression de voir la mer à perte de vue. Le Léman est infini, et cet horizon lointain, qui me procure une sensation de liberté inégalée, me rappelle pourquoi j'aime tant vivre ici... Les feuilles du bouleau sont immobiles ce matin : il n'y a pas de vent. Je souris en pensant à ma météo intérieure... *Ma tempête émotionnelle serait-elle en train de s'atténuer ?*

Quelques instants plus tard, je déguste le petit-déjeuner sur la terrasse en lisant les pages d'un roman qui mêle nature et philosophie à merveille, un véritable bonheur matinal. Je saisis ce moment de légèreté et décide de partir m'évader dans les montagnes. J'ai besoin de leur silence pour donner à mes pensées une nouvelle résonnance. J'enfile un short en tissu, un débardeur de sport, une veste polaire et mets des chaussures de randonnée, mes favorites, avec lesquelles je parcours des kilomètres.

Dès le début de la randonnée, j'oriente mes yeux le plus loin possible, décidée à rencontrer la clarté du ciel qui permettrait d'éclaircir mes idées. Hélas, je baigne dans l'opacité blanchâtre des nuages... Je me concentre alors sur mes pas qui résonnent sur le sol. En pleine immersion dans la brume, je revêts mon coupe-vent afin de me protéger de l'humidité. Le brouillard enveloppe les sapins, n'offrant aucune perspective lointaine, à l'image de mon état psychique. J'avance sans crainte sur un chemin de pierres escarpé qui longe une paroi rocheuse. Je devine une rivière à une vingtaine de mètres plus bas, sur ma gauche.

Trente minutes me suffisent pour quitter ce paysage rocailleux. J'entre dans les sous-bois, la cime des sapins est encore voilée, ce qui rend l'ambiance lugubre. J'enjambe un épicéa déraciné qui traverse le sentier. En scrutant sa souche qui semble solide et son tronc allongé, je me dis que même les arbres les plus forts peuvent fléchir un jour... Des larmes envahissent alors mes yeux... J'ignore la raison de cette émotion, peut-être est-elle stimulée par la vue de cet épicéa mort, déraciné, mais peu m'importe, je la laisse me gagner... Je tape du pied pour extérioriser mon inconfort, un bruit sourd s'extraie de la terre... Le dénivelé qui augmente sollicite davantage mes quadriceps. Avancer entre les racines qui jonchent le chemin est éprouvant. Le sentier devient terreux, certaines pierres sont revêtues d'une mousse verte. À chaque pas effectué, la brume s'atténue et l'horizon devient plus clair. Mes larmes arrêtent de couler en entendant le bruit d'une cascade, je cherche sa provenance et entrevois la chute en contrebas entre deux montagnes. Je sens mon buste se coller à mon tee-shirt sous l'effet de la sueur et du taux d'humidité amplifié par l'altitude. La mélodie de l'eau parvient jusqu'à moi.

L'effort physique déverse une dose de sérotonine dans tout mon corps. Je souris, heureuse de ressentir cette sensation qui me libère de mes poids et lève la tête en inspirant profondément afin d'agrandir mon espace intérieur.

Un peu plus tard, je quitte les bois pour arriver dans une plaine bordée par deux imposantes falaises d'une centaine de mètres, les couleurs grises varient en fonction des stries. Des rochers d'un à huit mètres de circonférence tapissent cette plaine à l'herbe vert pomme. Des nuages blancs sont engouffrés dans ce berceau rocheux. Je suis époustouflée par ce paysage ; il me fait penser aux plaines mongoles, que j'aime admirer dans le livre d'un célèbre photographe écologiste. Je m'arrête pour écouter le silence des montagnes... Au loin, des vaches broutent et pataugent dans une mare, paisibles.

Au fur et à mesure que je parcours cet endroit, un sentiment de plénitude m'envahit. L'esprit vide et le cœur rempli, j'ai l'impression de planer. Je déambule entre les blocs de roche, le dénivelé s'accentue à nouveau alors je grimpe jusqu'à passer au-dessus de la nuée. Je marque une pause pour admirer les lieux et profiter de cet instant. C'est incroyable, je suis heureuse d'être ici...

Le sifflement d'une marmotte attire mon attention. Je détaille l'horizon et aperçois l'animal au sommet d'une grosse pierre, à quelques mètres de moi. Sereine, elle ne semble pas avoir peur. Des frissons d'émotion me parcourent de bas en haut, faisant vibrer mon corps. Grâce au soleil qui apparaît, la température s'adoucit. J'ôte mon coupe-vent pour continuer l'ascension vers la crête.

Concentrée sur mes pas, je ressens une étrange boule dans le fond de ma gorge, comme si mon appareil phonatoire voulait s'exprimer... Sans réfléchir, je commence à me parler à moi-même. Un texte rempli de métaphores s'inscrit dans mon esprit. Je le dis, le crie à voix haute, les mots volent entre les montagnes et ricochent sur le ciel. La nature est la seule à m'entendre. J'avance un pied devant l'autre le long de la crête, car le vide est présent des deux côtés. Une multitude de sommets de tailles différentes se dressent à perte de vue : certains sont arrondis, d'autres pointus. Dans tous les cas, ils sont dénués de végétation car ils sont à plus de deux mille mètres d'altitude. L'imposant mont Blanc, ce grand dôme recouvert de chantilly, est face à moi, quelques nuages s'accrochent à son sommet. *Incarnant une certaine puissance, j'espère qu'il sera éternel...*

Subjuguée par ces reliefs, j'admire la couleur des sapins qui se mêle au gris des rochers et à la blancheur de la neige. Vivante, je tends les bras vers le ciel et hurle de satisfaction. La boule que j'avais dans la gorge se loge désormais dans mes mains : je ressens une envie pressante d'écrire.

Je m'installe sur un rocher plat, les pieds suspendus au-dessus du vide et saisis mon carnet dans mon sac à dos :

Je peux partir.
La nouvelle que Zoé a reçue est un aboutissement joyeux de notre vie à trois.
Aujourd'hui, j'ai gravi une nouvelle montagne, autant dans cette vaste nature que dans mes paysages intérieurs.
J'ai quitté la brume de la plaine pour rejoindre le soleil au sommet.
Le bonheur, semblable à une fleur, réside en moi...
Je recouvre mes mauvaises herbes *de ces fleurs de toutes les couleurs, lumineuses et réjouissantes.*
Je vais les cultiver quotidiennement pour ne jamais les laisser dépérir.
J'imagine un papillon qui vole librement et la vie me murmure de m'envoler moi aussi...

Je le sens, je le sais, elle m'appelle à réaliser
mes rêves.
Je suis prête à me lancer avec légèreté.
Légèreté de vivre.
Liberté de franchir et d'oser.
Volonté de se dépasser pour s'accomplir.
Écouter ses envies.
J'accueille les cadeaux de la vie.
Je trouve la force en moi pour rebondir vers
une vie davantage en corrélation avec moi-
même.
Et j'écoute mon cœur qui me dicte un nouveau
voyage vers le bonheur…

Je pose mon crayon bleu sur la pierre, puis j'effectue un geste vertical partant du bas de mon ventre jusqu'à ma tête, remontant ainsi la fermeture du bonheur. Je suis prête à me lancer...

L'élan

Tout le monde sait à peu près vivre, mais vivre en donnant un sens à sa vie constitue le plus grand défi de l'aventure humaine.

Albert Bosch

Assise sur la berge, je vis consciemment les dernières minutes auprès de Zoé avec l'intention de me recharger de sa compagnie et de l'endroit pour quelques mois.

–Capucine, regarde… me glisse Zoé.

Je lève mes yeux des galets vers le lac, dont les notes turquoise me rappellent la couleur du van ce matin.

–Les cygnes s'envolent... continue-t-elle.

Devant nous, les parents cygnes battent des ailes et s'élancent vers le ciel. Une succession de claquements débute, puis se transforme en une kyrielle de bruissements. J'observe l'un des derniers spectacles que m'offre le lac, puis tourne le regard vers Zoé. Un sourire malicieux apparaît sur son visage. Elle se met debout, lève son cou, ouvre largement les bras puis mime un oiseau qui vole en gloussant :

–Ils viennent de te donner leur accord eux aussi, Capucine !

Elle sautille en donnant des impulsions brèves sur la pointe de ses pieds :

– Ta place n'est plus ici, mon amie... Tu es appelée à partir voyager !

Tourbillonnant autour de moi quelques secondes en rigolant, elle me voit incrédule et s'approche :

– Sache que tu m'as suffisamment accompagnée dans ma quête de vie, désormais tu dois suivre la tienne...

Mes paupières papillonnent, mes joues se creusent, mes yeux s'humidifient, une larme coule, suivie d'une deuxième... Puis je me ressaisis et cours auprès d'elle les bras étendus dans le jardin. Nous nous arrêtons, essoufflées, sous le bouleau. Depuis deux jours, je souhaite lui poser une question ; je me lance :

– Zoé, je peux te demander quelque chose… ?

– Tout ce que tu voudras... répond-elle en me prenant les mains.

– Comment te sens-tu suite à la réception de la lettre ? Tu n'as pas dit grand-chose depuis…

Elle inspire profondément :

– Eh bien… Je suis soulagée de ne plus être dans l'ignorance. Et pour le reste, je recouds progressivement les différentes parties de mon histoire de vie dans le bon sens… Comme un livre à réécrire, certains chapitres me manquaient… Il faudra un peu de temps.

Puis, le regard posé sur la famille cygne, elle ajoute :

– Mais je me sens de plus en plus prête à écrire la suite…

Je suis réconfortée de savoir qu'elle va bien et je me demande si elle souhaitera un jour partir à la rencontre de ses parents biologiques… Nous nous serrons dans les bras, reconnaissantes l'une envers l'autre pour tout ce que nous nous sommes apporté.

Trois heures après cet échange, je quitte Noah et Zoé pour

plusieurs mois afin de me tourner vers de nouveaux horizons... Nous nous enlaçons une ultime fois, mais nous ne nous éternisons pas. Je n'affectionne toujours pas les *au revoir*.

Une fois montée dans le van, ils me regardent partir en m'adressant un signe de la main. Je dirige mon regard vers le lac, ce lieu qui me sécurise et auquel je suis tant attachée. Certains éléments sont épargnés par l'impermanence ; cette vaste étendue d'eau pure et sauvage sera toujours présente à mon retour. Quant aux montagnes, elles vont également me manquer, mais je sais que j'en rencontrerai d'autres sur mon chemin, avec une faune et une flore différentes.

Les mains sur le volant, je dis au revoir à Noah et Zoé le cœur un peu lourd puis, les yeux loin devant, je m'engage sur les routes et laisse le reste derrière moi... Je les vois s'éloigner dans les rétroviseurs. Une page se tourne.

Comme à mon habitude, je n'ai pas pu m'empêcher de dresser la liste des endroits que je souhaiterais visiter, en me laissant bien évidemment la possibilité de modifier ces souhaits à n'importe quel moment de mon itinéraire. Je sais que les personnes rencontrées, leurs avis et l'imprévisibilité de la vie bouleverseront mes plans. Et c'est bien comme ça. Le van me transporte vers de nouvelles aventures, un sentiment de liberté m'habite, je m'envole comme le papillon jaune qui s'était posé sur moi...

Libre, mais responsable. Cette phrase résonne dans ma tête. J'ai conscience que la liberté rencontre des limites. Elle peut être dangereuse et je sais que je devrai faire attention. Voyager seule représente tout de même des risques. Je vais en profiter pleinement, tout en restant vigilante.

J'imagine déjà les personnes qui vont croiser mon chemin, les nouvelles rencontres, les expériences grisantes. Je passerai des jours et des heures accompagnée, mais ces moments seront alternés avec des périodes de solitude. Ce sentiment me fait légèrement peur et m'a longtemps empêchée de partir, mais aujourd'hui je me sens prête à surmonter cette crainte qui fait désormais partie du périple. Je vais à la rencontre de mes sommets et de mes vallées...

Être seule va aussi me permettre de vivre plus consciemment chaque instant, du plus banal au plus inédit, comme une douche en pleine nature, un repas local, la visite d'un monument ou l'extase face à un paysage.

Ce voyage va certainement me transformer, comme les précédents l'ont fait. Je pourrai en extraire un élément, une réflexion, une manière d'être qui me permettra de me construire davantage dans le but de réussir ma vie, c'est-à-dire : être heureuse.

Je repense à la phrase de Zoé : « Le meilleur indicateur d'une vie réussie est le bonheur que l'on éprouve à la vivre. » Peu importe notre religion, notre pays d'origine, notre couleur de peau, notre culture ou nos buts… Je pense que toutes nos actions sont menées afin de trouver le bonheur. À mes yeux, une vie réussie est une vie remplie de voyages. Mais je sais aussi qu'il me reste un terrain inexploré… Celui de mes deux *mauvaises herbes*. Seul le destin me dira si ce voyage permettra de les arracher, je fais confiance à la vie.

Les yeux rivés sur la route, le cœur rempli de musique, je roule d'une traite jusqu'en Ardèche et rejoins un camping à proximité d'un village en pierre, appelé Les Vans. Je le visiterai demain, la lune se lève. Fatiguée, je choisis de me coucher tout de suite. Je me sens comblée de pouvoir admirer ce croissant, installée sous ma couette colorée dans un coin de la France qui m'est encore inconnu... Le vrai voyage commence.

II. L'envol

La parenthèse ardéchoise

La nature trouve toujours un chemin au milieu du béton.

Julien Sandrel

Le climat de l'Ardèche et la passion de ses habitants pour la nature m'ont toujours laissé penser que ce département était idéal pour les amateurs de fruits et de légumes. Je ferme le van à clé et me rends au marché qui se déroule au cœur du pittoresque village des Vans. Devant les étalages d'aubergines, de melons et d'abricots, l'odeur fruitée se mélange avec celle du fromage du stand attenant. Les sourires des clients et la foule de chapeaux rendent l'ambiance chaleureuse. Je note l'enthousiasme des marchands, qui n'hésitent pas à faire goûter généreusement leurs produits, me faisant craquer pour un pot de miel de châtaignier, un kilogramme de cerises et une cagette d'abricots juteux. J'espère que la responsable du camping me permettra d'utiliser sa cuisine afin de transformer ces derniers en confiture. Lorsque mon panier en osier est enfin rempli, je prends conscience que le réfrigérateur du van est en fait minuscule. J'interromps alors mes commissions.

Dans l'après-midi, je respire à pleins poumons l'air pur du

Parc naturel régional des Monts d'Ardèche en me prélassant au bord de la rivière dont l'emplacement m'a été indiqué par une maraîchère ce matin. Un pêcheur est assis sur un gros rocher au milieu du cours d'eau. Curieuse, je m'approche et l'observe en souriant. L'homme est très sociable, nous sympathisons et je lui propose des cerises. Il accepte, je traverse la rivière en me mouillant un peu les pieds tandis qu'il saisit une poignée de fruits rouges dans mon sac en tissu :

– Elles sont bien charnues ! complimente-t-il en faisant tourner l'une d'elles entre ses doigts.

– Oui, elles sont juteuses et leur noyau est tout petit, dis-je en croquant la peau lisse d'un des fruits.

Oscar, ce pêcheur, me livre des informations sur l'histoire géologique de ce territoire français, tantôt recouvert par la mer, tantôt dominé par l'activité volcanique. Il est instruit et semble être très attaché à son lieu de vie.

– Tu viens souvent pêcher ici ? l'interrogè-je, désireuse de faire connaissance.

– Presque tous les jours !

Il lance vigoureusement la ligne de pêche dans la rivière et reprend :

– Outre le plaisir de manger du poisson grillé au feu de bois, ce que j'apprécie dans cette pratique, c'est le rapport intime avec la nature…

– C'est ta façon de te ressourcer ?

– La deuxième, oui.

Je suis intriguée et aimerais le questionner davantage, mais je m'abstiens. Je ne veux pas être indiscrète… Le fil s'agite dans les remous. Il tourne le moulinet pour tendre la ligne et ajoute :

– Je travaille en tant que fermier dans un village autosuffisant, j'y ai ouvert une auberge pour les randonneurs…

Il parle lentement, je l'écoute avec beaucoup d'attention :

– La carte des plats est succincte, mais les produits sont frais. Je propose entre autres les œufs mollets de mes poules, le lait de mes vaches aromatisé à la fraise ou le fromage des chèvres qui vivent en pleine montagne. Ce havre de paix est mon lieu d'évasion...

– Génial ! Tu cuisines également quelques plats à partir des aliments bruts ?

– Oui, des omelettes ou des tartines au fromage, mais ce sont essentiellement des encas.

Échanger avec Oscar me fait sourire, cela me rappelle la yourte dont je lui parle avec passion. Il trouve mon idée insolite et me communique quelques astuces pour les Paulette et Dragibus. Son savoir sur la faune et la flore semble être sans limite, cela me rend admirative.

En voyant le soleil s'élever dans le ciel, je me rends compte que nous avons discuté un long moment.

– Je te remercie, Oscar, pour cet agréable moment ; il se fait tard, je vais y aller. Je te souhaite une belle continuation dans cet écrin de verdure !

– C'était un véritable plaisir, Capucine. Ce soir, on se rassemble avec quelques amis dans mon hameau pour un concert au coin du feu. Tu voudrais te joindre à nous ?

Son invitation me réjouit. Je le trouve très accueillant.

– C'est sympa de ta part, j'accepte ! je réponds amicalement en lui souriant.

– Formidable ! Mes amis sont de grands amateurs d'escalade et utilisent la moindre parcelle de granite pour s'adonner à des jeux acrobatiques. Peut-être qu'ils te partageront leur passion...

Intimement, je l'espère.

– J'ai hâte d'être à ce soir !

– As-tu une feuille pour que je te dessine le plan d'accès ?

J'arrache une page de mon carnet pendant qu'il enroule sa ligne. Lorsqu'il a posé la canne sur la pierre, je lui tends le papier et un crayon.

– C'est mieux si tu te gares en bas du village et que tu empruntes le sentier de terre à pied durant quinze minutes, m'explique-t-il en crayonnant.

Je lui fais confiance, il semble être prévoyant et bienveillant. En plus, il n'y a rien de mieux que les conseils d'une personne locale. *Certaines rencontres sont à elles seules un voyage...* songè-je en me retournant vers le van.

– Merci, Oscar... Peut-être à ce soir !

– Avec plaisir !

De retour au camping, Lucette, la responsable aux cheveux grisonnants, m'autorise à préparer de la confiture dans sa cuisine. Sa coupe au carré et son grand collier de perles en bois mettent en valeur son cou, elle souligne fièrement que sa petite-fille a créé le bijou de ses propres mains. Lucette me parle avec beaucoup d'affection, la main sur les perles colorées. C'est si touchant de voir l'amour qu'une grand-mère peut porter à ses petits-enfants...

Quelques minutes plus tard, bercée par le chant des cigales, je coupe les abricots en deux sur le plan de travail pour en ôter les noyaux et les mets à cuire dans une grande marmite. *Je garderai quelques pots pour ma consommation personnelle et j'offrirai le reste aux personnes qui croiseront ma route.* Je me réjouis de proposer un pot à Oscar dès ce soir, même s'il doit connaître par cœur le goût sucré et acidulé des fruits de son territoire. J'espère que cela lui fera plaisir malgré tout. En regardant l'ébullition agiter le récipient, je repense aux meilleurs moments de cette première journée bien remplie. Mon grand-père disait toujours que « l'avenir appartient à ceux qui se lèvent tôt ». Quand j'étais enfant, je détestais être réveillée à sept heures du matin pendant les vacances, mais quelques années plus tard et après avoir mûri, je partage son avis. Je suis heureuse d'avoir déjà fait plusieurs activités et reconnaissante pour les deux rencontres enrichissantes qui ont croisé mon chemin. Je crois que cette spontanéité et cette authenticité font partie des choses que je recherche dans les voyages… *Quand le partage humain ne connaît a priori aucune frontière.*

En début de soirée, je me rends au village d'Oscar, situé dans une bourgade à six kilomètres des Vans. Les routes d'Ardèche sont encore plus sinueuses et étroites que celles de la Haute-Savoie. Je me convaincs de ne pas regarder le ravin très pentu à côté de moi et focalise mon attention sur les virages serrés et irréguliers. Il fait nuit, je me méfie de l'apparition soudaine d'un cerf ou d'un autre animal sauvage qui aurait l'idée de traverser en direction de la rivière. L'aménagement des routes à travers les forêts nuit à l'habitat et à la bonne circulation des animaux sauvages. En regardant les bas-côtés sombres, je sens le stress monter en moi. Une partie de mon cerveau est tétanisée tandis que l'autre essaie de relativiser, l'impact de l'esprit sur le corps me surprend toujours. En apercevant la pancarte d'entrée du village, je commence à me détendre. Mon voyage en solitaire n'en est qu'à son commencement, mais j'explore déjà de nouvelles sensations... *Que me réserve la suite du périple ?*

Je prends mon sac à dos et grimpe dans la montagne, éclairée par une lampe frontale, avec le plan d'Oscar entre les mains. Pour compenser ma légère frousse de marcher seule dans la nature en pleine nuit, je reste attentive aux moindres bruits autour de moi. Un craquement de branche, suivi de plusieurs froissements de feuilles me hérissent les poils. Je m'arrête et projette le faisceau lumineux à droite, à gauche, derrière moi afin de trouver l'origine de ces bruits. J'aperçois des lapins qui s'échappent. Je ricane nerveusement, soulagée d'être accompagnée de ces mammifères inoffensifs. Après dix minutes de marche, j'entends des éclats de rires et des airs musicaux. Je ne suis plus très loin... Me référant au schéma, je longe la rivière, passe devant un large potager, contourne la cabane des poules, monte un escalier en pierre puis retrouve Oscar et ses amis assis en cercle dans l'herbe. Ils m'accueillent chaleureusement et m'invitent à m'asseoir avec eux.

–Ah, tu es venue, Capucine ! s'exclame Oscar.

–Oui ! Je ne voulais pas rater ça... je réponds en souriant.

Des petites bougies ornent les rochers environnants et des lanternes sont accrochées dans les arbres afin de créer une ambiance tamisée. Un duo d'hommes joue de la guitare et une jeune femme brune avec de grandes boucles d'oreilles brillantes chante. Sous le clair de lune, je les écoute en dégustant le fromage de chèvre et la bière locale que vient de me proposer Oscar.

Le climat est jovial ; les deux personnes à côté de moi m'expliquent qu'elles ont l'habitude de rencontrer des voyageurs le temps d'une soirée, de quelques jours ou de plusieurs semaines. L'Ardèche inspire au partage et à la convivialité. Nous parlons jusqu'au milieu de la nuit, je me sens bien et en sécurité dans cet endroit si calme... Quatre tentes sont plantées dans le jardin, Oscar me propose de m'en prêter une. Je n'ai pas envie de redescendre au van à cette heure tardive, alors j'accepte.

Une heure plus tard, blottie dans mon duvet, je perçois les clapotis lointains de l'eau qui ruisselle en contrebas. Cette douce soirée d'été en pleine nature marque le début de mon voyage. Je suis absolument comblée.

Le lendemain matin, lors du petit-déjeuner, nous formons une grande tablée dans le jardin qui offre une vue plongeante sur l'Ardèche. Les placards d'Oscar sont remplis de gourmandises faites maison que nous dégustons tous, les pieds dans l'herbe, dans la fraîcheur matinale. Nos visages baignent dans les premiers rayons du soleil. Entre deux bouchées, je raconte à mes nouveaux amis les péripéties de ma nuit. Dans la tente, au petit matin, un léger bruit de pas m'a réveillée. J'ai alors ouvert les yeux et j'ai aperçu une silhouette à travers la toile. Apeurée, je me suis couverte la tête en me bouchant les oreilles... En entendant ces mots, ils ont tous éclaté de rire. « Un renard rôde dans le coin depuis un moment ! », s'exclame l'un d'entre eux. Ils semblent bien plus habitués que moi à la nature sauvage.

Une fois que nous sommes tous repus, Oscar me propose une descente en canoë afin de me faire découvrir une autre de ses passions. Le reste du groupe me conseille vivement de partager cette expérience avec ce kayakiste expérimenté. Libre de toute organisation, j'accepte. Nous rangeons les tentes et ses amis me souhaitent un bon voyage avant de repartir vers le village. J'accompagne Oscar en contrebas et nous descendons derrière sa maison, en direction des gorges de l'Ardèche.

Trente minutes plus tard, je me sens à la fois grande et minuscule au milieu de l'eau. La descente est tantôt calme, tantôt agitée. Cela me demande de la concentration et de la discipline pour ne pas me retourner. Je donne des coups de pagaie de manière instinctive pour garder l'équilibre et contracte mes abdominaux. Une fois les rapides passés, je ressens un sentiment de fierté d'avoir réussi à suivre mon guide local qui ne cesse de m'encourager à me dépasser.

Après une heure de navigation, nous installons les canoës sur une crique et nous asseyons pour une pause déjeuner. Nous mangeons une salade de quinoa restée au sec grâce au conteneur hermétique placé à l'avant de l'embarcation. Oscar me décrit les sauts qu'il aime faire des falaises. Il a envie de m'initier à cette sensation, lorsque le cœur se suspend dans l'air. Son expérience m'intrigue, mais je suis craintive face à cet éprouvant lâcher-prise. À la fin du déjeuner, il grimpe sur la falaise juste derrière nous. Je ne réfléchis pas et le suis. Un élan d'audace et une envie de sensations fortes me poussent à tenter l'expérience mais, une fois en haut du rocher, je tremble de peur. Oscar le remarque et s'exclame :

– Utilise ta peur, c'est un moteur !

Puis il s'élance immédiatement, la tête la première, en rassemblant ses genoux entre ses bras et en faisant pivoter son corps vers l'arrière d'un coup sec. Il atterrit accroupi dans l'eau. Je suis stupéfaite par cette figure acrobatique. Je sais que si je n'agis pas impulsivement, je ne sauterai pas et le regretterai sûrement, alors je fais preuve de courage et lance un premier pied dans le vide pour une chute de dix mètres. Dans les airs, j'écoute mon cœur qui semble s'arrêter. C'est furtif, vif et puissant. Le plongeon est réussi, je mobilise mon instinct de survie pour regagner la surface rapidement et crie de joie sous les applaudissements d'Oscar. Satisfaite d'avoir repoussé mes limites et d'être parvenue à renoncer à mes peurs, je savoure la suite de la descente avec enthousiasme.

Le temps est passé à une vitesse fulgurante. J'étais si bien dans le hameau d'Oscar que j'y suis restée une semaine, coupée du monde, sans réseau téléphonique et sans accès au courrier ou à un quelconque moyen de transport. Je ne m'étais plus sentie aussi apaisée depuis longtemps. *L'éloignement de l'agitation humaine me rapproche de l'environnement...* Ces jours passés avec Oscar ont été une source incroyable d'apprentissages, mais il est désormais temps pour moi de poursuivre ma route seule, pour éviter de construire un nouveau lien d'amitié avec lui et de rendre mon départ difficile... Je ne veux pas revivre une tempête émotionnelle, j'ai besoin de calme et de légèreté pour l'instant. Oscar et moi avons échangé nos adresses et je l'ai invité à me rendre visite dans mon *coin de paradis* dès mon retour. Peut-être que nous nous donnerons des nouvelles, mais si ce n'est pas le cas, je suis tout simplement heureuse de l'avoir rencontré. À de nombreuses reprises, j'ai pensé que Noah et Zoé l'auraient adoré.

Excitée de retrouver ma pleine liberté, je m'installe dans le van et m'envole pour ma prochaine destination : le Sud de la France. J'aime le sentiment de ne pas connaître le lieu précis de mon arrivée... Sur la route, des souvenirs me submergent. Ils sont la marque d'un temps révolu, mais je choisis de les laisser envahir mon esprit. Le fait de passer du temps avec Oscar m'a rappelé les cinq jours sur une des îles Perhentian, en Malaisie. Le mode de vie y était similaire.

C'était il y a un an, lors de mon voyage en Asie. J'y étais arrivée grâce à une petite embarcation à moteur. Je craignais qu'elle ne coule, tellement nous étions nombreux à bord. À force d'être discrètement prise en photo, j'avais presque eu l'impression d'être une célébrité. Les Malaisiens qui retournaient sur l'île réapprovisionnés de denrées alimentaires ne cessaient de me regarder, intrigués. J'avais supposé que ma blancheur de peau était le motif de leur intérêt. Sur l'île, il n'y avait ni routes, ni voitures, scooters ou vélos, juste des plages de sable fin et brûlant, des sentiers dans la jungle habitée par des singes et des varans de la taille de crocodiles. Comme dans le village autosuffisant d'Oscar, mes jambes étaient mon seul moyen de transport pour visiter l'île et, sous la chaleur étouffante, elles avaient parfois manqué de m'abandonner... Elles étaient de plus en plus lourdes, je me sentais parfois fiévreuse... En revanche, la clarté de l'eau me faisait oublier ces mésaventures. J'étais le seul être humain au milieu de l'eau translucide, mais certainement pas le seul être vivant, car les fonds marins foisonnaient de coraux multicolores, de petits requins, d'hippocampes et de poissons arc-en-ciel que j'observais avec mon masque, les yeux remplis de magie. Les couchers de soleil étaient inoubliables, notamment celui de Mirror Beach que j'avais admiré en buvant l'eau d'une noix de coco assise dans le sable. Un Malaisien, appelé Asis, s'était hissé en haut du cocotier en prenant appui sur une corde. Sa force musculaire m'avait épatée. Les soirées étaient bercées par la mélodie d'une guitare ou les maracas des voyageurs. Asis m'avait appris à jouer de la flûte de pan et du piano souffleur. Je dormais dans une cabane en bois sur la colline qui surplombait la baie. Il n'y avait pas d'électricité, ce qui signifiait également pas de ventilateur. Il était impossible d'atténuer la chaleur suffocante de la nuit et mon sommeil en était très perturbé. Une douche froide était l'unique option pour faire baisser la température corporelle mais, à peine séchée, j'étais déjà dégoulinante du fait de l'humidité ambiante. Contrairement au hameau d'Oscar, pendant cinq jours, le menu n'avait pas été varié : pâtes lyophilisées, réhydratées dans de l'eau que je laissais chauffer toute la journée au soleil. Par chance, des voyageurs sur le continent m'avaient vivement conseillé d'apporter ces paquets de nouilles déshydratées avec moi. Les réseaux – téléphonique et internet – étaient inexistants, je n'ai donc pas échangé avec mes proches pendant ce court séjour. Pourtant, bien que le tableau dressé puisse paraître rudimentaire, ces cinq jours m'avaient appris à vivre... Tout ce que je découvrais était nouveau, autant les paysages que les personnes ou les animaux, mais surtout la manière de vivre... J'avais rencontré une zone totalement inconnue et l'absence de confort m'avait permis d'aller au-delà de mes limites. Je m'étais aperçue que, pour être heureuse, il suffisait peut-être de tout déconstruire et de recommencer à zéro.

Dans le hameau d'Oscar, j'ai ressenti la même chose. C'est peut-être la raison pour laquelle j'ai passé une semaine là-bas. Il n'y a pas de hasard, paraît-il… Cela m'a rappelé une chose : vivre sans superflu et au contact de la nature est un mode de vie qui me correspond.

Après m'être remémoré ce souvenir en Asie, mes pensées continuent de se succéder. Être seule me donne de l'espace pour faire voyager mon esprit et intégrer différemment les événements qui se présentent sur mon chemin. Libre de toute contrainte, le temps semble progressivement se diluer.

Les paysages de la Provence défilent devant moi, je suis charmée et confie mon émerveillement à ma chaîne des cœurs qui m'écoute sans sourciller. Je m'arrête à la bifurcation d'une route pour photographier des champs de lavande. Mes yeux s'imprègnent de l'éclat des clochettes violettes qui se dressent en épis. La photographie, tout comme l'écriture, est un moyen d'immortaliser le détail d'un paysage, l'expression d'une personne ou l'énergie d'un moment. Quand je regarderai ce cliché, je me rappellerai le parfum de cet endroit. En pleine immersion dans la nature, j'observe les petits murets de pierres qui séparent les champs, caractéristiques des paysages provençaux, à l'image des oliviers qui parsèment les prés et les tournesols qui sourient au soleil. La douceur de l'air, la lueur du soleil qui décline, le chant lyrique des cigales et les senteurs de lavande rendent ce moment particulier... J'ouvre les bras, déploie ma poitrine et oriente ma tête vers le ciel azur. Je me sens bien ici et je décide d'y rester pour clore ce long trajet sur les routes.

Après avoir admiré le coucher du soleil, j'appelle Zoé, allongée à plat ventre sur le lit. Les portes du van ouvertes et les yeux fixés sur les fleurs jaunes et mauves qui se reflètent dans la pénombre, je compose son numéro. Cela fait un moment que je pense à l'appeler, je me demande comment ils s'occupent de la cabane. Elle décroche, nous échangeons d'abord des banalités puis je lui raconte mes dernières aventures :

– J'ai passé une semaine dans un village autosuffisant en Ardèche, chez mon hôte Oscar, un pêcheur très généreux d'une trentaine d'années… Il m'a merveilleusement bien accueillie ! Chez lui, je me suis sentie tout de suite chez moi. Sa maison est située dans un petit hameau, dans lequel il s'occupe des vaches et des chèvres, tout en cuisinant quelques plats pour les randonneurs... J'ai rencontré ses amis lors d'une soirée et me suis rapidement sentie intégrée… Oscar m'a fait découvrir avec passion son département d'origine...

– Tu sais à quoi ça me fait penser ?

Je l'écoute.

– J'ai l'impression qu'Oscar t'a accueillie comme tu l'as fait pour nous !

Sa remarque me fait sourire, tandis que mes yeux se posent sur la lune immergée dans le ciel bleu marine.

– Peut-être, oui ! En tout cas, je me suis à nouveau rendu compte que ce mode de vie vibrait en moi et que j'avais incontestablement besoin de proximité avec la nature…

– Je comprends tellement ce sentiment...

Un courant d'air frais s'infiltre dans le van, je ferme les portes.

– La magie perdure-t-elle ?

– Oh, oui ! Chaque matin, je me réveille le sourire aux lèvres… Si tu savais, Capucine !

Je suis heureuse d'entendre ses mots et son intonation.

– Comment se portent-ils ?

– Tu savais que j'allais en parler… ? demande-t-elle, émue.

– Oui… dis-je avec complicité.

– La famille cygne évolue... Ils grandissent à vue d'œil, sauf un... C'est peut-être une femelle. Je m'inquiète un peu, elle est toute frêle alors que ses frères et sœurs sont de plus en plus grands et robustes.

Son timbre de voix s'atténue.

– Tu crois que d'autres lui volent sa nourriture ?

– J'ai émis cette hypothèse… Du coup, ce matin, je lui ai donné des petits pois et du maïs, j'ai lu dans un article que c'était conseillé.

– Et elle a aimé ?

– Je crois qu'elle s'est régalée, car elle a tout mangé ! s'exclame-t-elle jovialement.

Apaisée de l'entendre, je prends le temps d'écouter la multitude de petites choses qui remplissent ses journées. Je l'imagine assise en tailleur au bord du lac. Tout a l'air de bien se passer dans le *coin de paradis*, Noah et Zoé semblent y vivre des jours heureux…

Une heure plus tard, après avoir raccroché, je scrute le paysage qui baigne dans la lumière blanchâtre de la lune. Le calme y réside. Je me glisse sous la couette et rouvre les portes arrière du van pour contempler les étoiles. J'assiste à un véritable spectacle à ciel ouvert.

C'est de plus en plus une évidence, le van est un lieu d'habitation qui correspond idéalement à mes attentes. Il me permet d'admirer les œuvres d'art de la Terre depuis mon lit... Cela ressemble à la belle vie…

Un guide vers l'infini…

La montagne est un miroir géant. Elle est le reflet de ton âme. Le reflet de ton état d'être.

Maud Ankaoua

J'ai vadrouillé une semaine dans plusieurs villages de Provence jusqu'à rejoindre la route des Crêtes, qui serpente du golfe de Cassis à la ville de La Ciotat à travers le massif des calanques et l'imposante falaise du cap Canaille.

C'est magnifique, et je suis heureuse de retrouver un peu de hauteur !

Allongée sur une chaise de camping, je contemple les criques et les immenses rochers qui tombent à pic dans la mer Méditerranée. J'espère que les conditions météorologiques continueront d'être clémentes, car je n'ai aucune envie de subir un orage au milieu de ces falaises abruptes. Le simple fait de l'imaginer m'angoisse. Le souvenir d'un bivouac en montagne avec mes parents me revient. Les coups de tonnerre étaient assourdissants et la pluie avait aplati la toile de tente pendant de longues heures… Je m'étais sentie très vulnérable. Je refoule cette vision et profite du paysage paisible devant moi, dont les lignes sont à couper le souffle.

Des brebis approchent, curieuses. Je tourne le regard vers elles. Intriguées, elles avancent de quelques mètres puis, craintives, s'immobilisent. Je sens le soleil taper sur mon crâne. J'entre dans le van pour prendre mon chapeau de paille et, lorsque que j'en ressors, le troupeau s'est emparé de l'espace d'herbe qui entoure mon véhicule. En regagnant ma chaise, elles courent à l'opposé, apeurées. Je les observe s'éloigner et aperçois un panneau sur le talus. Je ferme les portes du van par précaution et me dirige vers la pancarte afin de lire ce qu'il y est écrit. Il s'agit d'une carte indiquant les points de départ de plusieurs sentiers de randonnée. Un texte explicatif accompagne l'illustration : « Les falaises du cap Canaille sont les plus hautes falaises d'Europe. » Cela me donne envie de les gravir. Je repère un itinéraire facile qui débute de l'endroit où je suis puis je retourne au van, m'équipe, remplis ma gourde en verre, prends une poignée de noisettes et un petit pot de baies de Goji. Je me réjouis de marcher au cœur d'autres reliefs que ceux de la Haute-Savoie…

Il est onze heures, j'entame la randonnée sous le soleil ardent. Dès les premières minutes de marche, la chaleur me pèse. Aujourd'hui, mon seul objectif est d'explorer, guidée par ma curiosité et mes sens. Une randonneuse, coiffée d'une queue de cheval dépassant de l'arrière de sa casquette, arrive en face de moi et me salue chaleureusement. Elle semble très bien équipée. J'en profite pour lui demander quelques conseils.

– Cet endroit est superbe ! Connaissez-vous le coin ?

– Oh, oui ! Si vous aimez cette randonnée, je vous conseille d'aller faire un tour dans les calanques…

– Vous auriez un itinéraire à me conseiller particulièrement ?

Elle réfléchit quelques secondes en posant son index sur son menton :

– Celui que je préfère est inaccessible par la route, il faut marcher pendant au moins une heure pour l'atteindre…

– Ça signifie que j'aurai peut-être la chance de m'y trouver seule ?

– Très probablement, approuve-t-elle d'un hochement de tête. Depuis le parking de notre balade actuelle, roulez environ cinq minutes vers Cassis, après deux virages en épingle, tournez à gauche sur une petite route. Je me repère toujours grâce à l'imposant pin sylvestre au début de ce chemin en gravillon. Allez jusqu'au bout, garez votre véhicule et vous verrez ensuite le sentier qui mène à la crique…

Après m'avoir indiqué cet itinéraire que je prévois de faire demain, elle me salue à nouveau et reprend sa marche dans l'autre direction. J'aime cette façon qu'ont les gens de dire « bonjour » sur les sentiers, lorsqu'ils ont l'esprit et le cœur en balade.

En traversant un champ, mes mains effleurent des hautes herbes recouvertes de pétales. Je perçois du bout des doigts leur douceur. Je marque un temps de pause, elles sont de couleurs, de tailles et de formes différentes, comme les êtres humains. Certaines tiges virevoltent. Cet endroit, d'une délicatesse imprenable, me fait penser au champ de fleurs imaginé la veille de mon départ…

Je poursuis durant trente minutes sur un sentier qui se faufile entre des arbustes. Un labrador apparaît un peu plus loin devant moi. À plusieurs reprises, il agite son pelage doré et s'arrête pour m'attendre, comme s'il voulait m'indiquer la voie. Il n'y a personne à l'horizon, je me demande pourquoi ce chien est là, à errer seul. Il me guide jusqu'au pied d'un escalier ocre taillé dans la roche. Je l'emprunte et mobilise toute mon attention sur la mobilité de mes jambes afin de ne pas trébucher. C'est très raide. En montant, je repense au saut fait avec Oscar et prends conscience de la faculté que j'ai à repousser mes limites. *Les seules contraintes sont celles que la nature m'impose...*

Après cent mètres de dénivelé, j'atteins le sommet du cap Canaille, toujours accompagnée du canidé. Je reste statique face à l'immensité et contemple le bleu de l'océan qui s'étend à perte de vue, formant un dégradé de couleurs turquoise, azur et marine... Je surplombe la paroi, son ampleur me procure une sensation d'infini... Une énergie émane de ma poitrine et me tire vers le haut. Une sensation étrange s'empare de moi. Je suis envahie par des ondes de chaleur, engloutie par une énergie puissante. Quelque chose que je n'avais jamais ressenti jusque-là est en train de vibrer en moi. Je suis à la fois perdue et au centre de moi-même. *Est-ce une forme d'illumination ? De contemplation intense ?* Ce lieu paradisiaque me ramène à un état sauvage qui semble vouloir se réveiller à l'intérieur de moi... Le temps, de plus en plus suspendu depuis le début de mon voyage, rejoint la profondeur de l'instant présent, cette autre dimension appartenant notamment à la notion de *kairos*. Je me sens connectée à l'Univers et reliée à une forme d'unité. Mon corps si léger s'alourdit de plus en plus, jusqu'à ce que mes mollets faiblissent, écrasés par la chaleur. Je reviens à moi et me rends compte que le soleil tape très fort sur mon crâne, je ressens alors les premiers effets d'un coup de chaud. Je bois plusieurs gorgées d'eau en m'humidifiant le visage, puis je mange des fruits oléagineux tandis que le chien déambule autour de moi. Dix minutes plus tard, je récupère en vitalité et, rafraîchie, je m'approche du bord de la falaise pour profiter de la vue. Mon regard est attiré par un oiseau qui se pose juste à côté de moi. Le blanc de son abdomen, sa taille d'une vingtaine de centimètres et son plumage gris foncé m'indiquent qu'il s'agit d'un martinet alpin. Il picore en chantonnant. Je le regarde avec amusement, tandis que des picotements me parcourent les jambes. Je n'y prête pas tout de suite attention, occupée à observer l'envol de cet oiseau qui rase la falaise. Les fourmillements s'accentuent et me forcent à baisser le regard. Des dizaines de fourmis escaladent mes tibias. « Quelle aubaine ! » criè-je en me frottant énergiquement les jambes.

Après m'être débarrassée des petits insectes, je repars en direction du chemin afin de terminer la boucle qui était indiquée sur le panneau. Le chien est toujours là, il court vers moi en remuant la queue et m'emboîte le pas. Nous sommes entourés par la verdure, la roche, l'eau et la terre, éléments qui accompagnent durablement cette randonnée. Je replonge dans un état méditatif et, à l'écoute du moindre son, je ressens l'air chaud au milieu de ma poitrine, je décèle les chants murmurés des oiseaux, remarque les insectes qui volent autour de moi, observe les fleurs avec attention… Mon corps tout entier semble en éveil et sensible au moindre détail. Je souris, absorbée par le moment.

Arrivés à un embranchement, nous sommes bloqués par la végétation. Le labrador s'arrête de manière suspicieuse et rebrousse chemin. J'inspecte les lieux et regarde entre les feuilles des arbustes. La flore est dense, c'est compliqué de passer. J'écoute mon intuition et fais demi-tour. Tant pis, je ne parcourrai pas la randonnée en entier, j'opte pour la sécurité et suis à nouveau mon guide animal durant une heure. Soudainement, arrivé à l'endroit où je l'ai rencontré, il disparaît sans que je m'en aperçoive… Sa compagnie me laisse perplexe. *Peut-être est-il habitué à emmener les touristes en balade afin de veiller sur eux…*

Je reviens vers le van, épuisée par cette excursion physique et éprouvante à cause de la chaleur et, probablement, de toutes mes connexions avec l'environnement. J'enlève la cabine de douche de sa housse de protection, les arceaux se déplient et étendent la structure. Je l'oriente face à la mer et installe la douche solaire à pression d'une capacité de dix litres. J'ôte mes vêtements et m'insère à l'intérieur de la cabine, dont le tissu est occultant. En appuyant sur le pommeau, l'eau douce commence à couler. Je retire toutes les traces de transpiration et de poussière fixées sur ma peau. J'admire la vue tout en me frottant vigoureusement le corps avec un savon naturel. Un court instant, je songe à fermer la cabine pour éviter qu'un éventuel passant ne me voie nue... J'abandonne rapidement l'idée, le lieu est désert et je suis bien comme ça. Ce moment me procure un profond soulagement et un intense moment de bien-être.

Le lendemain matin, les premiers rayons du soleil traversent les rideaux de l'habitacle. J'ouvre la porte arrière d'un grand mouvement de bras, respire l'air marin et flâne enroulée dans ma couette. Les cheveux ébouriffés, la fraîcheur saisit mon nez. Je remonte le drap en dessous de mon menton. Prise d'une envie de lecture, j'attrape mon roman et me plonge dans une nouvelle histoire le temps de quelques heures. Ce récit palpitant me transporte jusqu'au Tibet.

Il est déjà dix heures, je m'extirpe du lit pour prendre mon petit-déjeuner. Pendant que l'eau chauffe dans la casserole, je mets deux cuillères de café soluble dans une petite tasse en bambou. Je tâte les fruits et choisis une pêche bien molle, l'épluche puis la croque à pleines dents, son jus dégouline sur mes avant-bras. Je remue mon café et le bois face à la mer, les pieds dans l'herbe… Ce premier repas de la journée a un léger goût d'extraordinaire. La journée d'hier m'a laissé un sentiment inexprimable, une indescriptible sensation de sérénité qui m'habite depuis mon réveil.

Je range la table et la cabine de douche afin de restituer à la parcelle verte son apparence d'origine. Une fois au volant du van, j'ouvre la fenêtre et remercie intérieurement les lieux. Je sais que quelque chose de spécial s'est passé à cet endroit. Je démarre et rejoins le point de départ du sentier indiqué par la randonneuse hier. J'ai pris soin de noter toutes les informations qu'elle m'a données. En partant, je souris en voyant les brebis brouter dans un pré.

Cinq minutes plus tard, j'aperçois le pin sylvestre grâce à son long tronc dénudé. En redressant la tête, je vois sa cime orangée. Je roule jusqu'au parking en gravier vide, gare le van et mets un maillot de bain, un short, un débardeur et des chaussures de randonnée. Je m'engage sur le chemin escarpé.

Aujourd'hui, je suis remplie d'énergie. Mes jambes sont fortes et pleines d'entrain. Des grains de sable balayés par le vent forment une épaisse couche sur le sol. Arrivée en haut d'une falaise, je comprends qu'il faut descendre à la verticale durant cent mètres dans un tunnel d'environ deux mètres de diamètre, formé dans la roche et semi-ouvert sur la mer. J'emprunte une échelle en bois fixée entre les deux parois, disposée là pour faciliter la descente. Je pose un pied après l'autre sur les barres latérales, la mer et le vide sont dans mon dos. Plus je descends, plus je me sens excitée. Je n'ai pas peur. Je n'ai plus peur depuis le saut avec Oscar. Une fois en bas, je me tiens à une corde pour parcourir les derniers mètres qui me séparent de la plage. Le mélange de sable, de roche et de terre rend le chemin instable. J'assure mes appuis, me tiens fermement à la corde afin de ne pas tomber. Cette expédition me rappelle les quelques sorties en via ferrata.

En arrivant sur la plage, j'enlève mes chaussures. Dressée face à la mer, je respire l'air iodé qui me donne soudainement envie de me baigner. Je retire mes vêtements et me laisse happer par le bras de mer qui rentre dans la roche poreuse. En flottant sur le dos, le visage tourné vers le soleil, les gouttes sur ma peau sèchent instantanément. Je suis emportée, autant par les courants que par mes pensées. *Pourquoi les voyages nous rendent plus authentiques ? Serions-nous des êtres profondément libres... ?*

Je prends la plus grande inspiration possible et plonge mon corps tout entier dans les remous salés. En nageant, je sens la caresse de l'eau sur ma peau. Je contracte mes quadriceps et provoque de grandes impulsions avec mes jambes que j'accorde avec le mouvement de mes bras. En ouvrant les yeux, je vois un petit passage au milieu de la falaise, je l'emprunte habilement afin de ne pas m'égratigner. Essoufflée, je sors la tête de l'eau et arrive dans une sorte de grotte sous-marine, creusée dans le haut par un trou d'environ deux mètres de profondeur qui laisse entrer la clarté du jour. Je plonge pour admirer les fonds marins illuminés par ce puits de lumière. De minuscules crevettes grises occupent le sol deux mètres en dessous de moi. Je me demande si mon ombre les dérange et je repasse à travers le trou afin de sortir de la grotte. Le souffle me manque, je remonte à la surface puis confie mon corps à la mer, me laissant balloter par les courants... Les vagues me ramènent calmement vers la plage. Je pense aux apnéistes qui descendent dans les abysses des océans ; ces sportifs sont dotés d'une persévérance sans faille pour parvenir à rester aussi longtemps sous l'eau.

Je me dis que si cet endroit était accessible en voiture, il serait probablement moins beau. Les obstacles que dresse parfois la nature permettent à la faune et la flore de perdurer.

Sur le chemin du retour, la montée est de nouveau très glissante et le vide de la falaise sur ma gauche est impressionnant. Le vent de face me déséquilibre et le soleil de fin de journée m'éblouit. L'ascension s'avère plus difficile que la descente, l'inquiétude me gagne, je vacille de droite à gauche et mes pieds dérapent... Cette zone d'inconfort m'oblige à croire en moi. Je me parle à moi-même pour me stimuler et me rassurer, déterminée à gravir cette paroi rocheuse.

Une fois le danger surmonté, j'éprouve un sentiment de satisfaction, le cœur gai et le corps soulagé. Cette aventure marquera mon esprit et constituera un souvenir-clé de ce voyage... *Rien ne dure, tout est éphémère...* De retour au van, j'enlève mon maillot de bain mouillé et enfile une robe pourpre tissée dans le dos. Je me rends compte que je ne suis pas seule, mais en compagnie de mes nombreuses pensées. C'est potentiellement cela, la solitude... *Le voyage intérieur commence...*

Les remous des calanques

Les rencontres qui sont sur notre chemin ne sont pas un hasard, chacune d'elles est une source de bonheur et d'échange intense.

Marine Barnérias

Mon exploration de la crique nichée dans la falaise du cap Canaille m'a donné envie de revenir légèrement en arrière sur la route des Crêtes. Depuis trois jours, j'explore la côte ouest de Cassis, ce qui m'a décidée à parcourir les calanques depuis la mer.

Hier soir, alors que je flânais sur le port de Cassis, un homme jovial vêtu d'une chemise en toile de lin blanche m'a parlé avec enthousiasme de l'excursion qu'ils proposaient, lui et sa femme, sur leur voilier. Son intonation et sa gentillesse m'ont immédiatement séduite, alors, en accord avec mon désir d'aventure locale, j'ai réservé une place. Cet homme prénommé George m'a ensuite suggéré un restaurant sur l'esplanade, apparemment réputé pour son tian de légumes au thym. Son conseil était à la hauteur de mes espérances : non seulement le plat était délicieux, mais les serveurs se sont montrés très chaleureux. J'ai passé une soirée très agréable, empreinte de poésie, à admirer la vue sur la baie, l'ouïe bercée par le tintement des cordages sur les mâts des bateaux.

Il est dix heures, je marche en direction du port pour rejoindre mes compagnons de bord de la journée. Depuis quelques jours, je me sens de plus en plus légère. La joie m'anime davantage et les bienfaits du voyage sont de plus en plus palpables. Je souris à une passante qui me sourit en retour. Mon esprit philosophe.

Un sourire peut exprimer une multitude d'émotions... Un sourire destiné à une femme qui pleure dans le métro lui apporte la compassion dont elle a besoin après avoir appris une douloureuse nouvelle, comme le décès d'un ami, une rupture sentimentale ou un diagnostic médical. Celui qu'un membre du jury adresse à un candidat peut le rassurer et l'encourager afin d'atteindre ses objectifs. Les rires de deux amis dans une fête témoignent de la complicité qu'ils partagent... Le sourire d'un patient envers son thérapeute peut signifier toute la reconnaissance qu'il ressent envers le processus de soin. Celui adressé à un veuf lors de l'enterrement de la femme qu'il a aimée envoie du courage pour les sombres jours à venir... Le sourire d'une maman le jour du mariage de son enfant englobe toute la fierté et le chemin parcouru ensemble. Et ceux des amoureux, ardents, qui expriment un « je t'aime »... Un sourire fait autant de bien à celui qui l'envoie qu'à celui qui le reçoit. Un sourire sincère a le pouvoir de réveiller l'amour...

Mon arrivée sur le quai interrompt le fil de mes pensées. Une quinzaine de personnes attend devant l'embarcadère, je m'installe à l'arrière de la file. Quelques minutes plus tard, George me remarque :

– Bonjour ! Vous êtes bien la femme que j'ai croisée sur le port hier soir ?

– Exactement ! je réponds en relevant mes lunettes de soleil.

– Voulez-vous me rappeler votre prénom ? me lance le capitaine.

– Capucine !

– Bienvenue sur notre voilier, Capucine ! Nous allons vous faire patienter quelques minutes avant d'embarquer.

J'acquiesce d'un sourire suivi d'un clignement des yeux, éblouis par la lumière. Pendant que nous attendons les derniers passagers, je détaille la coque bleu roi traversée par un liseré blanc. Le voilier semble récent, le plancher brun n'est pas trop abîmé. George nous autorise à embarquer par l'arrière. Il hisse la voile blanche sous les cris des mouettes qui volent au-dessus d'un petit bateau de pêche en train de rentrer au port. Elles semblent avoir faim ! Assise à l'avant du bateau sur un gros coussin en tissu ciré, j'écoute George nous livrer toutes les informations importantes pour le bon déroulement de l'excursion.

Nous partons. La sortie du port me fascine : le bleu de l'eau mélangé au soleil éclatant donne à ce début de journée des teintes uniques. Une fois en pleine mer, j'observe tout ce qui se passe autour de moi. Les visages muets, déployés, réservés, timides ou extravagants traduisent l'émerveillement face aux rochers blancs des calanques qui se dressent sur la surface cristalline.

Les personnes qui m'entourent m'étaient, il y a une heure, encore inconnues ; désormais nous nous entraidons pour nous équiper de masques et de tubas afin de nous jeter dans la vie sous-marine. Une jeune femme plonge en même temps que moi, je déambule sous l'eau à ses côtés ; j'ignore son prénom, sa vie, mais nous partageons ce moment en toute simplicité. Il n'y a aucune barrière physique entre nous. À plusieurs reprises, elle me tapote l'épaule pour orienter mon regard vers des bancs de poissons de tailles et de formes variées. Nous communiquons avec un sourire ou un pouce levé, et remontons à la surface ensemble, comblées par ce moment.

Je m'étends ensuite à l'avant du voilier en maillot de bain. Ma peau salée encore mouillée brunit au soleil. Mes cheveux sont emmêlés et gouttent dans le bas de mon dos, tandis que ma langue effleure l'amertume déposée sur le coin de mes lèvres. La musique entraînante du bateau est entrecoupée de rires. Des boissons sont à disposition dans une glacière, je me sers un verre de jus d'ananas et me rafraîchis entourée de cette ambiance chaleureuse. Je propose un verre à la jeune femme, elle accepte gaiement, puis nous trinquons à nos découvertes subaquatiques.

George est un guide sympathique, soucieux du bien-être de ses clients. Lors du déjeuner, nous nous attablons sur les banquettes du bateau et dégustons la délicieuse salade grecque préparée par sa femme. Les vagues compliquent drôlement le trajet de la fourchette de l'assiette jusqu'au palais. Ce voilier est un lieu de rencontres. On apprend à se connaître sous la forme des banalités échangées lors des voyages : l'origine ou le lieu de résidence, la durée des vacances, l'itinéraire parcouru et celui à parcourir... Le métier et la classe sociale n'ont aucune importance, je ne ressens aucun jugement, chacun apprécie l'autre en fonction de ce qu'il est dans l'instant présent.

Alors que je tends mon assiette à George, cette atmosphère me rappelle le festival avec Noah et Zoé. Cette pensée me fait sourire. Après le repas, je m'assoupis un court moment. Mon corps et mon esprit s'évadent, puis je me réveille, remuée par les vagues générées par le bateau qui rentre au port. En me levant, je remercie la vie de m'avoir offert cette superbe journée.

De retour sur le sol ferme, je chausse mes tropéziennes et salue amicalement George, sa femme et mes coéquipiers. En tournant le dos au voilier, je regarde les passagers partir et poursuivre leur route. Je me retrouve alors seule sur le quai et ressens pour l'une des premières fois ce sentiment étrange d'abandon. Georges amarre le bateau et noue les longs cordages aux attaches… Je reste immobile un instant, tandis que des effluves de gaufre me parviennent.

J'opte pour un réconfort alimentaire et me dirige vers le stand, puis je commande un dessert avec de la pâte de spéculoos, une boule de glace à la vanille et de la chantilly. Cet endroit est le paradis des gourmands ! Le goût du biscuit belge me remémore soudain les mots de ma grand-mère : « Plutôt que d'être triste qu'une journée soit finie, il faut se réjouir de l'avoir vécue... » Nos aïeuls ont souvent raison, je ne comprends pas pourquoi ma nostalgie ne cesse d'accompagner ma joie. Une autre voix résonne dans mon esprit alors que j'avale une seconde bouchée : « Rien n'arrive par hasard ; tout a une signification, même les sentiments les plus obscurs… » Bily m'avait partagé sa vision quelques années plus tôt lors d'une conversation assez spirituelle. J'écoutais, intriguée, mais je manquais de maturité pour saisir son propos... Aujourd'hui, je comprends que lui aussi m'a ouvert le chemin.

Ce voyage me confronte à mes propres parties sombres et m'indique, de la plus belle des manières, le chemin à suivre… Je finis d'engloutir mon péché mignon qui me laisse des traces de crème sur les babines et me décide à rouvrir progressivement la porte à ces sentiments qui dorment en moi depuis si longtemps…

Le calme et la tempête

L'évidence était là : il me fallait désormais vivre au rythme de ce que la nature, les gens, le monde, pouvaient me donner librement, selon mes besoins et non mes désirs. Vivre heureux dans la simplicité la plus totale.

Benjamin Lesage

J'ai repris mon itinéraire sur la route des Crêtes et me trouve désormais en haut des falaises Soubeyranes, à une petite dizaine de kilomètres de La Ciotat. Un éclair illumine l'intérieur du van et me fait sursauter. J'entends le bruissement du vent dans les arbres. Inquiète, je glisse la tête sous le rideau et remarque de hautes vagues se dresser à la surface de la mer. Le ciel est noir et la pluie qui se déverse sur la carrosserie résonne de façon tonitruante. Les coups de tonnerre se rapprochent et les éclairs s'étendent de plus en plus dans l'atmosphère...

Il est une heure du matin, la lumière du jour reviendra seulement dans cinq heures. Je suis tétanisée et tremble de la tête aux pieds, même ma mâchoire grelotte. Mon esprit prend incontestablement le contrôle sur mon corps ; effrayée, personne n'est à mes côtés pour me calmer... Je vis cet isolement que j'appréhendais tant et me sens terriblement seule au milieu de la roche humide… *Comme un souvenir, une mémoire ancienne de la nuit en bivouac…*

Le moment que je redoutais est arrivé. J'aimerais redevenir une petite fille pour me nicher dans les bras de ma mère afin d'être rassurée en quelques secondes. Elle répétait que nous étions en sécurité grâce aux pneus de la voiture. Hélas, le fait d'être garée en dessous d'un arbre balaie ce réconfort d'un coup sec.

Dois-je démarrer le van et m'éloigner de l'orage ?

Moins lucide, de sombres pensées s'enchaînent dans mon esprit et m'empêchent de me rendormir. Je pense à Zoé. À l'instant même, j'aimerais entendre une voix rassurante, mais je m'interdis de la réveiller à cette heure-ci... Je me recroqueville sur moi-même, mets ma tête sous la couette et me bouche les oreilles avec les mains. Dans cette position, je ne verrai plus les éclairs et entendrai moins les grondements... Je me répète à voix basse que « ça va passer, ça va aller... », afin de me convaincre que je suis hors de danger. Les minutes semblent interminables...

La lumière de l'aube me réveille, l'orage est passé et j'ai fini par m'assoupir. Allongée, je ris nerveusement, fière d'avoir surmonté ma frousse. Jusqu'à présent, je considérais que ce sentiment angoissant était un frein dans ma progression. Finalement, je me rends compte que la peur m'aide à avancer... La solitude m'oblige à affronter mes angoisses et à prendre confiance en moi. *Je dois faire preuve de courage, apprendre et continuer de me découvrir...*

Je bâille et, plutôt que de stimuler mon corps avec de la caféine, je me recouche. Mes paupières deviennent rapidement lourdes, j'aime le temps de l'endormissement qui m'emporte entre deux mondes en l'espace de quelques secondes. Avant de tomber dans un sommeil profond, une pensée me vient : *Il est temps que je parte vers un nouvel endroit...* Cette semaine passée dans les calanques et au cœur des falaises qui dominent la route des Crêtes a été revigorante et enrichissante. J'ai désormais envie de rejoindre la Côte d'Azur.

Deux heures plus tard, je me lève en forme, décidée à continuer mon chemin jusqu'aux plages de galets et de sable de Saint-Raphaël, une destination qui a bercé une partie de mon enfance…

D'humeur joyeuse, je flâne dans la rue principale de cette ville fleurie de renoncules et de roses sous un ciel bleu limpide. Un peu plus loin, un amas de personnes sur le trottoir attire ma curiosité. En m'approchant, je vois les passants intrigués par un panneau d'affichage de presse sur le trottoir. Le quotidien titre : « Les dégâts de la tempête infernale anéantissent des milliers de Français. » Les papiers à sensation sont de plus en plus fréquents. Je garde donc toujours un peu de distance avec les gros titres, soucieuse de me renseigner par le biais de différentes sources. J'ignore si cela est juste – peut-être que beaucoup de personnes ont subi les conséquences de la tempête – ; dans tous les cas, je suis fière d'avoir vaincu les bourrasques seule dans mon van. Mêlée aux bavardages que j'écoute avec attention afin d'avoir plus d'informations, la sonnerie de mon téléphone retentit. Je l'extirpe de la poche extérieure de mon sac à dos et me réjouis de voir le visage de Zoé s'afficher.

– Zoé ! Comment vas-tu ? m'exclamè-je avec enthousiasme.

– Capucine…

Sa voix semble fébrile et agitée.

– Que se passe-t-il, Zoé ? Ton intonation m'inquiète...

– Oui… Tu as entendu les informations ?

– Un peu, oui…

– Cette nuit a été affreuse... Le vent s'engouffrait par les fenêtres et faisait claquer toutes les portes. Le bruit apocalyptique a même réveillé Noah, lui qui a le sommeil si profond…

Elle s'arrête un instant et ajoute :

– Puis nous avons regardé par la fenêtre.

Je l'assomme de questions tout en regardant les passants qui s'agitent.

– Qu'est-ce que vous avez vu ? La tempête ? Il y a des dégâts ? Comment vont les Paulette et Dragibus ?

– Le lac était houleux, il faisait noir, la lumière de la lune ne parvenait pas à transpercer l'épaisse couche de nuages... Nous avons seulement aperçu le rideau de pluie qui avançait rapidement sur le lac. Le vent propulsait les gouttes contre les fenêtres... L'ambiance était particulièrement effrayante.

– Comment vont mes animaux ? répètè-je, soucieuse.

– Eux, ils vont bien. Mais…

Elle s'interrompt pendant quelques secondes, contenant un sanglot.

– Zoé ! Dis-moi ! Pourquoi tu pleures ? Tu m'inquiètes…

Je m'engouffre dans une ruelle adjacente pour m'éloigner de l'agitation de la rue.

– Lorsque je suis allée sur la berge aux aurores pour voir les dégâts… dit-elle d'une voix tremblante. La famille cygne était regroupée sur la plage... et il en manquait un… Le bouleau s'est apparemment effondré sur eux et un des cygneaux n'a pas survécu.

Je reste silencieuse. Chamboulée, elle reprend :

– Je ne saurais pas dire pourquoi… mais la déchirure de cette famille m'a fait écho. Ils restaient tous là, autour du cygneau, en le remuant avec leur bec… C'était triste et cela m'a fait prendre conscience que les animaux ressentent autant que nous la douleur de la perte...

–Je suis désolée, je sais que tu étais très attachée à cette famille cygne, je réponds pour réconforter mon amie.

–Oui...

Je m'assois sur un banc face à la mer. La cadence de sa voix ralentit. Je mets mes lunettes de soleil et place mes cheveux à l'arrière de mes oreilles. Le vent balaie quelques mèches qui volent sur mon visage.

–Des tas de branches et de feuilles parsèment la plage et flottent encore à la surface de l'eau. Heureusement, le lac a retrouvé son calme et les oiseaux chantent. Nous avons déposé le petit cygne sur un buisson avec Noah… Le ciel est sombre, mais quelques parcelles de bleu apparaissent.

Je lui rappelle sa métaphore favorite :

–Le lac s'apaise, et toi aussi tu vas retrouver ton calme intérieur...

–En fait, j'ai la sensation que la scène à laquelle je viens d'assister n'était pas là par hasard… Les parents cygnes m'ont, comment dire, comme transmis un message... Tu comprends ?

–Oui, je crois…

–Même si mes parents biologiques m'ont abandonnée, ils ont probablement vécu ce même sentiment d'arrachement, cette douleur d'être séparés, eux aussi, de leur enfant...

Je saisis les raisons qui rendent cet événement impactant pour Zoé. Je l'écoute.

–Peut-être sont-ils décédés ou séparés aujourd'hui… ou qu'ils sont devenus parents, grands-parents...

–Tu crois que… tu aimerais les rencontrer pour le savoir ? osè-je lui demander en croisant les jambes, intriguée.

–Je ne sais pas... soupire-t-elle, déboussolée. J'appréhende ce que je pourrais découvrir...

Je ne réponds pas immédiatement et redoute de poser une question qui pourrait davantage la blesser. Elle ne prononce aucun mot, alors je me lance :

–Tu crois que tout ça pourrait être un signe… ? Qui te pousse à rencontrer tes parents biologiques... ?

–Peut-être... souffle-t-elle a priori soulagée.

J'avance à tâtons.

–Échanger avec eux par téléphone, courrier ou mail te ferait du bien ?

–Je pense oui, dit-elle sur un ton affirmatif, comme si la décision était déjà prise.

–Continue d'écouter ton cœur alors, sans te torturer l'esprit... lui conseillè-je avec philosophie en regardant les mouettes s'envoler vers le ciel.

–Tu as raison... Merci Capucine, d'être là, même à distance…

Sa remarque me touche.

–Avec plaisir, appelle-moi dès que tu en as besoin.

–Toi aussi, n'hésite pas… D'accord ?

–D'accord, promis !

–À bientôt, embrasse Noah de ma part.

–Ce sera fait ! À bientôt Capucine, raccroche-t-elle avec une voix plus enjouée.

Face à la Méditerranée, je touche le banc en bois brun qui soutient mes cuisses et profite du bruit des vagues qui se mélange au chant des mouettes. La quête de Zoé n'est pas terminée. Elle semble désormais avoir envie d'en savoir plus sur ses parents biologiques… J'imagine que son passé étant désormais connu, elle veut dorénavant découvrir le présent pour, peut-être, envisager un futur.

Mon estomac gargouille. Le réfrigérateur du van est vide

et j'opte exceptionnellement pour un déjeuner en terrasse quelque part, dans l'attente de me rendre au marché demain matin. Je m'engouffre dans une ruelle où les odeurs titillent mes récepteurs olfactifs, puis m'installe sous un parasol, dans la brasserie la moins chère possible. Je pose mes affaires sur la nappe à carreaux rouges et blancs. Un jeune serveur m'apporte la carte et me propose un plat composé de plusieurs saveurs et de fromage frais. Vérifiant que le prix reste abordable, j'accepte avec plaisir et passe me rafraîchir aux toilettes.

Dix minutes plus tard, je savoure des courgettes fondantes farcies à la feta. Mes papilles sont stimulées par le goût du thym qui contraste avec la douceur de l'huile d'olive. En buvant mon café, je sympathise avec le couple et leur jeune fille attablés à ma droite. Ils viennent de Floride et réalisent leur rêve : visiter la France. L'adolescente qui apprend le français à l'école est ravie de prononcer quelques mots. Dans leur langue, l'homme et la femme m'expliquent être séduits par la gastronomie française et épatés par la démarche de mon voyage. Cela semble leur rappeler leur jeunesse… Ils quittent le restaurant et me souhaitent un bon périple rempli d'aventures.

En allant payer l'addition, le serveur me dit qu'elle est déjà réglée. Face à mon incompréhension, il m'explique que ce sont les vacanciers américains qui ont payé mon repas. Surprise et particulièrement touchée, j'aimerais les remercier. Je quitte les lieux, souriante et reconnaissante envers ce petit cadeau de la vie. *La richesse n'est pas toujours là où on l'attend…*

En retournant vers le van, ce moment me rappelle un souvenir malaisien.

C'était dans un bar appelé *The Old Town White Coffee,*

endroit dans lequel le café glacé était le meilleur que j'aie jamais goûté. L'étroitesse de la pièce rendait l'ambiance unique. Des tables en bois très abîmées, entourées de chaises en plastique, étaient collées les unes aux autres et chacun s'asseyait là où il y avait de la place. C'est ainsi que j'avais bu mon café au lait concentré en compagnie d'une famille malaisienne. Ils ne parlaient ni anglais, ni français, et je ne comprenais pas le moindre de leurs mots, alors nous avons utilisé le langage universel : le corps. Nos bouches traduisaient la joie que nous ressentions. Nos yeux nos étonnements. Nos mains nos engouements. Nos poitrines nos émotions. Je me rappelle m'être dit que le corps était le langage du cœur... Lorsque j'étais allée régler mon café, le serveur m'avait également annoncé que tout avait été réglé. La générosité de cette famille, qui ne semblait pas avoir de grands moyens, m'avait marquée. Ils étaient peut-être peu aisés, mais ils possédaient autre chose : l'abondance.

Ces deux familles m'ont transmis, à des époques différentes, un même message : offrir sans aucune attente rend riche.

Un peu plus tard dans l'après-midi, alors que je suis étendue sur le lit les doigts de pieds en éventail, je regarde la carte du monde accrochée au plafond du van. Les partages que je rencontre sur ma route me montrent que nous avons tous quelque chose à transmettre. Je prends conscience que tous ces petits instants enrichissent ma vie de manière subtile.

Au contact des autres, je parcours des kilomètres...

La douceur de la plage

N'oubliez pas que la terre prend plaisir à sentir vos pieds nus et que les vents aspirent à jouer avec vos cheveux.

Khalil Gibran

En ouvrant la porte latérale du van, je suis immédiatement charmée par la hauteur des pins maritimes qui atteignent une quarantaine de mètres. Leur tronc est fin, dépourvu de branches, et des aiguilles garnissent leurs cimes. Ils rendent le paysage pittoresque. Je me hisse en dehors du lit, nue sous mon combishort rouge et me dirige pieds nus vers la mer. Le gravier est tiédi par le soleil matinal et le poids de mon corps sur le goudron me sort doucement de mon sommeil. À chaque pas, j'enfonce mes talons dans la pelouse parsemée d'épines séchées. J'entends le craquement des brindilles à chaque avancée. *J'aime sentir la plante de mes pieds sur le sol...* J'ai l'impression que mes jambes ne souhaitent plus s'arrêter et que mon corps s'harmonise au tempo de mon environnement... Je ressens la légèreté de mes jambes qui foulent le sol et la lourdeur qui pèse dans le creux de mes reins. Le buste droit, les épaules décontractées, j'étire le haut de mon corps en imaginant un fil qui m'élève vers le ciel. J'inspire la nature dans toutes mes cellules et j'écoute les roulements de l'écume dont l'odeur salée me chatouille le nez. Mon cœur bat lentement, je me lance et tourne sur moi-même au milieu de la plage désertique. Cette gaieté jaillit spontanément de mes profondeurs et me renvoie à la citation d'un livre : « Plus tu aimes la vie, plus elle t'aimera en retour. » Je le pense sincèrement : j'aime ma vie… *Qu'existe-t-il de plus positif que d'embrasser sa propre existence ?*

Je me sens chanceuse de ressentir cela et me demande combien de personnes le ressentent également. *Est-ce une illusion de la jeunesse de vouloir croire que l'on peut se créer une vie parfaite, une vie à la hauteur de nos espérances ?* Je n'ai pas encore de réponse à cette question, mais je cherche et il me semble que ce n'est pas une question d'âge…

Le voyage m'apprend à ralentir et à prendre le temps de vivre intensément chaque moment. « Toujours ici, jamais ailleurs… », avais-je lu dans un magazine bien-être. La lenteur me permet de me sentir plus sereine et de me connecter plus aisément à mes intuitions. Je m'assois sur une pierre ronde de couleur foncée et l'image d'une femme âgée épuisée me revient subitement... Je me questionne sur la provenance de ce souvenir et lui ouvre un accès vers mon présent.

J'étais au Cambodge, face au temple d'Angkor Wat, le plus grand monument religieux au monde dédié à Vishnou, un dieu de l'hindouisme. La journée avait commencé à trois heures du matin afin de découvrir l'architecture du lieu progressivement, sous la lumière du soleil levant. Au début, l'obscurité était complète, puis les rayons lumineux étaient apparus peu à peu derrière l'enceinte, dévoilant les cinq tours du temple. Les lueurs roses teintées d'un halo bleu changeaient d'une minute à l'autre et se confondaient ensuite dans des notes orange. Je n'avais jamais assisté à un tel spectacle... J'avais ressenti le même sentiment de béatitude que celui qui m'accompagne ce matin, le corps dénudé face à la mer. *C'est ce que je cherche dans le voyage...* Après avoir parcouru quarante kilomètres à vélo pour visiter la capitale khmère, je m'étais assise sur un muret face à Angkor Wat. Tout en détaillant les scènes sculptées dans le grès, j'imaginais l'époque où la douve était remplie d'eau et de crocodiles.

Ce lieu spirituel était bruyant, envahi par beaucoup de touristes... Derrière moi, des enfants cambodgiens habillés de vêtements usés et déchirés riaient aux éclats. Ils étaient pleins de vie, souriants, excités. Ils utilisaient leurs sandales pour tirer dans des boîtes de conserve qu'ils venaient de prendre dans une poubelle. C'était leur jeu de quilles. J'étais affligée et n'avais pas les mots pour expliquer à quel point cette scène était touchante, tant elle était triste et belle à la fois... Je me suis tout de suite interrogée : *Sont-ils si heureux qu'ils le paraissent ? Rêvent-ils d'une autre vie ? Aiment-ils leur vie ?* Ces questions étaient restées en suspens. Nous ne pouvons jamais nous mettre à la place des autres.

À quelques mètres de là où j'étais assise, des enfants aveugles mendiaient de l'eau aux touristes. Je m'étais sentie extrêmement embarrassée d'avoir le luxe de payer quatre-vingt-dix euros l'entrée au domaine alors que des enfants manquaient d'eau, un élément vital, soixante-dix pour cent de ce qui nous constitue... Je semblais avoir tout, et eux rien. La joie récoltée tout au long de la journée s'était peu à peu transformée en impuissance face aux inégalités sociales qui nous séparaient.

J'allais partir quand, à ma gauche, une vieille dame très amaigrie, dont le dos était voûté et les habits décousus, s'assit sur le muret. Elle semblait fragilisée et meurtrie par des années de travail. Elle tenait dans une main un sac transparent rempli d'effets personnels, peut-être tout le contenu matériel d'une vie... Elle paraissait exténuée et je voulais lui apporter mon soutien, alors j'ai marché vers elle et ai posé ma main sur sa frêle épaule en effectuant une légère pression pour ne pas lui faire mal. Elle m'avait rendu un large sourire dépourvu de dents et avait cligné d'un œil, l'autre paupière étant close. Je lui avais souri à mon tour, en essayant de lui transmettre un peu de réconfort, puis j'étais retournée m'asseoir. Elle vacillait et avait fini par s'allonger. Restée immobile pendant une heure sur ce muret, j'ai supposé qu'elle passait ses derniers instants de vie face au temple de Vishnou... *Peut-être venait-elle mourir dans le grouillement et l'agitation du monde, ou se recueillir avant un long voyage au pied d'un lieu important pour elle… ?* J'étais abattue et confrontée à nos propres limites, à nous, êtres humains… Je pleurais face à la misère de cette femme.

Depuis ce jour, j'apprécie chaque moment où je m'assois sur une pierre, une bûche, un banc de gare, dans l'herbe, un parc, le sable, une rue… J'observe les gens, décrypte leur langage non verbal et découvre qu'il révèle souvent beaucoup de choses. J'essaie de ne jamais tomber dans le jugement et me souviens de cette vieille dame assise, puis allongée, qui s'est probablement éteinte ce jour-là, en me faisant comprendre que la mort faisait indéniablement partie de la vie. J'avais la chance de vivre, alors profiter de chaque moment intensément était devenu un de mes objectifs. Tant que je suis ici, sur cette Terre, je veux observer, découvrir et apprendre. C'est ce qui m'anime et me motive.

Une heure est passée. Je me lève de la grosse pierre, me dirige vers la mer et plonge rapidement dans l'eau sans me déshabiller. En flottant, étendue à la surface de l'eau, je pense aux nombreuses discussions que j'ai eues avec Zoé et à ses mots qui m'ont aidée à franchir le pas. Je lui envoie un énième remerciement en direction du ciel, en espérant qu'il lui parvienne. Je ne me lasse pas d'exprimer ma gratitude tout au long de la journée, que ce soit envers la nature, un sourire, une parole, un cadeau, un moment, le soleil, la pluie, un geste, un repas... J'essaie de parcourir le monde dans la conscience permanente d'être vivante. C'est aussi ce que m'a appris cette vieille dame…

Je fais quelques brasses, la tête à l'extérieur et le corps immergé dans l'eau salée, puis sors de l'eau, en équilibre sur les galets. Mon combishort dégouline sur mes jambes et jusque sous mes pieds, dessinant mes empreintes sur le chemin du retour vers le van. Je me sèche avec une grande serviette et prends les premiers habits au-dessus de ma pile de linge, puis je me tresse les cheveux, me brosse les dents et décide d'appeler Noah et Zoé. J'aimerais connaître la suite du questionnement de cette dernière sur la prise de contact avec ses parents biologiques.

J'allume mon téléphone, m'assois en tailleur à l'ombre d'un pin et écoute la tonalité sonner. Noah décroche :

–Salut, Capucine ! Quelle coïncidence…

–Salut, Noah ! Comment vas-tu ? Pourquoi quelle coïncidence ?!

L'entrée en matière de Noah me laisse présager un événement inattendu.

–Capu, je vais très bien merci, mais figure-toi que nous sommes en ce moment même avec quelqu'un que tu connais…

Tu devines qui c'est ?

Mes yeux balaient le paysage, cherchant la réponse à sa question. Il n'y a pas beaucoup de personnes que nous connaissons tous les trois.

–Je ne sais pas... Mes amis de Morzine ?

–Non, un homme qui n'est pas d'ici… rétorque-t-il d'un air malicieux.

Il suscite ma curiosité :

–Euh… Je ne sais pas. Dis-moi, s'il te plaît !

–Je te donne un indice… Il aime les animaux, comme toi… A aussi un gîte, comme toi… Puis il aime pêch…

–Oscar ?!

–Oui, nous sommes avec Oscar !

–Quoi ? Mais c'est incroyable ! Que fait-il là ?!

–Eh bien… Je vais te le passer, il te l'expliquera lui-même.

Noah donne le téléphone, j'entends la voix de mon ami ardéchois.

–Salut, Capucine ! Toujours sur les routes ?

–Oscar ! Je suis ravie de t'entendre… Oui, je suis toujours en voyage ! Et toi alors, que fais-tu au Léman ?

–Eh bien, tes descriptions de la Haute-Savoie m'ont vraiment donné envie de venir, rigole-t-il d'un ton léger.

–J'en suis ravie ! Mais tu savais que je ne serais pas là, n'est-ce pas ?

–Oui, oui, ne t'inquiète pas…

–Tu es là pendant combien de temps ?

–J'ai pu me libérer trois jours pendant qu'un de mes amis, qui était à la soirée où tu es venue, s'occupe de mes animaux… Dommage que tu ne sois pas là, mais je reviendrai !

–Ça me fera plaisir de te faire visiter mon environnement comme tu l'as fait pour moi…

– Je voulais également venir voir ta yourte, je me renseigne sur différents types d'habitats…

– C'est vrai ? Et alors, t'en penses quoi ?

– J'aime beaucoup, je réfléchis à plusieurs options…

Son idée me fait sourire. J'imagine tout à fait des yourtes sur le terrain d'Oscar.

– Noah et Zoé s'occupent bien de toi ?

– Oui, ils sont adorables ! Je suis heureux d'avoir échangé quelques mots avec toi, Capucine… Prends soin de toi. À bientôt !

Je salue Oscar et entends la voix de Noah :

– Il est super sympa, ton ami ! Il nous a raconté tous les bons moments que vous aviez passés en Ardèche…

– Oui, c'est vraiment super qu'il soit venu vous rendre visite.

– Avec Zoé, nous l'avons emmené dans un de nos endroits favoris, dit-il fièrement.

Je suis heureuse de savoir qu'ils font, à leur tour, découvrir la Haute-Savoie. La boucle est bouclée et tout se passe encore mieux que dans mes rêves… Noah et Zoé semblent être de parfaits guides, comme je l'avais présumé. Des rayons s'infiltrent à travers les branches du pin, j'attrape mon chapeau et me protège la tête.

– Vous avez l'air de remplir votre tâche à merveille !

– Oui, on est bien ici, Capu…

Je sens Noah ému. Je le suis également. Avec Zoé, les mots viennent combler tous nos désirs, alors qu'avec Noah, c'est le silence entre les mots qui transmet nos émotions.

– Et toi, comment ça se passe ? Toujours assoiffée de quête ?

Son expression me fait sourire.

– Oui, toujours… Je suis à Saint-Raphaël. Après l'Ardèche, j'ai passé une semaine dans les environs de Cassis, j'ai découvert les calanques et la route des Crêtes. C'était magnifique.

– Tu sillonnes les routes du Sud de la France alors ?

– Oui, et je pense me diriger vers l'Italie. Cette vie de nomade me rend… libre comme l'air… Tu me connais !

– Oui, je te connais, et ça te va tellement bien. Profite Capu, tout va bien ici, on prend soin de tout.

Ses mots me touchent. Avant de raccrocher, je lui demande des nouvelles de Zoé :

– Et Zoé… Comment se porte-t-elle ?

– Elle va très bien. Je ne peux pas te la passer, car elle est en train de s'occuper des bêtes. Hier, elle a cuisiné un flan pâtissier avec les œufs des Paulette et c'était le meilleur qu'elle ait jamais fait, ajoute-t-il enjoué.

– Super.

– Oui ! Nous nous épanouissons ici... J'ai toujours trouvé étrange que les gens pensent que le bonheur embellit, mais j'ai changé d'avis en voyant ma jolie Zoé... Elle est fascinante... Chaque jour elle adoucit ses peines auprès de la nature... Elle passe son temps à l'observer et médite pendant des heures.

Un petit sourire se dessine au coin de ma bouche, je suis touchée qu'il se livre à moi.

– Elle doit songer aux événements passés et à venir...

– Peut-être… Je me languis du jour où elle…

Notre conversation s'interrompt brutalement. Je regarde l'écran, l'appel téléphonique est terminé. Je décroise les jambes et essaie de le rappeler, mais je n'ai plus de réseau. J'aimerais connaître la fin de la phrase de Noah.

Je me languis, moi aussi, du jour où…

Le plaisir est dans l'attente.

Les eaux profondes

Destin et destination possèdent la même racine : l'un sera mon voyage vers l'autre.

Sarah Gysler

Comme annoncé à Noah hier au téléphone, je prends la direction de l'Italie. J'emprunte la route de la corniche d'Or qui traverse le massif de l'Estérel et relie Saint-Raphaël à Cannes. À l'exception de quelques cyclistes et joggeurs, je suis seule et la quiétude règne sur cette route habituellement très fréquentée. Je suis séduite par la rhyolite, la roche porphyrique de couleur rouge qui donne à la côte de l'Estérel tout son charme.

Subitement, je ressens l'envie de monter sur un sommet pour surplomber la baie. J'imagine que la vue est époustouflante. Je gare le van sur le premier parking à ma droite, enlève mes tongs, enfile mes baskets, prends mon sac à dos, de l'eau, puis m'oriente sur le sentier grâce à la carte de randonnée permettant d'atteindre le pic de l'Ours. Je débute l'ascension sur un chemin rocailleux bordé de colossaux pins maritimes d'une trentaine de mètres qui font de l'ombre aux pins parasols, pourtant de la même essence. Le sol est aride et les ruisseaux sont asséchés. Par peur de croiser un serpent, je tape des mains et me rassure en me disant que les vibrations de mes pas les feront fuir. Ma crainte s'évapore lorsqu'un papillon multicolore tournoie devant moi sur plusieurs mètres. Je le regarde s'envoler vers le ciel dépourvu de nuages.

Peut-être qu'il vient de quitter sa chrysalide...

J'entends les roulements des cailloux sous mes pas, le chant lyrique des criquets et l'accélération de ma respiration. Je suis encerclée par d'imposantes montagnes rocheuses habillées de conifères. Pendant les deux heures durant lesquelles j'accède au sommet, j'ai l'impression qu'une transformation a lieu. Je deviens de plus en plus sensible aux formes de vie qui m'entourent et mon corps ne cesse de s'imprégner des stimuli de mon environnement.

Arrivée au pic, les plus hauts sommets du Mercantour se dévoilent aux côtés du massif de l'Estérel, suivi par la baie de Saint-Raphaël et le golfe de Saint-Tropez. Le vert foncé des arbres contraste avec le bleu azur de la mer et le rouge ocré de la roche. Mes yeux ne s'arrêtent sur aucun détail, tellement l'horizon est large. En contemplant l'eau, source intarissable de mouvements, une sensation étrange me traverse. Mon buste tangue sous le regard des vagues, comme si mes propres eaux intérieures remuaient... J'ai un sentiment d'immédiateté, l'intuition qu'il me faut rejoindre la mer.

Je m'empresse de redescendre, je marche vite puis trottine les genoux fléchis pour amortir les chocs, je glisse sur les cailloux en gardant l'équilibre et au bout d'une heure de descente physique, je retrouve le van sans égratignures. Je m'installe au volant, emportée par un besoin de rouler, d'avancer... Une pulsion émerge de mon intérieur : nager.

Le soleil est désormais à son zénith. La sueur dégagée

par l'activité de la randonnée humidifie mon dos qui se colle contre le siège, je me trémousse pour l'aérer. La fenêtre est ouverte, mais cela nc suffit pas. Je regarde furtivement à droite et observe la mer en contrebas. J'espère trouver un accès. J'arrête le van dans le renfoncement d'un arbre, le ferme à clé puis cache celle-ci sous la roue. J'enjambe la barrière de sécurité en béton et me fraie un passage entre les buissons. Des branches abîment ma peau, mais je n'y prête pas attention. Je n'ai aucune visibilité pendant dix minutes, jusqu'à ce que j'entrevoie une crique dépeuplée. J'enlève mon short en tissu, mon débardeur à bretelles, mes chaussures et plonge dans les vagues.

Je flotte les bras et les jambes écartés, les yeux dirigés vers le ciel. Les vagues font danser mon corps. Je retrouve les sensations relaxantes d'une baignade, tous mes muscles se détendent. Mes fluides corporels se mêlent aux courants de la Méditerranée. J'écoute mes grésillements internes et plonge mon visage sous la surface fraîche pour déambuler entre les rochers. Je remarque une famille de poissons qui picore de fines algues. Les considérer me rappelle que nous sommes parfois éloignés de nos besoins primaires, alors qu'ils sont en fait les plus essentiels. Je remonte à la surface, me laissant guider par mon besoin d'oxygène, puis je replonge dans les eaux profondes…

Une boule se forme soudainement dans le fond de ma gorge, comme celle ressentie en haut de la crête avant de quitter la Haute-Savoie. Je crie, immergée, formant d'énormes bulles sous l'eau. Un poisson arc-en-ciel nage devant moi et me ramène à la symbolique du papillon. Lorsque je remonte à la surface, des larmes sortent par vagues. Je laisse mes émotions s'évacuer et bats des pieds pour ne pas couler. Je ressens la puissance de mon corps, tout en étant envahie par le souvenir de le savoir meurtri… J'ai traversé l'incompréhension, la tristesse, le déni, la colère et la longue impatience. Je les sens à nouveau, ces blessures, les vraies, les insoutenables qui s'enfoncent durablement dans la chair, comme si un couteau ne pouvait s'empêcher de tourner à l'intérieur de moi. Je crie à nouveau sous la surface et laisse ma douleur s'exprimer. Mes membres bougent intuitivement, je nage en direction du bord.

Je crois que je commence à déterrer une de mes fameuses mauvaises herbes...

J'ai vécu des journées interminables, sombres, sans soleil, génératrices de frustration... Finalement, je remercie la vie d'avoir mis sur ma route des montagnes aussi hautes et dures à franchir. J'atteins un rocher sur lequel je prends appui pour m'extirper de l'eau. Tout mon corps semble pleurer. La roche me pique la plante du pied droit, mais je ne m'y attarde pas et m'assois sur la crique toujours déserte.

Ainsi, dès le départ, la vie m'a appris qu'elle ne serait pas toujours douce et facile. J'ai dû me faire rapidement à l'idée qu'il fallait profiter de chaque moment, car nous ne connaissons jamais l'histoire qui va s'écrire… Je sais désormais ce que *vivre* signifie pour moi : voyager, apprendre, découvrir, marcher, rire, être libre...

Je commence à m'exprimer à voix haute, en accord avec l'intensité que cette révélation représente pour moi : « Vivre trois fois plus pour rattraper les jours tristes ! Tout ça, c'est le voyage qui me le procure ! Le voyage, c'est la vie... Le voyage, c'est ma vie... Je crois que c'est tout ce que je veux : une vie de voyages… »

Mes larmes floutent ma vision et coulent sur le coin de mes lèvres. Elles sont un mélange de tristesse et d'aveu. J'imagine qu'elles arrosent mes *mauvaises herbes*, qui ont poussé à une vitesse fulgurante sans jamais avoir besoin d'engrais. Elles m'ont tellement plongée dans l'obscurité durant une période de ma vie qu'elles ont ensuite engendré un énorme besoin de liberté. Je sais qu'elles ne sont pas coupées. Elles sont là, je les sens chaque jour.

Il y a une dizaine d'années, elles ont commencé à faner et ont momentanément arrêté leur croissance. Malheureusement, mon corps garde la trace de leur passage. Seul mon esprit peut décider de les déterrer.

Mes paysages intérieurs commencent à être explorés… je souris, attendrie par l'amour que je ressens à ce moment envers mes fragilités.

Je me concentre sur ma respiration. J'arrive désormais à percevoir le positif de cette expérience grâce aux personnes qui m'ont entourée. Mes proches n'ont jamais cessé d'avoir de l'espoir et de me soutenir autant physiquement que moralement pour gravir mes propres montagnes. J'ignore d'où ils ont puisé cette force inestimable pour me porter...

L'amour, sans doute... Toujours et encore l'amour…

Il nous donne la force de nous détourner de nos propres besoins pendant des jours, des mois, des années, pour se consacrer au bonheur d'une personne aimée, pour la soutenir, l'accompagner. Je prends conscience que l'amitié est une forme pure d'amour, qui n'attend que très peu en retour. L'empathie que j'avais ressentie pour Zoé et son histoire, dès notre rencontre, traduit à merveille ce sentiment.

Ces montagnes que j'ai rencontrées trop tôt sont finalement des cadeaux pour une vie meilleure…

Je contemple quelques minutes les éclaboussures des vagues qui déferlent sur les rochers, puis je me lève et remercie cet endroit pour l'introspection qu'il a déclenchée en moi.

« Merci la vie, la nature ; merci aux personnes que j'aime ; merci à mon corps, ma tête, mon cœur, mes yeux et mes poumons ! », crié-je avec toute l'intensité qui bouillonnait alors en moi.

La musique italienne

La vie est généreuse et indulgente. En revanche, d'autres minutes sont uniques, offertes une seule fois. Elles sont parfois étincelantes, parfois affreusement sinistres. [...] C'est pourquoi il faut leur accorder notre attention pleine et entière.

Antoine Paje

Des airs italiens résonnent dans le van et me projettent, à l'approche de la frontière, dans l'ambiance de ce pays à la culture latine. Je profite des perspectives que m'offre la vue. Sur le côté gauche, des cactus se dressent sur les roches, des feuilles de palmiers passent entre celles, plus épaisses, des bananiers et des fleurs de bougainvilliers, délicates comme de la soie, apportent une touche très colorée. Cet arbuste égaye le paysage boisé et chatoyant de la Côte d'Azur. Sur ma droite rayonne la Méditerranée. Je regarde dans le rétroviseur, ma chaîne des cœurs qui ne cesse d'être brinquebalée au fil de mon voyage continue de s'embellir.

La vie tente toujours de s'adapter à son environnement...

Un homme bronzé, le crâne recouvert d'une casquette kaki, est debout sur la chaussée, le pouce levé. Il interrompt ma pensée. Je ralentis en arrivant à sa hauteur. Cet auto-stoppeur porte un sac de voyage sur l'épaule droite et un autre de forme étrange sur la gauche. Son large sourire m'interpelle, il semble inoffensif. Je mets le clignotant pour indiquer que je m'arrête sur le bas-côté, puis me penche pour lui ouvrir la portière droite. Je lui demande sa destination :

–Bonjour ! Où vas-tu ?

–Italia ! rétorque-t-il d'une voix chantante.

–C'est aussi ma destination, tu peux monter si tu veux ! proposè-je en baissant le volume de la musique. Tu peux mettre ton bagage derrière afin d'avoir plus d'espace pour tes jambes.

Manifestement très content que j'accepte de l'emmener, il jette son sac à dos et une housse noire à l'arrière du van. Sa chemise rayée et froissée, légèrement déboutonnée, me laisse entrapercevoir quelques poils de son torse. J'attends qu'il ait attaché sa ceinture pour démarrer.

–Je m'appelle Luis, je viens du Costa Rica, se présente-il avec un accent espagnol.

–Enchantée, Luis, moi c'est Capucine !

–Gracias de partager ta route avec moi…

–Ça me fait toujours plaisir de prendre des auto-stoppeurs, je faisais aussi du stop quand je voyageais sans le van.

–Porque ?

–Disons que j'avais la bougeotte et que je ne supportais pas de prendre le bus...

–Ah… Une alma libre… !

Sa réflexion me surprend positivement et me donne envie de parler.

–Je crois, oui... J'ai commencé à faire du stop avec une copine puis, une fois habituée, j'en ai fait seule ! Je prenais toujours beaucoup de plaisir à discuter avec la personne qui m'emmenait, ça me donnait accès à de nouveaux horizons... C'est vrai, quand on est dans un espace clos pendant des heures avec quelqu'un, on parle de choses que l'on n'aborderait pas autrement ! J'ai échangé avec une chanteuse d'opéra, un peintre, une étudiante aux Beaux-Arts, et j'ai aussi découvert des métiers, comme celui de *video-maker* ! J'ai débattu sur différents thèmes de médecine avec une infirmière et un chercheur en biologie… Un instructeur de plongée et un skippeur m'ont raconté leur voyage aux Philippines… Un professeur de philosophie m'a conté son amour pour le siècle des Lumières… Bref, je trouve ce mode de transport propice aux échanges et aux rencontres ! Et toi, tu voyages seul depuis combien de temps ?

– J'étais en Asia pendant six mois et je viens de passer dix jours sur la riviera francesa. C'était precioso !

Je suis charmée par son intonation rythmée par des vocalises hautes et basses, mais certains mots m'échappent.

– Precioso ? Tu veux dire que c'était précieux ?!

Il objecte d'un geste horizontal de la main :

– Non ! Non ! Beau ! C'est trop beau !

Je ris en réponse, puis il reprend en me regardant :

– Il y a six mois, j'ai décidé de réaliser mon rêve et de faire le tour del mundo !

– Génial, raconte-moi !

Je lui adresse de rapides coups d'œil afin de ne pas dévier de la nationale.

– J'avais peu d'argent comparé à ce que coûte un tour del mundo, alors j'ai réalisé mi sueño, mon rêve, en respectant la condición de prendre l'avion uniquement pour passer d'un continente al otro !

Ses yeux sombres ne me laissent pas insensible... Je suis enthousiaste à l'idée de passer les prochaines heures avec lui.

– Très bonne idée…

–En six mois, j'ai pris que deux fois l'avion, du Costa Rica au Vietnam et du Vietnam à la Francia !

Sa façon de prononcer les syllabes françaises avec l'accent espagnol est irrésistible... Il m'explique que cette façon de voyager lui permet de se sentir plus proche des locaux.

–Elle est super ta mapa del mundo au plafond, dit-il en regardant à l'arrière du van.

En scrutant son reflet dans le rétroviseur intérieur, je distingue des écussons cousus sur son bagage.

–Je te remercie, je l'aime bien aussi ! Qu'est-ce qu'il y a sur ton sac à dos ?!

Alors qu'il pointe son sac du doigt, j'aperçois la finesse de sa main et son poignet entouré de bracelets colorés.

–J'ai cousu les drapeaux des paeís que j'ai visités ! Ta maison roule et ma casa à moi, c'est mon sac à dos !

Il semble libre et rempli de vie. J'aime l'énergie qu'il dégage.

–J'adore l'idée, validè-je en dodelinant de la tête. Tu me racontes quelques anecdotes ?

–Claro que si ! Je me rappelle, une fois j'avais pris un train de nuit pour traverser la Thaïlande et el controlador m'avait réveillé en criant « wake up ! », dit-il en poussant un cri strident.

Je m'esclaffe, il continue :

–Une autre nuit, le chauffeur d'un bus couchettes n'a pas cessé de klaxonner toda la noche ! Ah… J'ai voyagé sur le toit d'un bus aussi !

–Quoi, sur le toit d'un bus ?! C'est dangereux, je réponds interloquée.

–Il n'y avait que quinze places dans le bus et nous étions vingt-cinq à vouloir monter, alors dix d'entre nous ont fait le trajet sur le toit. C'est banal en Asia…

Il m'amuse et j'ai rarement vu un sourire aussi sincère que le sien.

–También, sur un scooter à trois, avec deux poules, mon bagage et mi guitarra !

Je détourne quelques secondes les yeux de la route et remarque ses expressions corporelles. Il replie les coudes en mettant les mains sous ses aisselles et fait des mouvements latéraux tout en caquetant. Il parle autant avec son corps qu'avec sa voix.

–Tu es un très bon comédien, ironisè-je en riant.

–Espera, espera… Il y a aussi les bicicletas où les pédales se cassent quand tu pédales… Les noches à la bella étoile dans un hamac accroché sur le pont d'un ferry… ajoute-t-il en mettant ses mains derrière la tête, de manière fantaisiste.

Il mêle l'espagnol et le français dans toutes ses phrases. Sa voix m'envoûte, je crois que je pourrais l'écouter pendant des heures.

–J'adore cette chanson ! s'enthousiasme-t-il en entendant une musique de la playlist italienne que j'ai faite pour mon trajet.

J'augmente le son, il tape des mains et me transmet sa spontanéité. J'ose chanter, libérée de tous les complexes qui m'habitent en temps normal et balance mon buste de droite à gauche.

–C'est une guitare dans ta housse ?

–Si, c'est mon acolyte de viaje ! Me gusta la guitarra, avec elle je peux parler avec les voyageurs de toute la tierra…

–J'aimerais beaucoup t'entendre jouer une musique costaricienne...

–Vale, después !

Il m'intrigue, j'ai l'intuition que nous avons des choses à vivre ensemble. Je lui demande :

–Tu vas où exactement en Italie ?

–Dónde la vie me mènera...

J'écoute mon instinct et ose lui proposer avec audace :

–Je pense aller en Toscane… Tu veux venir avec moi ?

Ses yeux s'accordent au sourire qui s'étend largement sur ses lèvres.

–Si ! Excellente idée, Capucine ! s'exclame-t-il avec euphorie.

Il me fixe alors intensément... Je n'écarte pas les yeux de la route, mais je sens son regard sur moi. Une atmosphère particulière envahit l'avant du van et quelque chose remue dans mon ventre…

La rencontre à elle seule est un voyage.

Une histoire de frontières...

Qui regarde à l'extérieur rêve. Qui regarde à l'intérieur s'éveille.

Carl Gustav Jung

Nous roulons sur une route bordée par des arbustes taillés et crions de joie en entrant dans ce nouveau pays, l'Italie. En traversant plusieurs ponts qui relient de grandes falaises entre elles et sur lesquelles sont nichées des maisons colorées, je me souviens des photographies des villages typiques de la péninsule… *J'y suis... Mon rêve continue de se réaliser !*

Les tunnels transpercent la roche et nous offrent à chaque sortie la surprise d'une vue différente.

Le trajet passe à une vitesse vertigineuse et nos conversations sont toujours aussi fluides... Je suis comblée d'être accompagnée de Luis. Je lui parle sans crainte, son ouverture et sa tolérance m'inspirent totalement confiance.

En fin de journée, nous choisissons de passer la nuit en Toscane et garons le van au milieu d'un vignoble, à la lisière d'une forêt. Pendant que je range quelques affaires, Luis part en courant à travers les vignes ; je l'observe intriguée, puis il disparaît de mon champ de vision. Je l'entends soudain émettre des bruitages. Pendant dix minutes, je me joins à lui et retrouve la légèreté de mon âme d'enfant, en jouant à cache-cache entre les feuilles, comme si l'insouciance ne s'était jamais volatilisée. Alors que le crépuscule approche, nous ramassons des branches pour allumer un feu et réchauffer ainsi la fraîcheur de l'air.

À la nuit tombée, nous nous asseyons sur la pelouse autour des flammes qui illuminent nos visages. Le brasier est la seule source de lumière avec les lampions qui éclairent fébrilement l'intérieur du van. Luis est étrangement calme.

–Je veux que la naturaleza soit mon lieu de vida principal… me confie-t-il en attisant le feu.

Cette part de lui, aspirant à une vie en lien avec la nature, retentit immédiatement en moi. Il attrape sa guitare à bout de bras.

–Je te joue des canciones costarricenses ?

–Oui ! J'ai vraiment envie de découvrir… dis-je tranquillement.

La guitare couvre les crépitements du bois qui brûle. Luis joue une musique douce, puis accélère le tempo en faisant gratter ses doigts de plus en plus vite sur les cordes. Sa nuque se balance, il ferme ses paupières et semble s'envoler vers un autre monde. Je le regarde avec admiration, je ressens sa musique... Un sourire gracieux envahit son visage qui s'élève vers les étoiles. Je suis charmée, déstabilisée.

Ce moment a une sonorité unique... Comme le point culminant de mon voyage…

Je l'accompagne en tapant des mains et en faisant tourner mes poignets. Il plonge ses yeux sombres dans les miens. Ce regard suffit et me donne l'impression que nous sommes irrémédiablement connectés. Une osmose est palpable, quelque chose se diffuse entre nous. Les vibrations dans mon ventre retentissent... J'aime l'amplitude de cette sensation qui me laisse perplexe.

Luis enchaîne trois chansons qui me font voyager jusqu'au Costa Rica depuis l'Italie.

– Tu chantes avec moi des canciónes francesas ?

– Oh non... je ne sais pas chanter... Continue... c'est tellement beau... bredouillè-je.

Il n'insiste pas et reprend avec une de ses musiques préférées. Je l'écoute attentivement et me surprends à fredonner. Instinctivement, je libère ma voix. Je chante de plus en plus fort en adaptant harmonieusement les mouvements de ma poitrine. Mon sourire semble devenir aussi grand que le sien, c'est en tout cas ce que j'imagine… Le rythme s'accélère et je danse pieds nus dans l'herbe humide, éclairée par les étincelles. Il me rejoint. Nous jetons nos paroles et nos corps dans l'obscurité, perdus dans l'immensité des vignes.

Après avoir mangé, nous discutons autour du feu jusqu'au milieu de la nuit. Lorsque Luis parle de lui, j'ai l'impression qu'il parle de moi, comme si nos existences entraient en résonnance… Je me sens déconnectée de tout et j'aime découvrir le moindre détail de sa personnalité. D'intenses émotions me prennent aux tripes. Sa voix, son sourire et ses yeux ardents dégagent une énergie qui met mes organes en effervescence…

Je redoute le fait de m'attacher ou d'être une simple rencontre pour lui...

J'espère que mon sentiment est partagé, j'aimerais qu'il ressente ce qu'il provoque en moi. Au moment de se coucher, il monte rapidement sa tente et je m'endors dans le van, pas loin de lui, avec la sensation d'être bien à ses côtés... À ma place.

La lumière du jour inonde mon cocon. En ouvrant les yeux, je vois la photographie de Zoé, Noah et moi au Mont-Caly, accrochée au-dessus du lit. J'ai envie d'avoir des nouvelles d'eux, alors je les appelle. Zoé décroche, elle m'explique qu'elle profite du lac tous les jours, qu'elle nage beaucoup et que son passe-temps préféré est de chahuter avec Dragibus. Ils perpétuent les petits-déjeuners gourmands et reçoivent pas mal de monde. Je profite de sa disponibilité pour aborder le sujet de sa quête :

–As-tu réfléchi à notre discussion de la dernière fois… ?

–Oui, j'aimerais connaître certaines choses, qui peuvent paraître futiles pour certains mais importantes pour moi…

Je m'assois sur le lit en me frottant les yeux.

–Tu aurais un exemple à me donner ?

–Est-ce que, petite, tu as eu un porte-clés avec ton prénom gravé dessus ?

Sa question est inattendue, je cherche dans mes souvenirs.

–Eh bien... Pas un porte-clés, mais j'avais un bâton de randonnée. Et toi, tu avais quoi ?

J'ignore quel message elle veut me faire passer...

–Une règle sur laquelle était écrit « Zoé », avec cette signification à côté : « vie, existence »...

–Tu le portes si bien… Toi qui es pleine de vie, prononcè-je sincèrement.

–Je me suis souvent demandé si mes parents biologiques avaient choisi ce prénom et, si oui, était-ce parce qu'ils aimaient la vie ou parce qu'ils espéraient que cette signification m'offre une vie heureuse… ? Mais peut-être que c'était juste un prénom qu'ils appréciaient... J'aimerais savoir ce genre de choses ; si c'est eux qui l'ont choisi, pourquoi...

Je laisse un généreux silence planer, étonnée par ses interrogations naissantes.

–Les mots « vie » et « Zoé » contiennent trois lettres, et crois-moi, Capucine, j'ai médité de longues heures dessus... Le prénom est l'élément qui teinte notre existence, c'est le point de départ, en quelque sorte… Mais aussi la fin. C'est le mot que nous écrivons et prononçons le plus de fois dans notre vie ! Comme un écho de notre identité…

–Je comprends, mais je pense que l'identité ne se limite pas à ça...

–C'est vrai. Le prénom est la partie immuable de l'identité, celle qui reste figée dans le temps... C'est à partir de cette sonorité que le bébé se construit... J'ai besoin de comprendre d'où je viens, de retourner à l'origine…

J'essaie de saisir le sentiment de méconnaissance qu'elle éprouve. Elle reprend :

–Avoir ces informations consoliderait ma construction...

–C'est une des raisons pour lesquelles tu veux contacter tes parents biologiques ?

–La plus importante, oui... J'aimerais également connaître mon poids, ma taille, l'heure de ma naissance et les circonstances de l'accouchement.

En l'entendant, j'intègre la chance que j'ai d'avoir obtenu, enfant, ces éléments auxquels je pense rarement mais qui en réalité sont fondamentaux dans notre évolution.

–Tu crois que je devrais me lancer ?

–Écoute ton cœur, il est le meilleur conseiller…

–Je ne sais pas...

–Je suis persuadée que tu prendras la bonne décision. Fais confiance à ton intuition et à la vie. Elle t'a apportée beaucoup ces derniers temps…

Zoé approuve de façon presque inaudible et, avant qu'elle

n'ait le temps de me poser la moindre question, elle raccroche afin d'aller préparer le petit-déjeuner pour ses hôtes.

En passant la tête sous le rideau rouge, je vois Luis assis par terre, devant la table de camping sur laquelle sont posées des pâtisseries. Je noue mes cheveux en chignon, puis ouvre la porte du van.

–Hola, chica ! m'adresse-t-il chaleureusement en rajustant sa casquette.

Retrouver ses intonations chantantes me met de bonne humeur.

–Coucou, Luis ! Ce sont des croissants fourrés à la vanille ?! m'étonnè-je en descendant les marches du van et en reconnaissant la forme de mes pâtisseries préférées.

Il en saisit un dans le papier déchiré et me le tend :

–Oui, je pense…

–Je les adore, merci !

–Génial !

J'aime sa façon de prononcer le *g* comme un *r*. Il raffole de ce mot, et moi je suis attendrie par son attention délicate, qui me donne l'impression d'un réveil rempli de douceur. Je croque dans le croissant, laissant tomber quelques miettes entre les brindilles à mes pieds, et savoure la texture croustillante de la pâte feuilletée qui se mélange à l'onctuosité de la crème à la vanille.

Une heure plus tard, nous partons en vadrouille dans un petit village aux ruelles étroites, biscornues et marquées par le vieillissement des pavés. Toutes les maisons sont peintes dans les tons rouge, orange et jaune. C'est très lumineux. Les volets sont de différentes couleurs et rendent les habitations qui se dressent sur plusieurs étages uniques. Nous sommes surpris par la petite taille des portes d'entrées. Des balcons surplombent la rue et sont embellis par de généreuses jardinières de pétunias et de géraniums. Des fils sont tendus d'un balcon à l'autre, traversant les ruelles, et des moulinettes se trouvent à leurs extrémités afin de les faire tourner pour récupérer le linge. Je comprends pourquoi la Vespa est une icône italienne, les rues sont tellement étriquées que seuls les scooters peuvent circuler. Le charme d'une d'entre elles m'intrigue, je veux m'y aventurer :

– Luis ! Viens, on emprunte cette ruelle ?

Il m'emboîte le pas. Elle est si étroite que nous n'arrivons pas à marcher côte à côte.

– Sientes cette odeur ?

Je renifle en inclinant la tête vers le haut.

– Oui ! Ça sent quoi ?

– Dios mio ! La pizza ! Je vais goûter mi primera pizza italiana...

Je me retourne et éclate de rire en le voyant sautiller sur place, se réjouissant de manger une des nombreuses références culinaires de l'Italie.

Il pétille de vie et rend singulières des petites choses...

Je me souviens de la soirée de la tarte flambée avec Noah et Zoé. Ils sont partout avec moi et commencent à me manquer... Nous entrons par une minuscule porte dans la pizzeria. Le pizzaïolo, un homme trapu avec une belle moustache grise, nous accueille :

– En Italie, il existe deux sortes de pâte ! Une très fine et une épaisse, dit-il en aplatissant un pâton sur une grande plaque carrée.

– Comment sont les tiennes ? renchérit Luis, curieux

d'apprendre.

– Les miennes sont légèrement briochées…

– Je suis impatient de goûter !

– Très jolie, ta casquette ! lui répond le vieillard.

Luis, gêné, ignore le compliment qui lui est destiné et détaille la liste des pizzas. Nous en choisissons une, puis patientons autour d'un verre de vin rouge du vignoble de Montespertoli. L'intérieur du restaurant est rustique, nous sommes assis au comptoir sur des chaises hautes. Dix minutes plus tard, l'homme sort les pizzas du four puis les coupe aux ciseaux.

Manger des plats locaux dans des endroits retirés est un de mes plus grands plaisirs...

– Chai delicisio ! T'as pris à qué la tienne ? tente de me faire comprendre Luis, en agitant la main droite en signe d'extase.

– Une pizza aux poires, gorgonzola et noix ! Un vrai régal !

Il lève le pouce pour approuver mon choix et me sourit la bouche pleine, ce qui m'amuse. Nous savourons nos plats sans échanger un mot et, après avoir terminé la dernière part, je m'élance au fond de la chaise, rassasiée. Luis remercie chaleureusement le pizzaïolo pour son accueil et ses talents culinaires, puis nous payons et quittons le restaurant. Depuis mon réveil, je suis portée par une forme d'adrénaline. J'ai l'impression de connaître Luis depuis des années. Il diffuse tant d'allégresse que je me sens happée, même dans ses silences. Ce bouleversement physique et émotionnel me fait peur... Je n'arrive plus à le maîtriser.

Au croisement d'une rue, nous arrivons sur la place d'une église. J'aperçois une boîte à livres et m'en approche, guillerette. Je remarque tout de suite une couverture : le dessin d'une cabane en bambou au bord d'un cours d'eau sur lequel s'élève un petit ponton. Le titre est en français. *Quelle chance !* Je le prends et le glisse dans mon sac à dos sans lire la quatrième de couverture. Je choisis toujours mes livres ainsi, au coup de cœur et, parfois, je crois que ce sont les livres qui me choisissent...

Des femmes vêtues de robes élégantes sont regroupées autour d'une jeune mariée à côté de la fontaine. Elles discutent et rient à gorges déployées. Je les trouve coquettes, les parures de bijoux sont assorties à leurs tenues ainsi qu'à leurs chaussures. La mariée porte une robe composée d'un corset en dentelle fine brodée de fleurs et d'un décolleté en forme de V qui habille son dos, libérant ainsi le dessin de sa colonne vertébrale. Une ceinture tressée relie la finesse de son buste au jupon en tulle, donnant un style très aérien à l'ensemble. C'est audacieux, sensuel... Elle semble aux anges. J'observe les personnes qui l'accompagnent : *Qui sont ses demoiselles d'honneur ? Ses sœurs, ses amies d'enfance, d'autres rencontres de la vie... ? Comment a-t-elle annoncé la nouvelle à ses proches ?* J'imagine qu'elle est comblée et très fière d'officialiser ce moment important avec l'homme pour lequel elle est capable de dévier sa route du bonheur... Désormais, c'est pour la vie, ou du moins pour de nombreuses années, qu'ils la traceront à deux... Main dans la main... Luis m'attrape le poignet :

– Ven, Capucine, on va applaudir !

Je le fixe, étonnée :

– Nous n'allons pas aller applaudir, Luis ! C'est un mariage, on ne les connaît pas !

– Sí sí, viens ! insiste-t-il.

Je réfléchis une fraction de seconde et me rappelle qu'un

sourire bienveillant égaye toujours celui qui le reçoit, alors autant partager ma joie avec les jeunes mariés... Je passe ma main au-dessus de l'épaule de Luis :

–Ok, on y va ?

Nous courons bras dessus, bras dessous, jusqu'au groupe, puis applaudissons.

Noah et Zoé seront peut-être les prochains avec qui je partagerai ce sentiment...

Ce moment d'exaltation partagée me rappelle le dernier mariage auquel j'ai assisté. C'était à Bajawa, un village de l'île indonésienne appelée Florès. Je logeais dans une *guest house,* Jeje, prononcé « djédjé », était le gérant. Il avait un sourire ravageur, j'entends encore son rire éloquent... Après avoir sympathisé avec lui, il m'avait invitée au mariage de sa fille, qui avait lieu le soir même. Un peu gênée par sa proposition, j'avais d'abord refusé. Peut-être parce que cela aurait été improbable en France... Jeje voulait que je mette ma plus belle robe et que je me maquille. Cette suggestion m'avait attendrie, car deux jours auparavant une fillette d'une dizaine d'années m'avait demandé que je lui mette de la poudre pour être blanche... Je lui avais fait comprendre que ce n'était pas possible et qu'elle était très jolie comme ça. Jeje était un homme obstiné et avait tant insisté que j'avais finalement accepté. Cette soirée fut incontestablement l'une des plus marquantes de ma vie. Les invités m'avaient accueillie comme l'une de leurs proches, ils m'offraient tantôt des shooters d'arak, tantôt une bière Bintang, le tout agrémenté d'une multitude de plats typiques. Des hommes enlaçaient pudiquement ma main pour me faire virevolter sur des musiques indonésiennes traditionnelles. La convivialité était sans limite... Ils étaient simples et généreux. Tant de fois j'avais repensé à cette soirée, car elle avait participé au projet de ma cabane au bord du lac Léman. Aujourd'hui, je m'engage à retourner là-bas un jour pour leur partager mon aventure.

Sur cette île, j'avais pris conscience que je souhaitais vivre d'une autre manière, en créant dans mon quotidien l'opportunité des rencontres de tous horizons. Je me baisse vers le sol, ramasse des pétales de rose et les envoie vigoureusement dans l'espace qui nous entoure.

–Aide-moi à en jeter sur les mariés ! me crie Luis.

Il me fixe intensément avec ses grands yeux noirs. Je pressens quelque chose... et je le vois lancer sa casquette à visière plate vers le ciel, en même temps qu'une nuée de fleurs. Plus rien n'existe autour de nous, je suis dans une bulle. Béate, bouleversée, je comprends pourquoi il ne l'ôtait jamais... Lui aussi porte une cicatrice, sur son crâne, que je présume être une vieille brûlure… Je suis touchée qu'il m'estime assez proche pour se montrer à moi tel qu'il est. Je pense à mes *mauvaises herbes* et cette proximité crée des étincelles entre nous.

–Ese es el secreto de mon alegría de vivír !

–La raison de ta joie de vivre ?! je traduis au milieu du bourdonnement extérieur.

–Sí ! confirme-t-il d'un sourire libérateur.

Il regarde sa visière tournoyer en l'air. J'aimerais connaître l'origine de sa blessure, en savoir plus sur lui, son histoire, mais je ne lui demande rien car je sais que dans ces moments-là, la vulnérabilité est suffisante. Il me le dira quand il le souhaitera... J'ai appris à taire ma curiosité quand elle rencontre les frontières des secrets de l'autre...

Le murmure des mots

Les actes ont un pouvoir. Particulièrement lorsque celui qui agit sait qu'ils sont sa dernière bataille sur terre. Il existe un étrange et brûlant bonheur dans le fait d'agir en sachant parfaitement que cet acte peut aussi bien être le dernier de la vie. Je te recommande de reconsidérer la tienne et d'accomplir tes actions en pensant à cela.

Carlos Castaneda

Le sifflement du vent s'engouffrant par la fenêtre entrouverte me réveille. Je m'enveloppe dans un plaid en laine et pointe mon nez à l'extérieur, à la recherche de l'air frais et humide. J'aperçois un Post-it sur la table, à côté d'une bouteille de jus d'abricot et d'un croissant. Cette nouvelle surprise de Luis me donne le sourire. Je lis le mot à l'écriture fine, puis le relis pour être certaine d'avoir bien saisi... Des larmes montent jusqu'à la pliure de mes yeux. Son message est inattendu...

Capucine,
J'ai peur de ne pas avoir le courage de repartir seul sur les routes si je reste plus longtemps...
J'ai besoin de continuer à être libre, sans attache affective ou matérielle...
Je vais reprendre mon voyage en stop entamé il y a six mois et comme je déteste les au revoir, je

pars avant ton réveil...
J'espère que tu comprendras...
À bientôt Capucine, et merci pour tout !
Luis

Ma gorge, tout comme mon cœur, se serre fort, très fort... Je m'effondre sur l'herbe, mes jambes recouvertes par le plaid. J'essaie de rester encore un peu avec Luis en serrant le papier dans ma main droite et en me remémorant les images de nos moments passés ensemble : les perles turquoise de son bracelet, sa voix chantante lorsqu'il me parlait hier soir de sa pierre préférée, l'amazonite, qui symbolise selon lui la paix intérieure… Je me suis laissé porter par sa sérénité et sa gentillesse absolue ; pendant quarante-huit heures, les minutes étaient infinies et le temps n'avait plus d'emprise sur moi... Tous ces instants coulent sur mes joues, j'aurais tellement aimé vivre davantage avec lui.

Je me relève et tente de dépasser ma tristesse en me concentrant sur les énergies de Dame nature. *Elle qui me ressource, m'inspire et m'apaise, faisant de sa présence un élément indispensable dans ma vie... Je l'admire, l'écoute et la ressens...*

D'imposants nuages gris s'avancent vers moi en formant un triangle. Leur surface est entourée d'un halo bleu que j'imagine être annonciateur d'espoir... Une fenêtre ronde apparaît au milieu de l'épaisse couche nuageuse et laisse filtrer le soleil qui se faufile jusqu'à moi, empourprant mes joues et éclairant les vignes. Je m'accroche à la lumière et chasse les contrastes. Soudain, le vent soulève une mèche de mes cheveux qui se pose sur mon visage et vient frôler mon nez. Je lève la tête pour la dégager. Un oiseau noir plane au-dessus de moi, il monte si haut dans le ciel qu'il disparaît dans un imperceptible point au milieu de l'immensité azur… *Libre d'aller où il en a envie, d'un battement d'ailes… Tout comme moi, d'un tour de roue…* J'inspire longuement, gonfle mes poumons et accepte la montagne que Luis dresse sur mon chemin.

Durant ces deux jours, j'ai éperdument ri, sa présence m'a dévergondée et je suis heureuse d'avoir vécu cette parenthèse, mais je dois continuer seule... C'est écrit.

Encore un peu chamboulée, je m'installe dans le van et me plonge dans la lecture du roman trouvé hier dans la boîte à livres.

Lire remet de l'ordre dans mes émotions...

Dès la première page, je découvre une histoire qui se passe au Costa Rica. *Troublant signe du destin…* Je m'engouffre dans les descriptions des plages de sable fin et les tumultes de la forêt tropicale, jusqu'à ce qu'une détonation aiguë retentisse. Ce bruit furtif ne ressemble ni à un coup de tonnerre, ni à une explosion, mais plutôt à un coup de fusil... Sûrement des chasseurs. Je suis tellement transportée par ma lecture qu'au lieu de scruter mon environnement en quête de l'origine de la déflagration, mon cerveau s'évade vers un souvenir indonésien.

Alors que je roulais en scooter sur une route cabossée, des motos garées sur la chaussée avaient capté mon attention. Je m'étais engagée dans le sentier étroit qui se glissait dans les rizières. Arrivée au bord d'un bassin, plusieurs personnes se lavaient et m'avaient invitée à me baigner dans l'eau chaude qui descendait du volcan… Je me prélassais dans cette source naturelle, le corps et l'esprit décontractés, jusqu'à ce que je voie un homme apparaître avec un fusil sur l'épaule dans les hautes herbes... Il marchait en souriant. Cette scène m'avait semblé absurde... Puis, il avait posé son fusil à côté du bassin, enlevé ses vêtements terreux et nous avait rejoints en caleçon dans l'eau. À ce moment précis, j'avais compris que mes peurs ne reflétaient pas forcément la réalité et que nous sommes souvent conditionnés par nos croyances… Avec cet homme qui venait tous les jours se laver ici après sa chasse quotidienne pour nourrir sa famille, j'avais partagé beaucoup de rires et quelques conversations en anglais. Il m'avait invitée à boire un café chez lui et m'inspirait finalement confiance. *Échanger avec les gens du coin a toujours été une priorité lors de mes voyages...* Il habitait avec sa femme, son père et ses trois enfants dans une petite ferme dont le toit et les murs étaient en tôle. Il n'y avait ni porte, ni fenêtre, et le sol, composé uniquement de terre battue, était recouvert de six modestes chaises en plastique. Ils vivaient en compagnie de poules et de chèvres qui se baladaient librement à l'intérieur de l'habitation. Au départ, j'avais été dérangée par ces conditions de vie rudimentaires qui me confrontaient à ma représentation du confort. Puis, j'avais été émue par la générosité de cette famille... La joie était si pure qu'elle m'avait accompagnée durablement.

Mon comportement initialement craintif envers cet homme m'avait appris qu'à cause de ma culture, j'avais tendance à être méfiante, comme une règle inconsciente transmise depuis l'enfance... Et que cette posture me faisait progressivement perdre confiance en l'autre.

En Occident, nous sommes souvent alimentés par le doute, ce qui crée un désordre humain, à l'intérieur comme à l'extérieur...

Les coups de feu autour de moi cessent, le mouvement des chasseurs interrompt mes rêveries et me donne envie de me replonger dans le livre.

Allongée dans l'herbe, enveloppée par la douceur de la couverture, je passe la journée à lire…

Quelques heures plus tard, en terminant la dernière phrase écrite par l'auteur, je suis épatée par le fait que ce récit ait capté mon attention une journée entière. L'histoire qui a lieu au Costa Rica n'y est sûrement pas pour rien… Je souris en regardant l'horizon.

Heureuse de cette synchronicité, j'ai l'impression d'avoir passé encore un peu de temps avec Luis… Je ne peux m'empêcher d'y penser : *Me fera-t-il découvrir son pays natal un jour… ?*

Je fais confiance à la vie. Mes yeux glissent sur les lettres de mon prénom que je suis en train d'écrire sur le mot à destination du prochain lecteur. Dès que possible, je remettrai le roman dans une boîte à livres.

C-a-p-u-c-i-n-e…

Une fleur d'Amérique centrale et du Sud…

…Étions-nous destinés à nous rencontrer ?

Je referme le livre et le range dans le van, prête à vivre la prochaine étape de mon aventure.

Encore une journée, une rencontre qui vont marquer mon voyage… Je le sens dans le murmure des mots.

*Més*aventures

Il n'y a pas de voie pour le bonheur. Le bonheur est la voie.

Bouddha

Avachie sur le siège conducteur, à l'abri du vent, j'admire les faisceaux lumineux dissimulés entre les vignes et repense aux dix jours écoulés depuis que Luis est parti.

Le lendemain de son départ, j'ai ressenti un grand besoin de stabilité. J'avais comme peur d'errer ailleurs, de partir pour une prochaine destination, de quitter cet endroit où j'avais trouvé une nouvelle sérénité... Alors je suis restée à Montespertoli, en sécurité. J'ai passé énormément de temps à lire, écrire, méditer, cuisiner et vivre... Dans la lenteur du temps qui passe.

Ce moment d'intense solitude m'a mise face à une expérience qui ne m'était pas inconnue. Dépourvue d'interaction humaine et immobile pendant quelques jours, non sollicitée, je me suis reconnectée à un sentiment perdu, qui ressemblait étrangement à celui que je ressentais au bord du lac Léman... La quiétude d'être là où on est, dans la solitude et la sérénité, permet de se régénérer en profondeur pour laisser place à l'amour de soi. J'ai l'impression que beaucoup de sentiments se sont accumulés en moi ces derniers jours et je me sens remplie d'amour à transmettre.

L'harmonie du cœur résulte d'un équilibre entre donner et recevoir...

Je regarde la clé du van rangée dans le renfoncement situé en dessous du poste radio, attrape le rebord métallique et l'insère dans le démarreur. Il est temps pour moi de reprendre ma route. J'ai envie de croiser de nouveaux regards, de nouvelles vies ; de rencontrer une oreille attentive ; de parler avec un commerçant, des villageois, un voyageur ; de me nourrir de rires et de gestes tendres... *Je le sais, la bienveillance est partout.*

Dans une pénombre captivante, je traverse plusieurs villages éclairés par de jolis luminaires et sillonne les paysages italiens durant quelques heures. Je ne sais pas encore où je vais, mais je suis heureuse d'être sur les routes. Un panneau forestier m'indique que je pénètre dans une forêt de chênes verts ; la végétation est dense, j'espère ne pas croiser d'animal sauvage... Subitement, les phares du van s'éteignent, mes mains se crispent sur le volant. Je freine brutalement pour m'arrêter. L'obscurité est complète, il n'y a aucun éclairage à l'horizon, seule ma lumière intérieure est là pour me guider... J'appuie doucement sur la pédale d'accélérateur et avance au pas en cherchant un moyen de rejoindre la chaussée. Hélas, la barrière de sécurité borde les deux côtés de la route. Je respire calmement pour apaiser mon cœur qui bat et tente de garder le contrôle sur mes pensées qui s'agitent dans tous les sens. Un fin néon apparaît dans le rétroviseur. Désemparée, je parle à ma chaîne des cœurs : « Comment je vais faire... ?! » Des phares jaillissent dans la vitre arrière du van et un véhicule se rapproche de moi à vive allure. Je suis pétrifiée. Va-t-il me voir ? Il semble ralentir et me suit de si près qu'il éclaire ma route. Les passagers me font des grands signes par la fenêtre, j'ai l'impression qu'ils essaient de m'indiquer la voie... J'avance lentement, ils restent derrière moi et s'adaptent à mon rythme. « Je crois qu'ils veulent m'aider ! », crié-je à ma chaîne des cœurs.

Quelques minutes plus tard, des lueurs jaunes laissent supposer la proximité d'un village. Lorsque j'arrive sous les premiers lampadaires, je me stationne le long du trottoir à droite. La voiture me double et les deux personnes à l'intérieur me demandent dans un italien que je saisis difficilement si j'ai besoin d'aide. Je leur réponds que non, ça ira : « Va tutto bene ! » Je suis à la fois surprise et épatée. Je les remercie avec un large sourire.

Ils m'ont peut-être sauvé la vie...

Reconnaissante, j'éteins le moteur et vérifie l'état de mon véhicule. Il n'y a aucun impact sur les vitres de protection des phares. J'appuie sur l'interrupteur du plafonnier à l'intérieur du van afin de lire le manuel que m'a laissé l'ancien propriétaire, mais rien ne fonctionne. *Décidément...* Je tourne la clé de contact, le moteur saccade, je recommence à cinq reprises, en vain, j'arrête pour éviter de le noyer. L'horloge de l'église du village indique vingt-deux heures. Je n'ai pas d'autre choix que de dormir ici. J'espère qu'il y aura un garage à proximité et que je trouverai un mécanicien demain… Je me couche sans me déshabiller, les idées embrumées, redoutant que la panne ne mette en péril mon voyage…

La nuit a été courte, j'ai somnolé jusqu'à l'aube et me réveille la gorge nouée, inquiète de connaître le bilan de la casse. Je n'ai pas faim et pars à pied vers le village dans le but de trouver un garagiste... La route principale est entourée de maisons de plain-pied. Je marche jusqu'au bout de l'avenue, puis fais demi-tour en arrivant au bord des vignobles et m'engouffre dans une ruelle. Le village est si petit que j'en déduis rapidement qu'il est dénué de commerces... Je m'adresse au seul passant que je croise, un homme grand d'une cinquantaine d'années vêtu d'une salopette rouge :

–Hello ! Sorry... Do you speak english ? Do you know where I can find a garage ?

L'homme sourit.

–Le plus proche est à trente kilomètres, répond-il en français, sans le moindre accent italien.

Écarquillant les yeux, je deviens très émotive...

–Vous parlez français…

–Oui !

Il pose une main sur mon épaule, comprenant manifestement mon besoin de réconfort. Je lui explique ma situation.

–Ça doit être l'alternateur, dit-il les mains posées sur son ventre arrondi.

–L'alternateur ?

–Oui, son rôle est de recharger la batterie lorsque le véhicule roule ; donc quand la pièce est défaillante, la batterie ne se recharge plus, ce qui impacte tout le système électrique...

Je comprends que la réparation est inévitable.

–Comment savez-vous tout ça ?

–Mon métier de vigneron demande quelques notions en mécanique… Notamment pour rafistoler les tracteurs ! s'exclame-t-il en me faisant un clin d'œil.

–Ah d'accord... Merci pour vos explications et pour le temps que vous m'avez accordé, bafouillè-je un peu découragée.

Sur le chemin du retour, mes jambes sont lourdes et j'entends le frottement de mes talons sur le goudron. Je m'appuie sur le capot du van et cherche une solution. Mon estomac gargouille, je cuis des pâtes complètes que je mange avec une sauce pesto, assise sur une des marches du van. *Manger va me redonner des forces...*

Trente minutes plus tard, j'ai fini mon repas et suis allongée sur le matelas quand l'homme en salopette rouge avance vers moi, sur le trottoir. Je me redresse, intriguée.

– Demoiselle, sache que je suis touché par tes péripéties ! Ta jeunesse et ton goût pour l'aventure me font penser à ma fille... S'il lui arrivait la même chose, j'aimerais qu'une personne l'aide. Alors, je te propose qu'on s'entraide !

Je hausse les sourcils, attentive à sa proposition.

– Je remets ton van à neuf et, en échange, tu effectues deux jours de vendanges ?

– Oh oui, j'accepte !! m'égosillè-je, prête à le prendre dans mes bras. Merci ! Merci !

Ma spontanéité l'amuse, il me tapote dans le dos et me donne rendez-vous demain à sept heures devant sa cave. Profondément soulagée, je passe la journée à l'arrière du van, heureuse d'avoir eu l'audace de lui demander conseil... *C'est aussi dans l'imprévu que la vie nous offre de grandes opportunités...*

Les mauvaises herbes

Parfois il faut éprouver la douleur de la brûlure pour ne pas reposer la main sur la braise, le lendemain. Aucune mise en garde n'est aussi efficace qu'une cicatrice sur la peau.

Agnès Ledig

Durant les deux jours de vendanges sur la colline qui surplombe la cave de Paolo, le soleil a un peu brûlé l'épiderme de mes épaules. En fin de journée, mon corps était tellement épuisé et mon dos si courbaturé par ce travail manuel éreintant que je m'affalais dans le van sans avoir le temps de lire une ligne ou d'appeler Zoé... J'ai apprécié la satisfaction que procure la réalisation d'un travail collectif et je suis contente d'avoir rencontré la femme et les filles de Paolo. Je les ai trouvées très gentilles ; nous avons parlé français, ce qui m'a donné le sentiment de retrouver l'ambiance conviviale de mon pays natal.

En récoltant le cépage rouge de Chianti, entre deux discussions, les souvenirs avec Luis m'ont régulièrement traversée... Hélas, je n'ai reçu aucune nouvelle de lui. J'en ai déduit qu'il n'avait probablement été que de passage dans ma vie...

L'essentiel est que le van ait été réparé.

Quand j'ai quitté Paolo et sa famille, je les ai chaleureusement remerciés pour leur accueil et leur aide. En montant dans le van, ravie de parcourir de nouveaux kilomètres, j'ai eu envie de le serrer dans mes bras... Lui, mon véhicule, ma maison... *Les objets auraient-ils une âme ? Serait-ce la raison pour laquelle ils nous accompagnent aussi précieusement au cours de notre vie ?*

J'ignore les réponses à ces interrogations, mais j'ai dédié la suite de mon voyage à Paolo et sa famille.

Depuis une semaine, j'ai visité Florence, Sienne, Pise et San Gimignano. À chaque étape, j'ai pris le temps de découvrir l'architecture, les paysages et les coutumes locales ; d'explorer les villages fortifiés, les vallons et les châteaux des alentours.

Ce matin, je déguste un café aux arômes prononcés, attablée au milieu d'une place sur laquelle se dresse une grande fontaine. Je prends enfin le temps de téléphoner à Zoé pour lui annoncer mon arrivée à Rome. Elle m'avait confié adorer cette capitale.

–Coucou, Capucine ! Je suis ravie de te parler ! Comment se passe ton voyage italien ?

–Ciao, Zoé ! Eh bien, je suis subjuguée par la beauté de ce pays… Les villes pittoresques ont des allures de bourgs médiévaux… Les Italiens sont joviaux, accueillants, et mes papilles se régalent à tous les repas de leurs succulentes spécialités.

Je lui épargne les explications concernant ma panne afin de ne pas l'inquiéter, je lui en parlerai de vive voix lorsque je serai rentrée.

–À t'entendre, tu es sous le charme…

–Oh oui ! C'est un coup de cœur… Figure-toi que je suis

arrivée à Rome hier soir !

–C'est vrai ?! Tu verras, c'est un musée à ciel ouvert ! s'exclame-t-elle.

–Apparemment… Beaucoup d'Italiens m'ont fait les éloges de la cité romaine… J'ai hâte !

–Et sinon, tu sais quand tu reviens dans notre *coin de paradis* ?

Je suis amusée par la spontanéité de sa question.

–Je pense remonter tranquillement vers la Haute-Savoie après avoir visité Venise et Milan… J'imagine être de retour début octobre... Pourquoi ?

–Parce que nous sommes impatients de te prendre dans nos bras, enfin !

Je devine à l'intonation de sa voix qu'elle a les yeux qui sourient…

–Ce n'est qu'une hypothèse, comme tu le sais, je n'ai pas de plans… Mais vous me manquez, les amis !

–Reviens quand c'est le bon moment...

Zoé, toujours aussi sage...

–Oui, je vais m'écouter... Je suis heureuse d'avoir échangé quelques mots avec toi. Je pense à vous tous les jours, dis-je avant de boire une gorgée de café.

–Nous aussi, Capucine, nous imaginons les endroits que tu visites. Nos pensées te sont souvent destinées...

Sensible à la note de noisette qui glisse sur ma langue, je reçois avec douceur ses propos.

–Vous êtes adorables…

Depuis le début de l'appel, je rumine. Mes yeux se posent sur la statue en haut de la fontaine, elle me trouble, je suis certaine qu'elle me regarde.

–Je ne veux pas m'immiscer dans tes pensées, Zoé...

mais... où en es-tu dans ta réflexion pour contacter tes parents biologiques ? balbutiè-je, appréhendant d'être maladroite.

– Eh bien, je pense que si cette idée s'est manifestée, c'est que je dois les rencontrer... Je veux qu'ils entrent dans ma vie, réplique-t-elle sans réfléchir.

– Ta décision est prise ?

– Oui, elle l'est !

Sa détermination me fait plaisir. Elle avance.

– Bravo ! Lance-toi, ma Zoé ! Sache que je suis épatée par ta force psychologique...

– Merci. C'est comme une vibration… Un creux, un vide en moi, qu'il faut que je comble...

– Je comprends.

Nous nous taisons quelques secondes. *Les silences sont parfois plus intenses que les mots...* Puis, après avoir échangé des propos amicaux et affectueux, nous nous disons « à bientôt ».

En raccrochant, je lève les yeux vers le ciel. Le temps est maussade et une odeur de pluie embaume la place. Je termine mon café et m'élance dans les rues pavées de Rome, sujette à un sentiment paradoxal.

Sans raison évidente, je me sens un peu triste... Pourtant, les annonces de Zoé étaient réjouissantes, et je visite enfin la cité qui m'a longtemps fait rêver... J'accepte cette émotion, pensant que la météo déteint sur moi. *Le soleil fait rayonner ma joie, tandis que les nuages ont tendance à la tamiser...* J'avance d'un pas ferme sur le trottoir et me concentre sur le raffinement de cette ville qui mêle les vestiges du passé au présent et à l'avenir.

En m'approchant du Colisée, je suis fascinée. Par chance, il n'y a pas grand monde dans la file d'attente. J'entre par un chemin situé sous une voûte et pénètre à l'intérieur de cet immense édifice, achevé en 82 apr. J.-C. En arrivant dans la ronde, un sentiment d'émerveillement grandit en moi. Je m'arrête et balaie du regard l'amphithéâtre. Statique plusieurs minutes, la bouche entrouverte et les bras ballants, je me sens minuscule...

Je lis sur un panneau que « les murs de brique et de marbre de travertin ont résisté à de nombreux tremblements de terre et aux pillages ». *J'aimerais être aussi solide et invincible qu'un mur...* La magie de ce monument est indéfinissable, c'est le plus impressionnant que j'aie jamais vu...

En avançant un peu, je suis dérangée par les mots d'un guide qui explique qu'un des divertissements de l'époque résidait dans l'observation collective des jeux, des gladiateurs qui donnaient leur vie dans l'arène... Il explique que « soixante mille spectateurs s'extasiaient en les regardant mourir lors d'un combat avec un lion, un tigre ou un crocodile ».

Comment être diverti en regardant la souffrance d'un homme brûlé par le feu ou violenté par des chaînes ?

Je progresse dans l'enceinte ovale du Colisée et poursuis mon exploration. Une personne portant un imperméable rouge attire mon regard à l'opposé. J'ai un sentiment de déjà-vu, mais je ne m'attarde pas dessus et termine ma visite, habitée par le souvenir des temps anciens.

À l'extérieur, après l'éclaircie, de nouvelles gouttes de pluie tombent dans les larges avenues de Rome. Des vendeurs à la sauvette en tirent profit en vendant des parapluies. Je me réjouis pour la végétation qui semble souffrir de la sécheresse et accorde une pensée aux cactus qui préfèrent la chaleur et les rayons du soleil. Beaucoup de personnes se ruent dans les magasins pour ne pas être trempées. J'en profite pour découvrir tranquillement les ruines du forum romain... Le livre touristique que j'ai acheté ce matin indique qu'auparavant il s'agissait d'une vallée marécageuse qui rejoignait le Tibre puis la mer Tyrrhénienne.

Un peu plus loin sur ma gauche, j'entends une voix masculine qui résonne de manière familière dans mes tympans. Intriguée, je me retourne immédiatement et aperçois à nouveau l'imperméable rouge. Je crois comprendre la raison pour laquelle cette personne a retenu mon attention tout à l'heure... L'homme est debout sur un mince pont en pierre, la tête couverte par la capuche de son manteau dirigée vers le bas.

– Wouah ! clame-t-il en ramenant ses mains vers son visage caché.

J'ignore ce qu'il admire, mais le spectacle est plutôt comique. Mes yeux reconnaissent tout de suite l'attitude et la posture décontractée de ce corps, mais je dois en avoir la certitude, ce n'est peut-être qu'une création de mon cerveau... J'aimerais tant le retrouver…

Je m'approche d'un pas décidé, excitée par l'impatience. J'arrive sur le pont, timide, et n'ose pas le regarder... Alors, j'oriente ma vue dans la même direction que lui et suis surprise de voir seulement des hautes herbes parsemées de branchages... J'examine l'endroit, pensant qu'un animal ou un serpent est dissimulé quelque part, mais je ne remarque rien. Mon corps se souvient... Il est là, à deux mètres de moi, je sens son aura et toute la sérénité qu'il dégage... Je m'esclaffe nerveusement, déstabilisée par ces étranges retrouvailles. *Qu'est-ce que la vie me réserve ?* L'homme se tourne vers moi en entendant le bruit extériorisé par mes cordes vocales.

Le temps s'appesantit, nous restons face à face, sans un mot ni un geste, nos respirations suspendues... Ses yeux sombres se posent dans les miens avec une puissance qui me retourne... C'est bien lui. Luis est devant moi. Mon cœur tambourine. Je suis extatique. Les secondes sont infinies…

Il a remplacé sa casquette par une capuche. Son sourire est toujours aussi communicatif, et si je me fie à la comédie qu'il vient de faire, sa joie de vivre est intacte.

–Luis ! formulè-je, la voix tremblotante.

–Capucinaaaaa, cómo estás ?! dit-il d'une voix gutturale.

Je le trouve toujours aussi craquant avec son accent.

–Je vais très bien ! Quelle surprise de te voir ici...

Je suis sous le choc et j'ai envie de le prendre dans mes bras...

–Ce n'est pas le hasard, c'est pas pos-si-ble ! affirme-t-il, comme s'il savait déjà que le destin avait prévu de nous réunir.

–Nous avons quelque chose à vivre ensemble... je réponds avec lenteur.

Il ondule la tête en signe d'approbation. Curieuse, je lui demande :

–Qu'est-ce que tu inspectais dans ce tas d'herbes ?!

–Nada ! Es solo pour apporter du soleil dans les cœurs…

Il éclate de rire et fait des gestes avec ses mains, de sa tête couverte vers le ciel grisâtre. Je voudrais lui dire de me serrer le plus fort possible, mais je préfère admirer ses mains s'agiter au gré de ses paroles. Vivre cette scène me rappelle notre partie de cache-cache dans les vignes. L'insouciance l'anime tellement...

–Tu fais ça pour amuser les touristes ?!

–Si ! Face à la sorpresa de rien à regarder, je me suis dit que ça les ferait rigoler ! Mais je n'avais pas imaginé que je tomberais sur toi... C'est maravilloso...

Je succombe, il me fait vibrer...

–Pièce de théâtre réussie !

–Tu es una buena spectatrice !

–Et toi, un excellent comédien ! ajoutè-je, amusée par sa plaisanterie.

Nous restons silencieux un moment, puis il me susurre timidement à l'oreille :

–Espero que tu ne m'en veux pas d'être parti...

Je pourrais lui avouer qu'une partie de moi a vraiment été blessée, que notre escapade s'est arrêtée trop tôt à mon goût, et trop brutalement aussi, mais je préfère lui communiquer autre chose, cette partie de moi qui a aimé qu'il écoute son désir profond :

–J'ai compris, Luis... Tu as besoin de liberté et c'est une grande qualité à préserver...

–Gracias...

Me remercier semble le toucher profondément.

–Una petite voz intérieure m'avait dit qu'on se retrouverait... ajoute-t-il avec un clin d'œil.

Comme une évidence, nous poursuivons l'aventure romaine à deux, en commençant par le Vatican. Mon unique ambition est alors de vivre ce moment avec Luis. Mon intuition me chuchote que ce sera court, alors je savoure chaque seconde intensément...

Plus rien n'existe à part nous...

En sortant du Vatican, je vois le soleil percer les nuages gris, les rayons s'infiltrent dans les pores de mon visage. Je continue de marcher auprès de Luis, un sourire béat embellit, j'imagine, mon visage. Je ferme partiellement les paupières pour profiter de cet instant inouï.

Des picotements parcourent mes pieds et remontent

jusqu'à mes mollets. Je suppose que ce sont les énergies positives créées par la douceur de cet instant. *Je voudrais que ce feu intérieur ne s'interrompe jamais...* Je communique ma plénitude à Luis :

–Avant, je me serais inquiétée et aurais pensé que ces sensations étaient les symptômes d'une maladie… Mais je sais aujourd'hui que ce n'est pas le cas...

Il m'écoute attentivement avec un sourire en coin, je m'ouvre :

–Le voyage m'a apporté une nouvelle vision... Ce sont les symptômes du bonheur...

C'est la première fois que j'ose m'ouvrir autant avec un homme, et je lis dans son regard qu'il sait de quoi je parle. *Je suis là, ici et nulle part ailleurs, et je suis bien...*

Nous poursuivons la balade à travers les ruelles, entre les places décorées de fontaines et les monuments riches en culture et en histoire. Rome recèle de multiples merveilles, les églises et les palais resplendissent par leurs ornements. Des jardins botaniques et des parterres de fleurs parsèment la ville. Rome grouille de vie.

Sur la célèbre piazza della Rotonda, une femme dandine son corps avec souplesse et légèreté. Ses mouvements sont harmonieux, ses mains volent au-dessus de sa tête, ses pointes de pieds caressent le sol et son visage est gracieux. Elle danse délicatement avec le feu, fait des pirouettes en projetant un bâton enflammé entre ses mains, puis se cambre et l'envoie avec allégresse dans les airs.

–Esta chica met sa vida en danger pour provoquer la joie des spectateurs...

Ma respiration se bloque jusqu'à ce qu'elle rattrape le bâton avec précision.

–Oui, je trouve ça épatant !

Une robe rouge éclatante épouse ses hanches. Elle fait rouler l'objet en un mouvement de poignet, de coude et d'épaule, sans le tenir.

–Il y a un an, je travaillais en tant que jongleur de fuego dans un centre de vacaciones. Mi profesión était de jongler avec mon corps et le feu pour épater los turistas. Un soir, j'ai appris que j'avais trop joué avec mi vida... J'ai fait une erreur pendant le spectacle, el fuego a enflammé mes cheveux. Les spectateurs regardaient ma tête prendre feu, pensant que ça faisait partie de la représentation... Alors que no, j'étais en train de côtoyer la mort... La sensación de ma tête qui brûlait était épouvantable... Heureusement, un collègue m'a vu et a su que ce n'était pas prévu Il a éteint el fuego, mais la douleur ne faisait que commencer...

Je l'écoute, choquée.

C'est sa montagne... Une montagne de feu...

–Les mois qui ont suivi étaient effrayants... Al hospital, ils m'ont fait des bandages sur le crâne, mais aussi sur le cœur... Las discusiones avec les patients grands brûlés m'ont permis de me rendre compte que je voulais arrêter de mettre mi vida en péril pour le bonheur des autres... Alors j'ai arrêté ce travail et suis parti au Vietnam !

Je ne perçois pas d'émotion négative, au contraire, son sourire est présent et son accent chantant apporte de la légèreté à cette histoire tragique.

–Luis... Ton vécu m'émeut... Je suis touchée par la confiance que tu m'accordes en me racontant tout ça...

Je lui adresse un tendre sourire et cligne doucement des paupières :

–Tu as choisi de briller et d'avoir une vie flamboyante...

– Sí.

Il ne s'étend pas sur ce chapitre de sa vie et regarde à nouveau la danseuse.

Qu'il se soit spontanément confié à moi me remue. J'ai l'impression que sa tolérance et la confiance qu'il m'inspire font de lui la personne idéale pour l'entendre...

Suis-je enfin prête à l'extérioriser ?

Depuis toutes ces années, l'ascension de ma plus haute montagne serait-elle prête à s'achever ?

Ça bouillonne, je crois que ça veut sortir. J'inspire. Je souffle :

– Normalement, à dix-huit mois, un bébé commence à découvrir la vie en dehors de ses parents... Hélas, pour moi, ç'a été l'âge auquel une *mauvaise herbe* s'est développée...

Il quitte des yeux la femme brune et me regarde avec compassion. Je sais qu'il peut ressentir ce que je compte lui partager...

– Cette *mauvaise herbe*, la maladie, n'a pas duré quelques jours, mais plusieurs années, pendant mon enfance... Elle était étouffante, brûlait les poumons, faisait suffoquer et a failli m'ôter trois fois la vie...

Les yeux exorbités, il écoute la suite de mon récit. Je poursuis dans mon élan :

– Petite fille, elle m'a rendue incapable d'éteindre en un seul souffle mes bougies d'anniversaire, ou de gonfler un ballon de baudruche. Elle a souvent généré de la frustration, celle par exemple de perdre au jeu du loup car mes poumons ne me permettaient pas de courir suffisamment vite. Pourtant, cette première *mauvaise herbe* était plus docile que la seconde, arrivée neuf ans plus tard. Celle-là, plus douloureuse, était terrible car elle ne m'a pas permis de continuer à profiter de la vie... D'ailleurs... J'ai plus de difficultés à t'en parler...

Ma gorge se noue, ma voix déraille et devient plus aiguë. Il pose une main sur mon épaule, signe de soutien et d'empathie. La force de son regard me transmet le courage dont j'ai besoin...

– La douleur était insoutenable, j'avais l'impression qu'on me plantait un couteau dans l'œil et qu'on le tournait... Les médecins étaient désemparés, car ils n'avaient pas de perspectives thérapeutiques à me proposer... Ils me suggéraient de consulter un confrère à l'autre bout de la France, espérant qu'il détiendrait le moyen d'atténuer la souffrance générée par cette maladie orpheline qui n'intéressait pas les laboratoires... Les journées d'ennui, plongée dans l'obscurité de ma chambre avec des gants de toilette sur les yeux comme seule solution pour me soulager, sont ancrées en moi... Malheureusement, le soleil faisait pousser la *mauvaise herbe*, m'obligeant donc à rester dans le noir pour ralentir sa croissance, alors que le jardin était rempli de jeux...

Je marque un silence, le temps d'encaisser... Autour de nous, le monde s'agite, le spectacle est terminé. Je revis les événements dans mes entrailles :

– Je me rappelle les regards effondrés de mon entourage qui ne pouvait rien faire, même pas prendre un brin de ma douleur pour m'aider quelques heures... Le pire était l'angoisse du réveil... Je repoussais tant ce moment durant lequel j'allais devoir ouvrir les paupières... Si je me réveillais les yeux collés, je savais que j'aurais mal toute la journée, et s'ils étaient décollés, c'était inespéré, j'allais pouvoir profiter de la matinée, parce que dès midi, la chaleur et la luminosité à leur apogée ne me permettaient pas d'avoir les pupilles exposées tant ça devenait douloureux... Cette *mauvaise herbe* m'a fait prendre conscience de la chance de voir...

J'insiste sur le verbe *voir*, qui prend un sens particulier.

– C'est grâce à elle, cette seconde *mauvaise herbe*, que j'apprécie autant le contact avec la nature : admirer les paysages, les fleurs, les arbres, la vie...

Luis semble absorber chacun de mes mots :

– Un poco comme un aveugle qui aurait recouvré la vue ?

– Oui, c'est ça, j'étais aveugle… Privée du monde visible pendant de longues heures...

– Capucina, c'est conmovedor, déclare-t-il en crispant les lèvres.

– Non, Luis... Ce n'est pas poignant. C'est un miracle. Mes deux *mauvaises herbes* ont fané il y a dix ans... Mais j'ignore la durée du répit qu'elles m'offrent...

Suis-je tranquille quelques années, ou jusqu'à la fin de mon existence sur Terre... ?

En me posant cette question, j'analyse à voix haute :

– C'est pour ça que je profite comme si chaque jour était le dernier... Je rattrape le temps, Luis ! Je vis les instants passés non vécus, le présent insaisissable et le futur dont je ne sais rien... Je me remplis de la multitude du monde. Mon amour de la vie vient de la cicatrice qu'elles m'ont laissée... Je suis sidérée par la faculté de mon cerveau à oublier ces tristes années... Mon subconscient n'a pas cessé de rajouter de la terre sur ces *herbes* pour les enfouir, alors que ma conscience essayait de comprendre l'origine de l'intense joie de vivre qui se déployait en moi... Il m'a fallu des années pour décrypter le sens de tout ça et aujourd'hui, à Rome, avec toi et ta brûlure, j'ose enfin déterrer mes *mauvaises herbes*, dis-je en faisant le signe d'arracher des racines et de les jeter d'un mouvement vif le plus loin possible...

Ses yeux rougissent. Il m'enlace, pose affectueusement une main dans mon dos et effectue de petites pressions avec son autre main dans le creux de ma nuque.

–Merci infiniment, Luis, de m'avoir aidée à plonger dans les méandres de mes paysages intérieurs... lui murmurè-je à l'oreille.

Il appuie le bout de son index derrière mon lobe. Subjuguée par sa tendresse, j'arrête de parler... Je clos mes yeux, laisse les larmes couler et capte les énergies qui s'échappent de lui. Elles atteignent mon cœur. Le souffle de ses expirations frôle mes tympans et me provoque d'agréables frissons.

En nous retirant de notre longue étreinte, il met ses paumes sur chacune de mes joues, pose doucement son front sur le mien et m'adresse un généreux sourire. Les mots sont inutiles. Seule sa présence est nécessaire, il le sait, sans explications... Il y a de l'agitation autour de nous, mais dans notre intérieur tout semble flotter... La connexion s'est établie... Nous restons dans cette intime position, puis je reprends :

–Aujourd'hui, je suis plus que tout amoureuse de la vie et j'essaie, chaque matin, de fournir le moins d'engrais possible à mes *mauvaises herbes*...

–En adoptant un estilo de vida saludable ? comprend-il subtilement.

–Oui… Des activités physiques qui me font du bien, des moments pour me ressourcer, la distance avec le trop-plein de technologie qui peut nuire à la sérénité de l'esprit… Je pense qu'une vie proche de la nature me recentre sur moi-même et évite que les *mauvaises herbes* ne repoussent... C'est ce que je crois, en tout cas…

–Tu as raison, la naturaleza nous permet de nous concentrer sur nos necesidades essentiels...

Je suis émue par sa clairvoyance. Tout est si simple avec lui, nous parlons le même langage. J'éloigne mon front et me perds dans ses yeux sombres.

– Tu as tout compris, Luis...

– Il en faut peu pour être heureux... non... ? ajoute-t-il timidement, mais avec malice.

J'acquiesce et aperçois mes yeux se refléter dans ses pupilles, je plonge à l'intérieur de lui. Cette fois, ce n'est pas le paysage qui me fait voyager, mais lui... Il est riche du cœur et de l'esprit et détient les trésors nécessaires à une vie heureuse.

Je sais que notre rencontre n'est pas anodine, il m'a livré un message et je lui ai montré la partie la plus sombre de ma vie sans crainte, comme si nous étions des amis de longue date...

Les coïncidences autour de nos retrouvailles ont été dictées par le destin... Je suis convaincue que nos chemins devaient se croiser...

Après ces minutes interminables, tous les deux immobiles, liés l'un à l'autre, nous nous éloignons et reculons sur la piazza della Rotonda pour arriver face au Panthéon, monument reconstruit sous l'empereur Hadrien, avec ses seize colonnes sculptées dans le granit rose et gris. L'obélisque égyptien érigé sur la fontaine au milieu de la place est devant nous. Zoé avait raison, Rome est un « musée à ciel ouvert »...

Nous errons ensuite dans les rues et les avenues jusqu'à la fin de la journée.

En arrivant devant l'aubette du bus en direction de Napoli, Luis me prend dans ses grands bras et me glisse ces mots à l'oreille : « À bientôt, Capucina... » Il dépose une bise sur ma joue empourprée, je le regarde monter dans le véhicule, puis, sans attendre que le conducteur démarre, refusant de le saluer derrière une fenêtre vitrée, je parcours vingt mètres rapidement et m'arrête devant les escaliers de l'entrée souterraine du métro. J'entends le bus passer derrière moi.

Ça y est... Il est parti...

Je me retourne vers la ville éclairée par le soleil couchant, laissant couler les larmes sur mes joues. Gênée par toutes ces émotions, je prends une dernière bouffée d'air et descends les escaliers du métro en murmurant : « Promis, Rome, un jour je reviendrai... »

Avoir donné autant de place à mes *mauvaises herbes* me bouleverse. En ouvrant mon sac à dos pour prendre un mouchoir, une dame portant un long manteau beige et des escarpins bordeaux m'adresse un sourire compatissant. Elle semble attentive à mon état. J'ai envie de lui dire que je ne pleure pas de tristesse, mais bel et bien du soulagement d'avoir réussi à gravir mon plus haut sommet...

Ce ne serait pas tout à fait vrai, car je suis aussi triste de quitter Luis...

Le bruit strident des freins du métro contre les rails détourne mon attention, la dame se dirige avec élégance vers la porte et effleure mon épaule.

Quand les battants se referment, je m'assois sur un siège et attrape un livre dans mon sac, ouvre la page à l'emplacement de la carte postale qui me sert de marque-page et m'engouffre dans ce monde imaginaire…

J'espère me changer les idées, mais dès les premières lignes, l'héroïne décrit une grande montagne qui me rappelle la mienne, Nantaux. Un autre message semble m'être délivré : la Haute-Savoie me manque...

C'est décidé, je rentre au Léman...

La voix de l'âme

Il faut méditer sur ce qui procure le bonheur, puisque, lui présent, nous avons tout, et lui absent, nous faisons tout pour l'avoir.

Épicure

Je suis assise dans l'herbe face au lac Majeur, son apparence me rappelle la grandeur du lac Léman ; il est pourtant deux fois plus petit. C'est ici que j'ai décidé de clore mon voyage : au cœur du massif des Alpes, dans la région des grands lacs, située au Nord de l'Italie. J'ai le cœur léger et l'esprit libéré. Ces trois derniers mois m'ont apporté énormément de choses : les multiples découvertes, l'évasion, la solitude ; le goût de la liberté, l'aventure, les contretemps ; les frontières, les rencontres, la légèreté ; mais aussi mon fabuleux voyage intérieur. Je m'appuie contre la carrosserie de mon acolyte, mon van.

Mes précédentes expériences à travers le monde ont nourri mon être, mais celle-ci a dessiné une nouvelle trajectoire...

Je touche son revêtement turquoise et m'émoustille déjà de nos futures aventures ensemble. J'ai le sentiment d'avoir tellement appris sur moi, mes envies, mes espoirs. Désormais, j'ai les clés en main pour transformer mon passage sur Terre en une aventure qui me correspond. J'écris à l'encre bleue ce plus profond désir :

Une vie de voyages.

À chaque fois que je lis ces mots, ils résonnent comme une évidence. C'est un besoin vital, ancré dans mon âme et je m'engage envers moi-même, aujourd'hui, à le combler.

Je referme mon carnet et reste immobile un instant, les yeux rivés sur les montagnes environnantes.

J'ai besoin de l'ancrage et de la liberté...

L'étendue bleu roi du lac Majeur scintille. Je contemple les sommets arrondis qui s'extraient de l'eau et laissent cette dernière circuler au milieu d'eux, se mélangeant à l'horizon. J'admire la moindre parcelle de ce point de vue.

Les montagnes sont mon élément... Où que je sois, je fais partie d'elles et elles font partie de moi...

Des frétillements parcourent mes jambes jusqu'à ce qu'une chaleur se répande dans tout mon corps. Ma bouche s'élargit et je tortille mon buste, me laissant guider par ces puissantes énergies qui m'apaisent, me tonifient et me procurent le sentiment de prendre conscience d'un moment important de mon existence. Comme une thérapie...

Je bondis, jette mes tongs et tourne sur moi-même, les bras ouverts vers le ciel, la nuque lâchée en arrière. Je lance un puissant cri de joie. Mes paroles rebondissent sur l'eau et se mêlent à la végétation, presque aspirées par la nature. Je sens la connexion avec la Terre sous mes plantes de pieds. Mes genoux et mes mollets sont envahis par de doux picotements.

Je reconnais désormais ces expressions corporelles qui sont les mêmes qu'à Rome : des symptômes, pas d'une maladie, mais du bonheur, le mien, ma plénitude... Cette haute vibration énergétique me révèle que je suis sur le bon chemin.

Parcourir le monde tout en continuant de faire vibrer la Haute-Savoie en moi...

Je sais que tout ne sera pas facile, mais je suis prête à gagner moins pour vivre plus. J'ai confiance en l'univers ; la vie dresse souvent des obstacles entre nous et nos rêves, mais elle apporte aussi ce dont nous avons besoin quand nous sommes à notre juste place.

Écoutant la mélodie des vaguelettes, un chant d'oiseau me parvient. J'entends un second piaillement, plus aigu, qui lui répond. Leur conversation semble passionnée. La sonnerie de mon téléphone brise la comptine de la faune et la flore.

Je vais le chercher dans le van et décroche :

–Capu, nous arrivons ! Peux-tu me donner l'adresse ? lance Noah d'une voix enjouée.

–Noah... Il n'y a pas de coordonnées GPS dans la nature ! rétorquè-je, perplexe.

–Partage ta position, alors ! s'exclame-t-il.

–Ah oui... Je n'y avais pas pensé... Je suis déconnectée depuis trois mois, j'ai perdu les réflexes numériques, tu sais... Je raccroche et t'envoie ça !

–D'accord, Capu !

Je trépigne d'impatience à l'idée de les enlacer tous les deux et de leur raconter mon périple. Je regarde mon téléphone à chaque minute, l'euphorie des retrouvailles grimpe à vive allure. Il est quinze heures et trois minutes. Surexcitée, je fais les cent pas dans la prairie. J'essaie de lire un chapitre pour que l'attente soit plus agréable, en vain, je ne suis sensible à aucune information du récit.

Sept minutes plus tard, la voiture apparaît au bout du chemin qui borde le champ. Je ferme le livre et le laisse par terre. Ils descendent du véhicule et avancent main dans la main, comme lorsqu'ils m'avaient retrouvée sur la terrasse, le jour de leur arrivée dans la yourte. *J'avais eu un pressentiment... Quelque chose qui m'avait indiqué que leur venue annonçait un nouveau départ... Mon intuition était juste...*

Zoé porte le même tee-shirt rouge, sur lequel trois pompons blancs cousus en bas s'agitent au rythme de sa marche. Ses épaules sont recouvertes par une veste courte en jean clair. Noah n'a pas quitté son bandana, qui met en valeur son visage.

Les repères font du bien...

Je m'élance vers eux les mains tendues, foulant l'herbe pieds nus, et ils m'accueillent dans le creux de leurs bras. Nous crions nos prénoms en nous serrant fort les uns contre les autres. Cette tendresse est délicate et crée un grand silence après les exclamations de joie. Nous restons ainsi pendant une longue minute, qui semble durer une éternité... Il paraît que notre attachement se mesure à la durée des câlins que nous offrons. La libération d'ocytocine, l'hormone de l'amour, renforce les liens et exacerbe l'intensité des relations...

La sécrétion de ce neuropeptide doit être optimale en cet instant !

Sur un ton amusé, j'adresse mes premières paroles à Noah :

– Elle avait raison, Zoé : tu as une odeur de brioche !

Il me pousse gentiment et me met en garde avec l'index levé :

– Ne commence pas, Capu, sinon tu vas rester vivre dans le van et nous ne t'accepterons plus dans la cabane !

Zoé éclate de rire. Heureuse de la voir pleine de vie, je titille du doigt son joli grain de beauté sur le nez, puis serre ses joues bombées. Noah rit à pleine bouche, ses dents du bonheur et ses moqueries m'avaient manqué...

Le confort des habitudes est sécurisant...

Lignes de Vie

Suivre sa voie afin de pouvoir ensuite se réaliser pleinement, c'est parfois comme de gravir une montagne : tant qu'on ne l'a pas fait, on ignore que les efforts que cela exige accentuent la satisfaction que l'on ressent à l'arrivée. Plus les efforts sont grands, plus intense sera le bonheur, et plus longtemps il restera gravé en nous.

Laurent Gounelle

Le soleil couchant d'octobre colore la végétation des montagnes en rose. Une ligne laiteuse parcourt le ciel et s'accroche à un sommet. Une douce brise effleure ma peau. Zoé, Noah et moi sommes réunis à la terrasse d'un bar, sur les quais du lac Majeur.

Le serveur nous apporte deux verres de *prosecco* et un diabolo au sirop de grenadine. En trinquant, nous pensons à Oscar qui s'occupe des animaux et des plantes. Il est venu à la cabane pour prendre les mesures de la yourte et étudier la faisabilité de son projet : installer plusieurs grandes yourtes sur son terrain en Ardèche. Grâce à lui, à sa rencontre, je peux terminer mon aventure avec Noah et Zoé.

Ils auront été là du début à la fin...

L'éloignement géographique semble n'avoir eu aucun impact sur notre amitié, tout est comme au premier jour : simple, joyeux, chaleureux. J'ai l'impression que nous sommes même encore plus liés...

Une musique de fond s'échappe des enceintes et, simultanément, mon regard croise celui de Zoé. C'est notre groupe préféré. Elle a souvent choisi le vinyle avec cette chanson quand nous étions à la cabane. *Un clin d'œil de la vie...*

Complices, nous bougeons timidement les épaules, puis, de façon plus dévergondée, nous faisons virevolter nos doigts et nos jambes sur l'enchaînement des instruments. Tantôt nous imitons le pianiste, le batteur ou le guitariste. Noah rit de ce spectacle : « Ça me rappelle nos soirées au Léman ! »

J'actionne mon *appareil photo mental* et capte ce moment dans un recoin de ma mémoire. Nous nous retrouvons aussi dans la danse.

Mon odorat hume un parfum floral et mes yeux se posent sur une jardinière accrochée à la petite barrière en bois, à côté de nous. Je fixe les couleurs rose et jaune, ce sont des pensées. Quelque chose m'interroge, une émotion émerge, mais je n'identifie pas ce que c'est... Je continue de profiter de la musique et des retrouvailles avec Noah et Zoé.

Quand la chanson est terminée, ils me racontent toutes les rencontres qu'ils ont faites à la cabane, pendant mon voyage. Je me revois les accueillir et j'imagine qu'ils ont fait la même chose avec ce couple allemand, ces sœurs espagnoles ou cette petite famille bretonne... Les pupilles de Zoé pétillent et ses longs cils papillonnent. Le fil de la discussion s'interrompt, elle semble vouloir me confier quelque chose. Noah la scrute, muet.

–Un soir... alors que je profitais des derniers rayons du soleil sur la terrasse, j'ai eu une envie soudaine... comme une pulsion incontrôlable... J'ai pris mon téléphone, cliqué sur l'icône Facebook et j'ai tapé le nom et le prénom de mon père biologique dans la barre de recherche... J'avais peur et, en même temps, je sentais que c'était le bon moment. Je ne pensais pas obtenir de résultats, mais… après avoir fait défiler quelques noms, je suis tombée sur un profil localisé en Loire-Atlantique… J'ai cliqué dessus, puis j'ai envoyé un message ! s'exclame-t-elle en plissant les yeux, parcourue d'un frisson qui me chamboule également.

– Quoi ? Vraiment ??! Mais… mais c'est fantastique, Zoé ! Qu'est-ce que tu lui as écrit ? demandè-je en espérant que l'issue de cette histoire soit heureuse pour mon amie.

– J'y avais longuement réfléchi… Je me suis présentée comme étant sa potentielle fille biologique, dit-elle en incurvant les doigts, mimant des guillemets. Et... je lui ai expliqué qu'il était temps pour moi d'avancer, que j'avais besoin de réponses et que pour guérir de ma stérilité psychologique, il était nécessaire pour moi d'obtenir des informations sur lui et ma mère biologique...

– Et… et alors ?! Il t'a répondu ?

Elle baisse les yeux. Je suis à mon tour effrayée par la tournure que prend cette conversation.

– Oui…

– Et… ?!

– Tiens, lis ! dit-elle en me tendant son téléphone.

Bonjour Zoé,
J'imaginais que tu me contacterais un jour…
J'accepte de te rencontrer, nous pouvons convenir d'un rendez-vous où et quand tu le souhaiteras.
Je serai de retour en France au mois de décembre. Cela te convient-il ?
Bien à toi,
Téo, ton père biologique.

–C'est fabuleux ! Tu lui as répondu quoi ?! m'écriè-je en sentant mon cœur battre dans mes mains.

–Rien pour l'instant, je vais attendre son retour…

–Quel chemin parcouru, ma Zoé ! Je suis si fière de toi… soufflè-je en prenant sa main.

Je l'enlace et ressens toute la tendresse entre nos bras. Quelque chose a changé ; elle est soulagée, presque libérée… Sur la chaise en toile, Noah nous observe, attendri par notre étreinte. Nous nous regardons toutes les deux avec émotion, ses yeux sont humides, les miens également. Zoé me glisse un « merci », puis lance un regard à Noah… Il prend sa coupe entre ses mains, boit une gorgée et repose son verre sur la table en bois. Dans un silence troublant, il enlève son bandana et prend la main de Zoé, qui vient caresser les replis de sa paume.

–Capu... Tu te rappelles de la conversation que nous avons eue quand tu étais à Saint-Raphaël ? me demande-t-il, un peu agité.

–Celle qui a été interrompue ?

–Oui... ce moment où... je t'ai dit que Zoé soignait ses peines et qu'elle était de plus en plus heureuse... Je te disais que je me sentais comblé de vivre auprès d'elle et que j'avais hâte...

En écoutant Noah, quelque chose prend vie à l'intérieur de moi. La chimie de mon corps s'accentue, je sens des palpitations dans mes bras et mon flux sanguin s'écoule de plus en plus vite. Noah recule sur sa chaise et inspire un grand moment. Je l'ai rarement vu aussi sérieux :

–Aujourd'hui, je suis ému de terminer la discussion... Capucine, j'étais impatient du jour où elle serait prête à devenir maman, lâche-t-il.

Ses propos sont suspendus dans le vide. Ma bouche s'ouvre

lentement quand Zoé relève son tee-shirt rouge aux pompons blancs. Elle enfouit ses yeux verts dans les miens avec une puissance indescriptible. En une fraction de seconde, je vois tous les moments partagés avec elle défiler. Nos premiers échanges, ses confessions dans la rivière, ses émois avec les cygnes, nos recherches dans la cabane… Je ne sais rien faire d'autre que lancer un cri d'émerveillement. Noah pleure, je ne l'ai jamais vu comme ça. *Il va devenir papa… Zoé maman…* Il ôte sa main de celle de Zoé et la pose sur son enveloppe corporelle, dévoilant sa peau discrètement tendue par un ventre qui abrite un deuxième cœur... Je suis sous le charme, retournée par tant de bonheur, profondément heureuse pour mes amis.

Je les serre dans mes bras et pleure avec eux. Ils me remercient, disant que j'ai joué un rôle déterminant dans cette grossesse. En réalité, c'est à moi de les remercier...

Je les écoute me confier les prénoms qu'ils ont commencé à imaginer, saisie par cette lumière dans leur regard, unique et particulière, propre à tous les futurs parents qui annoncent qu'une vie est à naître... *Zoé est radieuse...*

Une pensée traverse mon esprit, tandis que mon attention se pose à nouveau sur les fleurs jaunes derrière elle.

Nous allons toutes les deux renaître… Zoé est en train de créer la Vie… Sa renaissance grâce à une future naissance... Et l'éclosion de ma véritable fleur à moi, Capucine…

Mon voyage a débuté le jour où Zoé m'a incitée à creuser dans mes terres intérieures pour me pousser à partir... Avec le van, en solitaire, j'ai commencé à déterrer les deux mauvaises herbes *enfouies au fond de moi... Puis, la vie m'a offert la rencontre avec Luis, lumineuse, envoûtante, qui m'a permis de les déraciner...*

Depuis l'enfance, elles ont obstrué ma floraison... Je leur ai même donné un nom, mauvaises herbes... *Je pense enfin comprendre ce qu'elles m'ont apporté... Un remède, un traitement naturel : le Voyage a rendu mon terreau fertile pour une nouvelle croissance... Je me sens appelée à suivre la pulsion de Vie, poursuivre la découverte du monde et cultiver mon jardin intérieur... Celui de mon âme... En faire une terre riche de fleurs avec, au centre, l'éclosion de pétales rougeoyantes : la capucine...*

Épilogue

Comme tous les mercredis, nous profitons de ce temps à deux, avec marraine, pour aiguiser ma dextérité et stimuler ma créativité en peignant des aquarelles.

À douze ans, je pourrais m'occuper seule, mais maman est rassurée que je sois en compagnie de Capucine. Ça doit être son côté protecteur... Papa dit qu'une marraine est « un mélange de sagesse et de folie pour apprendre la vie ». Je suis d'accord avec lui, car je n'ai aucun secret pour Capucine et lui confie les moindres détails de mon quotidien.

Aujourd'hui, il a besoin d'elle pour l'achat de matériaux ; ils partent en chercher pour restaurer le plancher de la yourte.

Avant de franchir la porte, marraine m'a informée qu'il y avait un cahier d'aquarelles avec des esquisses dans sa bibliothèque. Elle m'a dit que je pouvais l'utiliser si je voulais dessiner plus facilement. En le cherchant dans les rangées de livres, mon regard a été attiré par une couverture lumineuse, sur laquelle un van turquoise est pris en photo devant les montagnes... Ça m'a tout de suite attiré l'œil, car le même van sert aujourd'hui de poulailler pour les Paulette... En prenant le livre, un mot manuscrit est tombé et a glissé sur le sol. Curieuse, je l'ai ramassé. J'ai pensé que c'était impoli de le lire, puis me suis rappelée les conseils de maman : « écoute ton cœur ». J'ai alors compris que Capucine avait réalisé son rêve : écrire un livre.

À mon tour éprise d'un désir de découvertes et d'aventures, j'ai ouvert le roman, songeant qu'il relatait peut-être les histoires de voyages avec Luis au Costa Rica…. Sans prendre connaissance du résumé, je l'ai emmené dans le hamac et l'ai ouvert à la première page.

En refermant la quatrième de couverture quelques heures plus tard, je lève les yeux vers l'horloge de la cuisine. Déjà cinq heures de passées ! Je regarde par la fenêtre et vois de sombres nuages avancer au-dessus du lac, le bouleau du jardin se dénude sous les bourrasques du Joran. La cabane est recouverte de feuilles. L'automne arrive…

Aujourd'hui, j'ai découvert la raison pour laquelle ma mère est autant attachée aux cygnes, ce symbole de fécondité encré sur sa cheville...

J'ai aussi compris pourquoi Capucine était toujours quelque part dans le monde, en quête de vie, de voyages...

Mais surtout, j'ai découvert, grâce à ses mots, le lien puissant d'amitié qui a uni marraine à mes parents, Noah et Zoé...

Ça me donne envie de partager à mon tour, moi, Mia, jeune fille aux cheveux bouclés, et de m'envoler de mes propres ailes...

Remerciements

Chers lecteurs, Chères lectrices,

Vous n'auriez jamais voyagé avec Capucine, Noah et Zoé sans les vifs encouragements de Céline, ma meilleure amie, dès l'instant où je lui ai annoncé que j'écrivais.

Je te remercie du fond du cœur d'être ma première lectrice et de m'avoir guidée à chaque étape de ce roman. Tu es ma Zoé...

Un chaleureux MERCI à toi, Julie, pour ta confiance et ton expertise dans l'art de l'écriture. Grâce à toi, mon rêve se réalise et *Une vie de voyages* s'élève. Dès notre premier appel téléphonique le 10 juin 2020, j'ai compris que nous étions destinées à nous rencontrer et que l'aventure de l'édition allait être incroyable à tes côtés. Je ne m'étais pas trompée...

Merci à toute l'équipe Kaplume, Lucille pour la relecture orthographique et la réalisation de la maquette, Céline pour cette couverture lumineuse, Constance et Désirée pour les idées de communication, et au comité de lecture pour tous ses précieux conseils...

Je remercie mes parents, qui me remplissent d'amour et m'ont toujours soutenue. Merci d'être ceux que vous êtes...

Ma petite sœur, Émeline, toute la complicité et l'affection qui nous lient m'ont tant inspirée... Je te dédie Mia...

Merci à mes grands-parents pour leur enthousiasme et leur fierté...

Rodolphe, merci de m'avoir initiée au voyage et tant appris sur la vie…

Sophie, c'est un réel plaisir de partager ma passion pour la littérature avec toi...

Mes copains, ma famille de cœur, je me sens si chanceuse de vous avoir : Camille, Samuel, Jordan, Marie, Brice, Hiliane, Romane, Charlotte, Océan, Fabien, Mathieu et Alex.

Maxime, merci de m'avoir laissé le temps d'écrire.

Merci Loïs pour ton œil d'orthophoniste. Juliette, Marion et Marine, merci pour vos dessins. Sonia et Sophie, merci d'avoir suivi le cheminement de mon livre. Pauline, ta sensibilité lorsque je t'ai lu mon premier chapitre m'a émue, merci pour ce moment.

À mes patients et patientes qui me font entrer dans leur intimité : vos parcours ne cessent de me toucher ; ils m'apprennent chaque jour davantage et ont été une grande source d'inspiration dans l'écriture des émotions de mes personnages... J'apprécie tant de vous accompagner durant quelques séances, espérant alléger un peu vos vies.

À la blogueuse Carobookine : tes mots avaient résonné en moi lorsque tu m'avais dit que tu écrivais un livre... Et toi, Alice, autrice rencontrée dans un salon du livre au bord du Léman, tu m'avais suggéré de me lancer. Merci à vous deux de m'avoir mise sur le chemin de l'écriture.

Merci évidemment aux libraires, passionnés des livres, blogueurs, diffuseurs et distributeurs qui vous permettront, lecteurs et lectrices, je l'espère, de passer un moment aussi doux qu'agréable...

J'ai inséré des petites parties de vous TOUS dans *Une vie de voyages*. Merci de rendre ma vie aussi belle. Merci la Vie.

Je vous aime.

Justine

Table des matières

« Avec le soutien financier de la Région Grand Est
et de la DRAC Grand Est »

Dépôt légal : Juin 2021

Achevé d'imprimer en juin 2021
en France